Sten Johansson

Marina ĉe la limo

I0563830

SERIO ORIGINALA LITERATURO

STEN JOHANSSON

Marina ĉe la limo

Romano

MONDIAL

Mondial
Novjorko

Sten Johansson:
Marina ĉe la limo

Originala romano en Esperanto

Kovrilo: Mondial

ISBN 9781595693723
Library of Congress Control Number: 2018939522

www.librejo.com

En 2013 la romano *Marina* aperis ĉe Mondial. La nun aperanta *Marina ĉe la limo* estas romano sendepende legebla, grandparte kun la samaj personoj, okazanta pli malfrue en iliaj vivoj.

La libro, kiun vi eklegos, do estas romano. Tio signifas ke la ĉefaj personoj kaj la baza intrigo estas plene fikciaj. En la romano oni jen kaj jen faras asertojn pri la realo aŭ mencias realajn personojn kaj okazaĵojn. Por tiuj asertoj mi ĉerpis informojn el multaj fontoj: ĵurnaloj, televido, Interreto, filmoj, popularsciencaj verkoj kaj aliaj. Tamen ĉiuj asertoj estas la miaj, kelkfoje atribuataj al miaj fikciaj roluloj. Se aperas eraroj, ili estas miaj eraroj. Leganto, kiu trovas iun aserton ne kredinda, povas laŭplaĉe konsideri ĝin parto de la romana fikcio.

La aŭtoro

I

Jam de semajnoj la suno senĉese brilas super la insulo. Preskaŭ ĉie la herbo estas seka kaj flava, kvankam ankoraŭ estas nur la kvina de julio. Marina sidas en ombro de malnova ĉerizarbo, ĝuante la trankvilon. Facila vento filtriĝas tra la supra foliaro, en kiu senlace babilkantadas ĝardena silvio. Alpaŝas Letti en sia ruĝa bikino.

"Panjo Marina", ŝi diras, "mi iros al la strando por naĝi kaj sunbani min. Avino venos kun mi."

"Bone, sed ne naĝu tro foren de la tero! La maro ankoraŭ restas sufiĉe malvarma."

"Mi scias. Ne timu."

Marina tuj turnas sin al la filo staranta apud la verando.

"Tom, ĉu vi volas akompani ilin al la strando?"

Li ne respondas voĉe sed kapneas kun kolere rifuza mieno. Poste li ĵetas rapidan rigardon al la fratino.

"Kial ŝi volas sunumi sin? Ŝi jam estas tro nigra simio!"

Lastatempe oni plurfoje aŭdis lin simile insulti sian fratinon per kruda komento pri ŝia haŭto. Kiel kutime, Letti mem ŝajnigas ne atenti lian malicaĵon. Avino Birgitta tamen murmuras al li, ke li prefere faru kiel proponas lia panjo. Sed tio eĉ pli kolerigas lin.

"Ŝi ne estas mia panjo!" li siblas. "Ŝi estas perversa naŭzulino!"

Marina pretas milde admoni lin, sed Helle antaŭas ŝin. Ŝi rapide alpaŝas, ekstaras firme kaj diskrure antaŭ la knabo, parolante senkaŝe, kiel ŝi kutimas:

"Sufiĉas, damne! Vi devas pardonpeti al via fratino kaj panjo Marina! Respektu ilin, bubo! Lernu estimi nin ĉiujn, la fratinon, la avinon kaj ambaŭ viajn patrinojn!"

Je tio la knabo kraĉas surteren.

"Mi ne havas du patrinojn, idioto! Neniu havas du patrinojn. Tio ne eblas. Mi havis patrinon, sed ŝi mortis. Kaj fratinon mi ankaŭ ne havas. Tiu piĉo estas damnita bastardo."

"Silentu!" diras Helle pli laŭte.

"Rigardu ŝin!" li daŭrigas malgraŭ tio. "Kredeble ŝi estiĝis kiam iu drogita nigrulo perfortis mian patrinon. Mi ne scias kial ŝi ne abortigis ŝin. Eble ĉar ŝi estis katoliko. Sed tiu diablido ne estas mia vera fratino. Mi estas blankulo!"

"Tom, mi avertas vin. Ne uzu tiajn..." komencas Helle en tre vinagra tono, kaptante lin je la brako, sed li skue liberigas sin kaj bruske interrompas.

"Anton, damne! Mi estas Anton! Kaj ne indas ripeti viajn stultaĵojn."

Helle faras duonan paŝon malantaŭen kaj krucas la brakojn, rigardante lin firme kaj defie.

"Bone do, Anton, se vi preferas. Unue neniam uzu tiajn esprimojn parolante pri Letti. Mi scias ke vi funde amas ŝin, do ne aŭskultu la insultojn de rasistaj kretenoj. Vi ĉiam zorgis pri ŝi kaj defendis ŝin. Mi ankoraŭ memoras la unuan fojon, kiam mi vidis vin ambaŭ en la flughaveno. Marina kaj vi paŝis de la aviadilo kun Letti inter vi, kaj vi estis preta protekti vian fratineton kontraŭ ĉio danĝera."

"Tion mi jam aŭdis milfoje. Kio do? Mi estis infano! Nun mi scias pli bone."

"Due, kion ajn vi diros, mi estas via panjo. Kaj same Marina. Ni ambaŭ respondecas pri vi egalkvante. Do ĉesu finfine pri via imbecila insultado!"

Marina aŭdas ilin perfekte, kvankam ŝi sidas dudekon da metroj for. Ili staras sur flaviĝinta herbo apud la malnova ligna domo sur la insulo Gällnö. Letti kaj la avino jam pretas ekiri al la strando. Helle kaj la knabo staras unu kontraŭ la alia antaŭ la verando, plenvoĉe kverelante. Marina rigardas ilin. Ŝia patrino, iam svelta kaj rekta, jam de jaroj ŝrumpis kaj kurbiĝis, kaj la haroj plene blankas en la sunlumo. Helle, kies kurtegaj haroj ĉi-semajne brilas violkolore, aspektas stabila en sia blua ŝorto kaj blanka senmanika ĉemizo, kvankam ŝi ne vere fortikas. Vidante ŝiajn nudajn ŝultrojn kaj brakojn, Marina imagas senti la glatan haŭton kontraŭ siaj polmoj.

Rekte kontraŭ Helle staras Tom, en nigra pantalono kaj blanka T-ĉemizo. Li premis sian nigran ĉapon suben, tiel ke la viziero ombras lian tutan vizaĝon kun ties malkontenta mieno. Antaŭ nelonge li razis la nukon kaj flankojn de la kapo, sed la longaj fruntharoj plu restas kiel nigra kurteno ŝovita flanken. Kaj pli fore Letti en sia bikino tretadas senpacience surloke per la brunaj kruroj, kiuj lastjare kreskis je decimetro kaj ne plu impresas kiel maldikaj bastonetoj. La tuta familio pasigas ĉi-dome du semajnojn komence de julio kun Birgitta, la patrino de Marina. Ĝi estas la domo kie iam loĝis la geavoj de Marina, kaj kie ŝi pasigis infanaĝajn somerojn. Nun ŝia patrino jam aĝas okdek jarojn kaj restadas ĉi tie nur periode en la somero. Dum plejparto de la jaro la domo do senhomas.

Marina cerbumas pri la konduto de la knabo. Antaŭ kelkaj monatoj li ankoraŭ ne reagus tiel, sed lastatempe li tute ŝanĝiĝis. Ĉio, kio ĝis nun estis natura kaj memkomprenebla, jam iĝis kontestata celo de furiozaj vortatakoj. Li adoptis ideojn kaj opiniojn absolute novajn kaj ŝokajn. Kaj li ekhavis tute novan aron da amikoj.

"Prefere lasu lin", ŝi diras al Helle, kiam Tom jam malaperis de la domo. "Tio certe ne daŭros longe. Li forlasos tiujn stultulojn plej malfrue, kiam ili mokos lin pro lia deveno. Li ja ne aspektas tre vikinge."

"Mi dubas", diras Helle. "Ankaŭ Hitler ne estis blondulo."

Marina seke ridas, kvankam ŝi tute ne trovas tion amuza. Ŝi rigardas sian edzinon kritike.

"Kia komparo! Vi absurde troigas. Lasu lin; mi certas ke tio pasos. Vi nur provokas lin."

"Necesas komprenigi al li, kio estas netolerebla", diras Helle kun firma tono. "Li devas respekti nin, kaj Letti-n, kaj ĝenerale aliajn homojn. Ankaŭ Avinon Birgitta."

Marina miras pri tio ke iliaj du gefiloj povis evolui en tiel malsamaj direktoj, kvankam ili vivas kune de ĉiam. Kiel solinfano ŝi mem tute ne havas propran sperton de gefratoj. Ŝi memoras kiel malsamaj ŝajnis al ŝi Paĉjo kaj onklo Serge, sed la onklon ŝi renkontis tre malmulte, preskaŭ nur unufoje dum vojaĝo al Francio. Panjo kaj onklino Marianne ŝajnis ne tiel malsamaj, sed ankaŭ la onklinon ŝi ne plu renkontadis plenkreskinte. Kompreneble Tom kaj Letti biologie estas nur duongefratoj; almenaŭ tiel oni supozas. Fakte ŝi scias preskaŭ nenion pri iliaj komencaj jaroj. Povas esti ke Tom dum tiu tempo travivis multajn aferojn, kiuj eble lasis spurojn en lia personeco, spurojn ne tuj rimarkeblajn, kiuj nun ekaperas. Dum jaroj ŝi tute ne dubis, ke la adopto estis bona solvo ne nur por ŝi kaj Helle, sed ankaŭ por la infanoj. Nun ŝi enpense ŝanceliĝas. Aliflanke, kian vivon nun havus la knabo, se li restus en la brazila orfejo? Eble li jam fuĝus de tie kaj vivus surstrate ŝtelante aŭ prostituante sin. Ĉu li entute vivus?

Ĉiuokaze Marina dubas ke la konfrontado de Helle estas la plej bona metodo por trakti kun li. Eble pli efikus alia taktiko.

Post kelka tempo li denove vagetas ĉirkaŭ la domo, ŝajne sen trovi ion farindan. Marina vokas lin.

"Aŭskultu", ŝi diras, evitante prononci lian nomon por ne inciti lin. "Se vi insultas aliajn homojn tiel, kiel vi ĵus faris, vi ne gajnos ilian respekton. Do tia sinteno simple malutilas al vi mem. Klopodu kompreni kion sentas la persono kiu aŭdas tiajn fivortojn pri si. Pripensu kion vi mem sentus aŭdante ion tian."

"Vi estas stulta", li respondas. "Kiel mi povus senti tion? Mi ne estas nigrulo, nek perversa!"

"Neniu estas protektata kontraŭ insultoj. Se vi diras malicaĵojn, pli-malpli frue vi aŭdos ion similan pri vi. Pensu pri tio!"

"Mi jam pensis. Kiam iu insultos min, li pentos!"

"Nun ni pasigas ĉi tie du semajnojn kune. Vi havos pli agrablan restadon, se vi bridos vin kaj klopodos konduti ĝentile, ĉu ne?"

"Mi ne elektis veni ĉi tien."

"En antaŭaj someroj vi ĝuis la tagojn surinsule. Ĉu vi forgesis tion?"

"Tiam mi estis infano."

Dum la insulaj tagoj Marina havas ankaŭ aliajn zorgojn. Ŝi sekvas la ĉiutagajn novaĵojn kaj klopodas imagi, kiel evoluos Eŭropo kaj Svedio estonte. Ĉu aferoj ŝanĝiĝos pro la decido de la angloj, ke Britio forlasos Eŭropan Union? Ĉiuj estas surprize ŝokitaj, kaj ŝajne plej multe la britoj mem. Ĉu ankaŭ la Unuiĝinta Reĝlando disiĝos, ĉar la ne-anglaj partoj volas resti en EU? Iam Marina mem apenaŭ tridekjara pasigis kelkajn jarojn en Londono, same kiel amaso da aliaj svedoj, eŭropanoj kaj aliaj. Ĉu la eblo iri tien por sklavi en londonaj kafejoj baldaŭ fermiĝos por eŭropaj gejunuloj? Kaj kio okazos al la unu el la plej grandaj naciaj malplimultoj en EU – la britoj en Hispanio? Plej probable tio neniel gravos al Marina, sed ŝi simple ne povas ĉesi pensi pri tiaj aferoj. Ĉu la mondo freneziĝas, aŭ ĉu ŝi mem simple maljuniĝas kaj fremdiĝas de la nuno?

Dum kelkaj tagoj ankaŭ ŝia amiko Tomas kaj lia plej juna filino Moa vizitas ilin surinsule. Tiam ŝajnas al ŝi ke ne okazas tro akraj disputoj. Tom – aŭ Anton, kiel li nun nomas sin – plejparte silentas, gapante kun nedivenebla mieno al la svelta kaj longhara blondulino du jarojn pli aĝa. Ŝi siaflanke apenaŭ atentas lin, malpli altan ol ŝi je la tuta kapo.

Moa gastas ĉi tie unuafoje, kaj Tomas nur unufoje antaŭe vizitis Marina-n kaj ŝian patrinon en la insula domo.

"Mi tre ĝojas ke vi volis refoje veni ĉi tien", diras Marina al Tomas. "Kaj precipe ke Moa akompanas vin."

Ili sidas sub la ĉerizarbo ripozante post vespermanĝo. Dumtage kelkfoje ekpluvis, sed ĉiufoje la pluvo same rapide ĉesis. Nun vespere la suno reaperas, kvankam ne estas tre varme por julia tago.

"Nu, mi tre ŝatas kaj la insulon kaj la domon. Kaj ĉiam estas plezuro revidi vin ambaŭ kaj la infanojn. Kompreneble mi miras pro la spirita ŝanĝiĝo de Tom. Letti tamen restas same ĉarma kiel ĉiam, kaj en ĉiu jaro ŝi iĝas pli beleta."

"Surprizis min vidi ke Moa volonte okupiĝas pri ŝi", diras Marina.

"Verŝajne ŝi trovas amuze roli kiel pli aĝa modelo. Letti nun estas dekunujara, ĉu ne? Sed kiel mi kondutu al Tom? Eble mi devus unue alkutimiĝi al lia nova nomo. Do, kiel mi ekhavu kontakton kun Anton?"

Marina senvorte skuas la kapon. Ne eblas konsili, kiam ŝi mem ne scias kiel konduti al li.

Klare videblas ke estas granda distanco inter Tomas kaj la knabo. Dum la tagoj surinsule Tomas evidente ne trovas rimedon por transponti ĝin. Li pasigas la tempon ripozante, kio ŝajne signifas profundiĝi en kelkajn historiajn traktaĵojn, kiujn li kunportis en sia bitlegilo. Krom tio li babilas kun Marina pri malnovaj memoroj aŭ kun Helle pri ĉiutagaj bagateloj.

"Ĉiam estas io aparta pri la etoso sur insuloj", li foje diras al Helle. "Ĉu la natura limo de ĉirkaŭanta akvo iel alportas al la realo senton de simpleco kaj supervideblo? Se jes, tio sendube estas falsa sento. Tamen mi ĝuas ĝin."

Helle rigardas lin ironie.

"Do vi fartus des pli bone, ju pli malgranda estus la insulo, ĉu ne?"

Li ridas.

"Mi pensas ke ne. Sola sur neloĝata ŝero? Gällnö verŝajne havas tute konvenan grandecon. Kaj perfektan trafikintenson."

La insulo efektive estas sufiĉe granda kun multaj loĝantoj somere, tamen mankas aŭtoj. Sur la gruzaj vojetoj iras ŝarĝo-mopedoj kaj bicikloj. Kompreneble la plej multaj transportoj okazas ŝipe kaj boate. Helle sufiĉe ofte kondutas al la malnova amiko de Marina kun iom da ironio.

"Kiel kompatinda danino mi sendube neniam komprenos la svedan obsedon pri la baltmara insularo", ŝi diras. "La maron mi tre ŝatas, sed ĉi tie estas iom tro da rokoj por mia gusto."

"Jes, fakte mankas plaĝoj de dana amplekso", Tomas konsentas.

Malgraŭ la granda aĝo-diferenco, Letti kaj Moa do pasigas la tagojn kune, senĉese ridante kaj babilante pri aferoj sekretaj al ĉiuj aliaj. Ili saltas de la bordaj rokoj kaj naĝas en la mara akvo ankoraŭ nevarma, dum Anton vagas laŭ la bordo, ŝajnigante nek rigardi nek aŭskulti ilin. Kiam Moa fine demandas, ĉu li neniam banos sin, li senresponde turnas al ili la dorson, sed post iom da tempo li denove sidas sur roko, silente gvatante malsupren al la knabinoj sub sia viziero.

Kiam Tomas kaj Moa post kvar tagoj forlasas la insulon, la humoro de Anton tamen rapide malboniĝas. Kutime li kverelas kun Helle, dum Marina klopodas mildigi la kunpuŝiĝojn.

Dum tiuj vortodueloj Letti preferas resti fone. Ĝis antaŭ nelonge ŝi tre admiris sian fraton, sed nun li transformiĝis en fremdulon, kies diroj kaj faroj ne antaŭvideblas. Rimarkeblas ke tiu ŝanĝiĝo grave tuŝis ŝian senton de sekureco.

La avino ŝajne ne bone komprenas, kio okazas al la nepo. Ŝi ne suferas pro demenco, sed de kelkaj jaroj la mondo aperas al ŝi pli kaj pli fremda kaj nekomprenebla. Ankaŭ la familio de ŝia filino estas parto de tiu stranga nova mondo. Kvankam jam pasis naŭ jaroj de kiam Marina ekvivis kun Helle kaj adoptis la du gefratojn el Brazilo, Birgitta ŝajne ne alkutimiĝis al tio. Eble pro tio ke ŝi ne ofte renkontas ilin. En la unua jaro Marina rifuzis kunvenigi ŝin kun la infanoj, kaj ankaŭ post tio la renkontiĝoj estis ne tre oftaj. Nun Marina jam trovas la interrilaton pli-malpli senproblema, sed restas distanco. Birgitta ne estas tiaspeca avino, al kiu la genepoj montras plenan kaj intiman konfidon. Cetere, ŝi ankaŭ neniam estis tiaspeca patrino.

Dum la patro de Marina ankoraŭ vivis, la geedzoj havis kontakton kun malgranda aro da esperantistoj en diversaj landoj, kaj kun kelkjara intertempo ili kutimis partopreni en SAT-kongresoj. Sed kiam Birgitta vidviniĝis, tio pli-malpli ĉesis. Ŝi ne plu vojaĝis alilanden, kaj en la lastaj jaroj ŝiaj kontaktoj iom post iom reduktiĝis al bondeziraj bildkartoj sendataj je Novjaro al iom post iom ŝrumpanta areto da iamaj samideanoj.

La antaŭlasta tago surinsule estas la dekkvara de julio, la nacia festotago de Francio. Kiam Marina estis juna, ŝia patro tiutage kutimis prezenti al la familio edifan prelegon pri la signifo de la franca revolucio, ne nur por Francio sed por la tuta moderna mondo, laŭ li. Lia parolado ofte finiĝis per litanio pri la mizera stato de la nunaj politikaj gvidantoj en diversaj landoj, precipe en Francio, lia lando de naskiĝo.

Poste, kiel plenkreskulo, Marina neniam festis nek entute atentis tiun tagon. Dum la patro ĉiam restis franca civitano, ŝi estis denaska svedino. Ŝi eĉ ne parolas france, ĉar li preferis paroli kun ŝi en Esperanto. Kaj post la morto de la patro ankaŭ ŝia sveda patrino ŝajnas ne plu zorgi pri la dekkvara de julio.

Ĉi-jare la tuta familio tamen ja devas atenti la francan festotagon, almenaŭ postfeste, en la sekva tago. Tiam la televidaj novaĵoj raportas pri timiga ago de teroro en Nico dum la hieraŭa festado. Sur la fama stranda promenstrato stiranto de granda kamiono veturis plenrapide rekte en homamason, mortigante kaj vundante multajn homojn, kaj poste li pluiris furioze serĉante eblon surveturi kaj mortigi pli da homoj. Entute pli ol okdek homoj mortis dum la masakro, kiu daŭris ĝis policisto mortpafis la stiranton.

Poste oni ekscias ke la stiranto de la kamiono estis tuniziano konata pro antaŭaj krimoj, sed ne pro ligo al terorismo aŭ islamismo. IŜ, la Islama Ŝtato, tamen asertas respondecon pri la ago.

Tiu teroratako en Nico ĵetas malvarman ombron sur la revenan vojaĝon de Marina, Helle kaj la infanoj. Iel krevis la sento de idilia restado surinsule. En la lasta jaro jam antaŭe okazis en Francio kelkaj teroratakoj de islamistoj, kaj ĉiam kun pluraj dekoj da mortigitoj. Lastatempe oni raportis ke la grandaj konkeroj de IŜ en Sirio kaj Irako eble ne plu daŭros, kaj ŝajnas ke la teroristoj eble eĉ perdos kelkajn urbojn pli frue konkeritajn. Sed povus esti ke la retreto de IŜ en Mezoriento kondukos al plia emo kompense plenumi teroratakojn aliloke en la mondo.

Ankaŭ ĉe la reveno hejmen al Malmö post la insula restado, la televido peras konsternajn novaĵojn. En la unua vespero oni raportas ke okazis militista puĉo en Turkio. Preskaŭ tuj tamen montriĝas ke la puĉprovo fiaskis eĉ tiom, ke ĝi preskaŭ ŝajnas maskita manovro de la prezidento Erdoğan por plene neniigi la opozicion. Sed al la raportantaj svedaj ĵurnalistoj la plej grava vidpunkto evidente estas, kiel la turkaj eventoj influos Eŭropon. Ĉu denove la nombro de rifuĝantoj kreskos? Lastjare venis al Svedio rekorda nombro da azilpetantoj, sed post kiam diverslandaj registaroj pli-malpli fermis plurajn landlimojn, malfacilas atingi Svedion senvize, kaj tute ne facilas akiri tiun necesan vizon.

Sed por Marina superregas aliaj problemoj. Tiuj pri la deksesjara filo lastatempe ne estas la sola ĉagreno. Ankaŭ ŝia rilato al Helle suferas pro krizo. Tiu turmento komenciĝas baldaŭ post la insula restado.

Komence ŝia ĉiutaga vivo tamen restas plezura. En la fino de julio longe daŭras vetero nekutime suna kaj seka. Helle rekomencas ĉiutage vojaĝi translimen al sia laboro en kopenhaga muzeo, sed Marina ankoraŭ libertempas. Preskaŭ ĉiutage ŝi pasigas kelkajn horojn sur la urba strando de Ribersborg kun Letti kaj ŝiaj amikinoj. Tom jam ne volas akompani ilin sed pasigas la tagojn en nekonataj lokoj kun sia amikaro. Ĉe la bordo okcidenta vento alblovas parfumon de salo kaj fukoj. Per ĉiu spiro oni sentas la vastecon de la maro. La akvo nun jam estas varma. Eblas longe naĝi, rigardante ŝipojn malrapide preterpasi fore en la markolo. El la strandaj dunoj la fonaj turoj de la dana ĉefurbo malklare videblas tra la sunbrumo, sed al naĝanto la markolo ŝajnas senfina oceano.

Iutage Marina ĵus revenis hejmen, nur kilometron for de la maro, kiam sonoras la fiksa telefono. Ŝi jam kelkfoje pripensis, ĉu ĉesigi

la abonon, ĉar ili uzas preskaŭ nur la poŝtelefonojn. Do, levante la
aŭskultilon ŝi scivolas, kiu vokas. Ŝi pli-malpli suspektas ke tio estas
ŝia patrino, kiu ankoraŭ preferas uzi la fiksan numeron. Sed aŭdiĝas
nekonata ina voĉo sufiĉe alta, parolanta iom stakate kaj ŝajne nervoze
en la dana lingvo.

"Saluton, ĉu... ĉu Helle estas... estas hejme?... Mi volas par... paroli
kun ŝi", mitralas la nekonatino.

"Ŝi ne hejmas sed laboras. Aŭ eble jam survojas hejmen. Mi petos
ŝin telefoni. Al kiu?"

Dum momento iĝas silente; poste ŝi diras: "Ne... ne gravas." Kaj
la konekto rompiĝas.

Helle venas hejmen malfrue pro la limkontrolo enkondukita antaŭ
duonjaro por malhelpi al rifuĝantoj atingi Svedion. Marina mencias
al ŝi la alvokon, sed ŝi ne komentas ĝin. Pli malfrue la telefono denove
sonoras, kaj Helle respondas. Marina preterpasas ŝin dufoje dum la
mallonga interparolo, portante vestaĵojn al la banĉambra lavmaŝino,
kaj tiam Helle silentiĝas. La tuta afero ŝajnas mistera, kaj Helle
evidente ne volas klarigi ion ajn.

"Kiu estis tiu?" demandas Marina.

"Nur malkontenta kliento de la galerio, kiu pensis ke mi daŭre iel
laboras tie."

Helle antaŭ pli ol jaro ĉesis labori en kopenhaga artgalerio, ĉar
ŝi ekhavis muzean postenon ĉe la Kolekto de David, do la klarigo
efektive nenion klarigas, sed temas ja pri bagatelo.

Ĝi tamen malbagateliĝas du-tri tagojn poste, kiam la sama virino
telefonas denove posttagmeze. Ĉi-foje ŝi ne restas tute anonima.

"Mi estas Louise. Mi opinias ke... ke vi devas ekscii... ke Helle kaj
mi... ni havas rilaton. Amrilaton. Ni amas unu la alian."

Marina trovas tiun mesaĝon sufiĉe absurda. Ĝi estus eĉ komika,
se temus pri alia persono ol ŝia edzino. Dum pluraj longaj sekundoj ŝi
ne scias kion diri. Estas kvazaŭ ŝi hazarde trafus en eraran teatraĵon.

"Kion vi volas de mi?" ŝi poste elbuŝigas kun sinrego iom trudita.

"Nenion", respondas Louise sufiĉe svage. "Nur tion, ke... nu, mi
kaj Helle... ni volas esti kune, kaj vi rajtas scii tion, mi pensas."

"Mi aŭdis vian mesaĝon. Sed bonvolu ne plu telefoni ĉi tien."

Malkonektinte, ŝi ankoraŭ ne povas preni la aferon serioze. Kial
tiu ino telefonas al ilia fiksa telefono, anstataŭ al la poŝtelefono de

Helle? Kial ŝi volas malkaŝi la aferon al Marina? Ĉu ŝi estas plene freneza, aŭ ĉu troviĝas iom da vero en ŝia aserto?

Kiam Helle venas hejmen tiutage, ambaŭ infanoj esceptokaze ĉeestas. Marina do prokrastas la temon ĝis post la vespermanĝo, kiam Letti malaperas en sian ĉambron kaj Tom eliras ien. Ŝi ne scias kiel komenci, sed ĉio okazas kvazaŭ per si mem.

"Helle", ŝi diras, serĉante la vortojn. "Louise denove telefonis por rakonti pri vi kaj ŝi."

Ŝi ne sukcesas precizigi, kion ŝi rakontis, sed evidente tio sufiĉas. Helle rigardas ŝin kaj kvazaŭ kolapsas. Ŝi sidiĝas sur seĝon ĉe la kuireja tablo. La glasojn, kiujn ŝi intencis porti al la telerlavilo, ŝi remetas tablen, kaj la kapon ŝi apogas al la jam liberaj manoj.

"Bone, bone", ŝi raŭkas. "Mi komprenas. Do ŝi agis kiel ŝi minacis. Nu, mi klarigos."

Ankaŭ Marina sidiĝas ĉetable. Nur nun ŝi ekkonscias ke ĉi tio estas momento, kiu eble ŝanĝos ŝian vivon en maniero neatendita kaj nedezirata.

"Bone", Helle ripetas. "Do."

Sed sekvas nenio.

Subite Marina ekvidas ke Helle ploras. Tio estas eĉ pli ŝoka ol la telefona interparolo. Helle ja neniam ploras! Sed nun tamen jes. Senvoĉe, sen singultoj, larmoj fluas riverete laŭ ŝiaj vangoj. Stranga sento kaptas Marina-n, sento de kompato al Helle, kvankam sendube ŝi devus kompati ĉefe sin mem.

"Ĉu vi havas amrilaton kun ŝi?" Marina demandas.

Helle ŝrumpas eĉ pli sur sia seĝo, skuetante la kapon kun la okuloj direktitaj suben al ŝiaj genuoj.

"Mi umis kun ŝi dum kelka tempo. Estis idiote. Nenio serioza. Mi... mi ne povas klarigi. Mi eĉ mem ne scias kial. Tio absolute ne estis amo. Nur... nur stulteco. Kaj mi finis tion. Sed ŝi..."

"Ŝi ne akceptis la finon", diras Marina.

Helle malrapide skuas la kapon, kvazaŭ senespere.

"Ŝi tute miskomprenis la aferon."

"Eble vi miskomprenis ĝin. Aŭ ŝin."

Helle kapneas senvoĉe. Ŝi kelkfoje spiras profunde kaj grakas por klarigi la voĉon. Sed denove sekvas nenio.

Marina rigardas ŝin. Kutime Helle mastras ĉiujn situaciojn. Ŝi preskaŭ ĉiam konservas la sinregon kaj scias kiel konduti. Neniam ŝi ploras. Sed nun ŝi evidente perdis la orientiĝon. Denove Marina kontraŭvole sentas ion similan al kompato pri ŝi. Stranga situacio!

"Ĉu vi amas ŝin?"

Helle viŝas larmojn el la okuloj per la mandorsoj. Poste ŝi rigardas rekte en la okulojn de Marina.

"Absolute ne. Vi devas kredi min."

Marina rigardas sian edzinon suspekteme sed samtempe kun stranga sopiro. Iel ŝi dezirus ke Helle metu manon sur ŝian nukon kaj apogu la kapon al ŝia ŝultro. Sed se ŝi fakte farus tion, Marina forpuŝus ŝin. Kial kredi ŝin? Evidente ŝi kaŝis la rilaton dum certa tempo kaj sendube neniam dirus la veron, se tiu Louise ne telefonus. Do kial damne kredi ŝin?

"Kial vi faris tion?" Marina diras.

"Mi ne povas klarigi. Fakte mi mem ne komprenas tion. Mi ne rezistis la tenton. Kial – mi simple ne povas diri."

"Dum kiom da tempo tio daŭris?"

"Mallonge. Du-tri monatojn."

Marina sentas kreskantan malvarmon plenigi ŝian internon. Ŝi pripensas. Du-tri monatojn? Ĉu du aŭ tri? Se iu komencas sekretan amrilaton, ŝi ja scias kiam tio okazas. Do du-tri supozeble signifas pli longe, eble kvar aŭ kvin. Iam printempe aŭ eĉ vintre Helle renkontis tiun virinon kaj komencis ian aferon. Se ne temas pri amo, do pri kio? Ĉu amoremo? Iel ŝi pli facile povus kompreni, se estus viro. Tio estus tute alia afero, ja abomena sed ne tiel serioza. Viron ŝi ne rigardus kiel veran rivalon. Sed kial Helle bezonis alian virinon? Eble tiu Louise estas ege pli juna. Pli bela. Pli erote talenta. Marina ja aĝas dek jarojn pli ol Helle. Ŝi tamen ne povas demandi pri tiaj detaloj. La tuta afero ŝajnas malreala, kvazaŭ ia fikcia rakonto, kiu ne vere tuŝas ŝin.

Subite ŝi memoras ke ĝuste en marto Helle komencis pasigi kelkajn noktojn ĉe kolego en Kopenhago, ĉar la ĉiama prokrastado de la trajnoj pro la nova limkontrolo lacigis ŝin. Do tre supozeble tiu kontraŭvola tranoktado ĉe kolego fakte signifis pasiajn amornoktojn kun Louise. Kiel eblas, ke Marina nenion ajn intuis de tio, kio okazis?

Ŝi stariĝas kaj dum kelka tempo rigardas Helle-n nedecideme. Dume Helle direktadas siajn nekutime humidajn okulojn al ŝi.

"Mi faris stultaĵon, Marina, sed vi devas kredi min. Nur vi kaj la infanoj vere signifas ion."

"Ĉu vi plu renkontos ŝin?"

"Kompreneble ne! Mi jam finis la aferon. Per la poŝtelefono mi ne plu respondas ŝiajn alvokojn, sed ŝi plu tekste mesaĝas al mi. Jen kial ŝi telefonis ĉi tien. Por venĝi al mi."

"Tion mi ne kredas", diras Marina. "Prefere por venĝi kontraŭ mi. Ŝi volas rekonkeri vin. Kaj kiel mi sciu ke tio ne okazos? Se ŝi ne telefonus, tiu 'stultaĵo' ja restus sekreto, ĉu ne?"

Helle sidas muta, denove viŝante al si la okulojn.

"Mi devos pripensi, Helle", pluas Marina. "Mi ankoraŭ ne scias kiel kompreni ĉi tiun aferon. Lasu min en paco dum kelka tempo, mi petas."

Ŝi iras en la dormoĉambron kaj kuŝiĝas surlite, ferminte la pordon. Tie ŝi longe kuŝadas, klopodante elpensi kion fari aŭ eĉ nur kion senti. Dum momento plenigas ŝin naŭzo, sed poste ŝi havas senton esence sengustan. La afero daŭre ŝajnas malreala, aŭ eble ŝi sentas sin mem malreala. Ŝi demandas sin, ĉu Helle vespere venos enlitiĝi ĉe ŝi, aŭ ĉu ŝi dormos provizore sur la salona sofo. Tio ja estus tro ridinde kliŝa. Kaj eĉ pli grave, tio pruvus ke io jam rompiĝis inter ili.

Ŝi klopodas imagi, kiel ŝi sentus se Helle ja enlitiĝus kun ŝi ĉi-lite. Se ŝia nuda korpo kuŝus jen apud ŝi. Dum momento ŝi forte ekscitiĝas. Poste ŝi forpuŝas tiun senton. Helle malfidelis. Verŝajne ŝi ne plu sentas seksan allogon al Marina. Se ŝi ekscitiĝas, tio estas pro alia ino.

Kuŝinte tiel dum horo, Marina ne povas resti surlite. Ŝi iras en la kuirejon por trovi ian alkoholaĵon, sed ĝuste tiam troviĝas nenio ajn forta en la domo. Ŝi prenas unu el la bierboteloj de Helle, malfermas ĝin kaj trinkas elbotele, starante ĉe la forno. Post kelkaj glutoj ŝi reiras al la fridujo, prenas duan kaj paŝas en la salonon, kie Helle sidas kun magazino ne malfermita sur la genuoj, rigardante en la foron.

"Mi prenis bieron. Ĉu vi volas unu?"

"Jes, dankon."

Ŝi transdonas ĝin. Poste ili sidas ambaŭflanke de la salona tablo, senparole, ĉiu kun sia botelo.

Pli malfrue vespere ili kuŝas ambaŭ enlite, ne tuŝante unu la alian. Atendante la dormon, Marina aŭdas la apartamentan pordon malfermiĝi kaj tuj refermiĝi. Tom revenas hejmen kaj pluiras en sian ĉambron.

2

La dudekduan de julio la televido raportas pri amasa pafado al homoj en Munkeno. Oni ankoraŭ ne scias, ĉu tio estis ago de teroristo aŭ de frenezulo. Estas deko da mortintoj, inter kiuj troviĝas ankaŭ la kulpulo, kaj multaj vunditoj. Kompreneble oni tuj pensas pri la antaŭaj teroristaj agoj de Islama Ŝtato en Parizo kaj aliloke, sed ĉi tiu pafado ne similas ilin. La pafinto rondiris en plurajn lokojn kaj ŝajne ne pafis tute hazarde.

Post kelkaj tagoj aperas pli da informoj. La murdinto estas dekokjarulo, kiu naskiĝis kaj kreskis en Germanio, sed liaj gepatroj estas iranaj rifuĝantoj. Origine li nomiĝis Ali sed ŝanĝis sian nomon al David. Li estis solulo kun psikaj problemoj, kiu simpatiis al ekstremdekstra movado, fiere nomis sin arjo kaj trovis grava signo, ke lia naskiĝtago koincidas kun tiu de Adolf Hitler. Fascinis lin amasaj pafmortigoj en usonaj lernejoj. Li admiris la norvegan ekstremdekstran teroriston Anders Behring Breivik kaj elektis plenumi sian agon en la kvinjara datreveno de ties masakroj en Oslo kaj sur Utøya. Li malamis Islaman Ŝtaton kaj turkojn. Ĉiuj liaj viktimoj estis enmigrintoj aŭ idoj de enmigrintoj, plejparte islamanoj.

La supran priskribon Helle elfosas pecon post peco el diversaj ĵurnaloj, kaj ŝi plu raportas pri ĝi al Marina, kiu tamen ne tre pacience aŭskultas.

"Lasu tion", diras Marina. "Mi ne komprenas kial vi tiel profundiĝas en abomenajn detalojn pri tia frenezulo."

"Ĉu ne evidente? Ĉu vi ne vidas la paralelon?"

"Paralelon de kio?"

"De Tom – aŭ Anton."

"Helle, kelkfoje vi elbuŝigas plej absurdajn stultaĵojn. Ne komparu nian filon kun amasmurdinto, mi petas!"

"Sed ĉu vi ne komprenas? Temas pri..."

"Ĉesu! Ne, mi ne komprenas vin! Aŭ eble jes. Eble vi serĉas ion ajn, kio forgesigos viajn proprajn agojn!"

"Marina, aŭskultu. Ne konfuzu tute malsamajn aferojn!"

"Ĉu mi konfuzas? Prefere demandu vin mem, kion vi konfuzis!"

De temp' al tempo Marina imagas sin stari sur la rando de abismo, ĉe la limo inter bonorda etburĝa vivo kaj kaoso psika kaj emocia. Ŝi sentas kvazaŭ paralizon, timante ke ĉiu ajn movo puŝus ŝin transen. Alifoje plenigas ŝin kolerego, furiozo kiu povus solviĝi nur per ia drasta ago, sed finfine ŝi ne trovas la forton por vere plenumi ion. Ŝi envias homojn kiuj facile elverŝas sian koron, kiam la sentoj superfluas, ĉu per kolero, ĉu per ĝojo. Por ŝi tio neniam estis simpla afero. Ŝajnas al ŝi ke al Helle tio pli facilas, kaj iam ŝi admiris tiun trajton kaj trovis ĝin alloga. Nun ĝi jam impresas incite, preskaŭ ofende.

Ŝi komencas purigi la loĝejon, kio kutime trankviligas ŝiajn nervojn. Sed ĉi-foje tio ne efikas. Post kelka tempo, dum ŝi trenas la polvosuĉilon tra la ĉambroj, Helle stariĝas en ŝia vojo, intence haltigante ŝin.

"Ĉesigu tion, Marina! Ne necesas purigi."

"Laŭ vi tio neniam necesas."

"Bone do, mi faros, sed poste. Ne nun, en bela dimanĉa posttagmezo. Ni iru promeni iom en la suno. Aŭ ni iru viziti subĉielan bierejon."

Marina ŝatus elsputi malicaĵon pri Helle kaj biero, sed ŝi mordas al si la langon kaj staras senmova dum momento, fikse rigardante ŝin. Poste ŝi lasas la polvosuĉilon kaj paŝas rekte al la vestiblo.

"Faru kion vi volas", ŝi diras trans la ŝultron kaj paŭte eliras sola.

Dum horo ŝi vagas sencele tra parko, laŭ stratoj. Ĉio ŝajnas al ŝi polva kaj fetora, kvankam ne eblas distingi, kion ŝi fakte flaras. Fine ŝi haltas sur placo apud la subtera fervoja stacio de la Triangulo. Ŝi sidiĝas sur benko. De ĉi tie Helle vojaĝas ĉiutage al sia laborejo en Kopenhago. Tiu damnita urbaĉo! Ankaŭ Marina ŝatus foriri ien, sed tio ja ne eblas. Iam ŝi povis simple foriri, malaperi, kiam ŝi estis solulo. Sed nun tio delonge ne plu eblas. Ŝi estas patrino. Ŝi respondecas pri sia familio. Kaj tamen ŝi nun sentas sin eĉ pli sola ol iam ajn antaŭe.

Ŝi rigardas ĉirkaŭ si. Homoj promenas al kaj de la stacia enirejo, aperas kaj malaperas per la rulŝtuparoj. Aliaj vagas senhaste tra la placo. Estas dimanĉo. En labortagoj sendube ĉi tiu loko estas pli homplena kaj regata de urĝo. Apude troviĝas granda biciklorako, kie Helle kredeble parkas sian biciklon ĉiumatene kaj retrovas ĝin ĉiuvespere. Krom en tiuj tagoj, kiam ŝi decidas resti en Kopenhago, tranoktante ĉe kolego. Aŭ aliloke. Marina restariĝas kaj ekpromenas, sen scii kien celi. La piedoj portas ŝin reen al la hejma strato. Nenio alia ja fareblas. Ŝi ne povas tranokti aliloke.

En aŭgusto okazas la olimpiaj ludoj en Rio-de-Ĵanejro. En la familio Aubert-Thorsen dumlonge nur Anton interesiĝis pri sporto, sed lasta-tempe ankaŭ li perdis iom el sia entuziasmo. Letti tamen sukcesas petege akiri permeson televidi la inaŭguron, kvankam ĝi okazas en la eŭropa nokto, same kiel la plej multaj konkursoj. Ĝuste ĉi-jare ŝi unuafoje komencis iom fieri pri sia brazila deveno. Antaŭe ŝi tute ne volis aŭdi pri ĝi. Sed ju pli Anton ekmalŝatas Brazilon, des pli lia fratino trovas ĝin 'mojosa'. Nun ŝi ekscite antaŭvidas la pompan spektaklon de la inaŭguro, kaj Marina sentas devon spekti ĝin kun ŝi.

Ili ambaŭ admiras la prezentadon de la brazila historio, kie amaso da dancantoj unue rolas kiel indiĝenaj popoloj, poste montras la alvenon de portugalaj koloniantoj per karaveloj el trans Atlantiko, plue la perfortan alvenigon de sklavoj el Afriko, kaj fine la alfluon de arabaj kaj japanaj enmigrantoj en pli malfrua epoko. Tiel oni do scenigas la fondon kaj elformiĝon de brazila nacio el multaj malsamaj fontoj. Kaj la historia prezentado pluiras en la modernan epokon de urbegoj, kie grupo da akrobataj parkuristoj saltas inter virtualaj konstruaĵoj projekciataj en la giganta areno.

Sekvas inaŭguraj paroladoj, kaj kiam la sportistaj trupoj el ducent landoj unu post la alia marŝas en la stadionon, Letti kaj Marina ambaŭ somnolas sur la sofo. Bedaŭrinde Svedio proksimas al la fino de la alfabeta vicordo, do ili ne paciencas ĝisatendi la svedajn atletojn. Jam meze de la ŝajne senfina parado ili malŝaltas la televidilon kaj enlitiĝas.

Poste Anton duone neglekte sekvas la svedajn atingojn en la olimpiaj konkursoj. Tamen la rezultoj ne entuziasmigas lin. En la komencaj tagoj la svedaj sukcesoj ŝuldiĝas ekskluzive al la naĝistino Sara Sjöström, kiu sola konkeras tri medalojn, po unu el ĉiu rango. Kvankam Anton iam ŝatis naĝadon, li jam ĉesis regule viziti naĝejon, kaj la triumfoj de Sara ne imponas al li. Ankaŭ plue la plej multaj medaloj al svedoj estas gajnataj de svedinoj – en futbalo, kaj po du en biciklado kaj luktado. Entute nur tri svedaj viroj gajnas olimpiajn medalojn – en golfo, rajdado kaj pafado. Tio ne kontentigas la patriotajn ambiciojn de Anton, do li pli kaj pli konvinkiĝas ke la olimpiaj ludoj estas negrava spektaklo.

Baldaŭ komenciĝas la konkursoj pri atletiko. Vidante la rezultojn en kuradoj, kie plejparte nigrahaŭtaj konkursantoj el Afriko, Karibio kaj Usono atingas la podiojn, Anton ekplendas pri trompo.

"Kia trompo?" diras Helle seke. "Kiu kuras plej rapide, tiu venkas. Ne povus esti pli simple."

Estas mateno. Marina jam foriris al sia laboro, kaj Helle matenmanĝas kun la infanoj. Anton maĉas buterpanon kun la okuloj fiksitaj al la ekrano de lia telefono.

"Devas esti ia maljusteco", li grumblas. "Nigruloj ja malsuperas al la blankuloj, almenaŭ pri gravaj aferoj."

"Vi fantazias."

"Tute ne. Ili ĉiuokaze estas malpli inteligentaj. Eble tial ili devas esti pli rapidaj, por forkuri de danĝeraj bestoj."

Helle ridas kaj Letti aliĝas al ŝia rido, dum Anton kolere ekstaras por forlasi la tablon.

"Malfermu la okulojn", diras Helle. "Talentaj sportistoj ekzistas ĉie en la mondo. Necesas denaska talento kaj multjara trejnado. Jen ĉio."

"Mi pensas ke la olimpiaj ludoj estas grandega blufo ekde la komenco ĝis la fino. Verŝajne oni falsas la rezultojn pro politika korekteco."

"Ĉu vere? Kiel do eblus falsi homon kiel Usain Bolt?"

Li ne respondas sed paŭte foriras, postlasante panerojn kaj duonan tason da fruktokirlaĵo. Finfine la televidaj elsendoj el Rio-de-Ĵanejro iĝis malinteresaj por li. Kaj kiam komenciĝas la lerneja semestro la patrinoj definitive malpermesas dumnoktan televidadon.

Finiĝas do la someraj ferioj. La infanoj devas rekomenci la lernadon. Letti faras tion volonte; ŝi nun komencas la kvinan klason kaj ĝojas revidi la samklasanojn kaj eĉ la instruistinon. Ŝia lernejo situas malpli ol kilometron for, kaj ŝi senprobleme piediras tien. Post la lecionoj ŝi ofte akompanas amikinon al ŝia hejmo, aŭ ili iras kune aliloken, eble por viziti butikon aŭ glaciaĵkioskon, aŭ por pigrumi kaj sunbani sin en proksima parko, la plej granda de la urbo. Iufoje ili prenas siajn biciklojn kaj iras al la urba strando.

Ŝia frato ne same kontentas reveni al sia lernejo. Ĝi situas preskaŭ same proksime sed en alia direkto. Li tamen ŝatas nek la samklasanojn, nek la instruistojn, nek la lecionojn. En la paŭzoj li ne plu volas interrilati kun la knaboj el familioj enmigrintaj, sed li ankaŭ ne trovas naturan lokon en aliaj rondoj, kiel tiuj de sportemuloj, de malstudemuloj aŭ de muzikemuloj. Ŝajne li apartenas al neniu grupo. Kaj kun la knabinoj de la lernejo li neniam rilatas.

Antaŭ jaroj li devis klopodi por ke oni nomu lin Tom anstataŭ Antônio, kiel diras la instruistoj. Nun li provas lanĉi la nomon Anton, sed vane. Neniu prenas lin serioze, kaj li komencas restadi pli kaj pli sola inter la aliaj lernantoj.

Du semajnojn post la komenco de la semestro lia ĉefinstruisto telefonas vespere. Marina respondas.

"Mi bedaŭrinde devas diri ke mi ricevis raporton pri Antônio, kiu iom maltrankviligas min", diras la instruisto.

"Ĉu? Do, pri kio temas? Kion li faris?"

"Evidente li miskondutis en sporta leciono. Laŭ mia kolego oni ludis bazpilkadon kaj li kurante atakis knabinon de la ekstera teamo, puŝis ŝin kaj fortiris ŝian kaptukon. Iom da kvereloj ja okazas, kaj la fiaj insultoj estas ĉiama problemo, sed ĉiuj niaj lernantoj scias ke ili devas respekti kaptukojn kaj aliajn specifajn vestaĵojn. Do temis pri intenca provoko, evidente."

Lia voĉo iom knaras. Li parolas poluritan version de la sveda kun leĝera regiona akĉento. Nur jen kaj jen kelkaj skaniaj diftongoj kvazaŭ eskapas el lia brido.

"Mi komprenas", diras Marina. "Mi parolos kun li, sed mi ne certas ĉu tio efikos. Malfacilas al mi influi tion, kio okazas en la lernejo."

"Nu, tio nepre devas ne ripetiĝi. Ni aplikas nulan toleron al tiaĵoj. Laŭdire li krome kriis ian insulton, sed tio bedaŭrinde estas ĉiutagaĵo, kiel mi jam diris. Kroma problemo estas ke la instruisto poste devis haltigi alian knabon, kiu volis ataki Antônio-n. Ni ne povas riski grandajn batalojn inter la lernantoj."

"Bone. Mi klopodos por komprenigi tion al li."

"Laŭ mia memoro Antônio antaŭe estis sufiĉe bonkonduta. Eble ne tre ambicia, sed ne batalema. Espereble ĉi tio estis unufoja escepto."

"Jes, ankaŭ mi esperas tion."

La interparolo finiĝas. Tom troviĝas siaĉambre, kaj Marina tuj iras al li por rakonti pri la interparolo.

"Mi faris nenion. Ŝi staris en mia vojo, do ŝi mem kulpas."

"Tio ne klarigas, kial vi tiris ŝian kaptukon."

"La instruistoj ĉiam favoras tiujn aĉulojn, la islamanojn. Ni ne rajtas surhavi ĉapon en la klaso, sed ili rajtas ĉion ajn! Ĉi tie tamen estas Svedio! Ĝi estas nia lando, ne ilia!"

"Stultaĵoj, Tom! Svedio estas ŝia lando same kiel via kaj mia. Sed temas tute ne pri tio. Vi devas respekti ŝin, ŝian veston kaj la lernejan regularon. Vi devas konduti bone, alie..."

Ŝi ne scias kio sekvos, se li daŭrigos same. Per kio ŝi povas minaci?

"La instruisto klare diris ke tio devas ne ripetiĝi. Memoru tion! Alie vi eble ne povos resti en la klaso."

"Ĉu gravas? Mi fajfas pri tiuj idiotoj."

"Ĉu vi ne komprenas ke se vi kondutas tiel al viaj samklasanoj, ili iĝos viaj malamikoj? Tio plej multe malutilos al vi mem. Laŭ la instruisto iu knabo atakis vin pro via ago."

"Kompreneble. Tiuj diabloj estas damne perfortemaj. Sed mi ne timas."

"Sed imagu, kia malagrabla etoso estos en la klaso, se vi plu kondutos tiel! Vi detruos vian propran restadon tie, se vi kondutos malice."

"Fek! Mi ne volas amikumi kun araboj kaj nigruloj."

"Vi eble malamikiĝos kun ĉiuj en la klaso."

"Mi fidas nur la patriotojn, kaj ili ne ekzistas en mia klaso."

Marina rigardas lin senvorte dum kelka tempo. Poste ŝi suspiras kaj forlasas lian ĉambron. Ŝi vere ne scias, kiel alfronti lian novan konduton. Ĉu eblas iel rehavi lian estimon? Ĉu eblas replanti en li respekton al aliaj homoj? Ŝi ne plu vidas rimedon por eduki lin.

Ankaŭ pri sia rilato al Helle Marina estas senkonsila. Ŝi ne povas ĉesi pensadi pri la kopenhaga malfideleco de la edzino.

"Helle, mi ŝatus ke vi rakontu sincere kaj senkaŝe pri via rilato al Louise. Kiam kaj kiel vi ekkonis ŝin, kiel vi iĝis amantoj, kie vi kutimis renkontiĝi kaj tiel plu. Ankaŭ kiel la afero finiĝis, se ĝi efektive estas finita."

Marina parolas mallaŭte sed decide. Helle ekrigardas ŝin; poste ŝi cedas per la okuloj. Ili sidas surbalkone en la lumo de subiranta suno. Sur tableto staras kafotasoj malplenigitaj. Estas vespero en la komenco de septembro, sed regas nekutime varma vetero. Sub ili la strato Beridaregatan estas preskaŭ senhoma. Transstrate situas eta parko, inter kies folioplenaj arboj jen kaj jen videblas vespera promenanto kun hundo. De fore aŭdiĝas fona trafikbruo. Jen kaj jen pli klare trapenetras sono de hupo aŭ roranta motoro.

"Mi ne komprenas, kial vi volas turmenti vin per tio", diras Helle. "Mi faris grandan stultaĵon. Mi petis vin pardoni min, kaj mi ripetas tiun peton, sed ne eblas malfari tion, kio estas farita."

"Ĝi turmentus min malpli, se mi scius pli multe", diras Marina. "Kiu ŝi estas, kaj kia? Kiom ŝi aĝas? Pri kio ŝi laboras? Ju pli vi silentas, des pli aperas al mi la ideo, ke vi eble tute ne finis la aferon definitive."

Nun Helle vere renkontas ŝian rigardon.

"Vi scias ke ĝi finiĝis, Marina. Se ne, ŝi neniam telefonus ĉi tien. Vi ne povas serioze dubi pri tio."

"Do kial vi plu sekretas pri ĉio?"

"Mi ne sekretas. Mi volas nenion kaŝi, sed ankaŭ ne suferigi vin."

"Iom malfruas pensi pri tio nun!"

Du promenantoj renkontiĝas preskaŭ sub ilia balkono kaj komencas paroli pri kaj al siaj hundoj. La hundoj siaflanke priflaras unu la alian ĉe ambaŭ finoj. Unu aspektas kiel boksero, la alia estas malgranda papilihundo, kiu saltetas tien-reen inter la kruroj de sia mastro implikante la kondukŝnuron.

"Do, kion mi diru?" Helle demandas jam pli mallaŭte, gvatinte suben al la strato. "Mi unue renkontis ŝin ĉe mia kolego Vibeke, kiam ni festis ŝian divorcon."

"Ha, vi festis divorcon! Nu, tio ja ŝajnas konvena okazo por kokrado."

"Estas neniu kaŭzo por moko. Vibeke jam de jaroj klopodis fini la geedzecon kaj forregali sian edzon, kiu traktis ŝin kiel fatrason. Do tio vere estis festinda liberiĝo. Kaj Louise estis amiko de unu el ŝiaj filoj. Nu, ni iom interparolis, kaj post kelkaj tagoj ŝi kontaktis min en la muzeo, proponante komunan lunĉon. Ŝi laboras proksime, en la vendohaloj ĉe Nørreport."

"Do vi estas senkulpa, ĉu? Ŝi delogis vin, ne male."

Helle rigardas ŝin per okuloj malĝojaj. Ŝi faras amaran mienon kaj malrapide balancas la kapon.

"Denove, Marina, kial vi obstinas turmentadi vin?"

Marina duonkaŝas la vizaĝon permane kaj prokrastas la respondon. Fine ŝi raŭkas:

"Mi vere volas fini la turmenton. Mi volas ekscii kio okazis. Mi volas kompreni kiel vi povis fari tion."

"Ne eblas kompreni tiajn aferojn. Mi mem ne komprenas. Kaj mi neniam asertis ke ŝi delogis min. Mi ekkonis ŝin kaj eksentis fortan allogon. Tiel fortan ke mi perdis la prudenton. Poste, kiam ĝi revenis, mi devis klopodi por fini la aferon. Ŝi ne volis akcepti tion, kiel vi jam spertis."

"Kiom ŝi aĝas?" flustras Marina.

"La aĝo tute ne gravas en ĉi tio."

"Vi ne volas diri. Do ŝi estas juna, ĉu ne?"

Helle rigardas ŝin malgajmiene.

"Dudek ok."

Ili silentiĝas, plu sidante sur la balkono. La suno jam malaperis trans la arboj de la eta parko. Sentiĝas malforta vento ne plu tre varma. Helle, kiu malofte frostas, havas helverdan bluzon kun mallongaj manikoj. Marina surhavas trikitan jakon; tamen ŝi jen kaj jen frostotremas. Ŝi ekstaras kaj turnas la dorson al Helle, kiu same stariĝas tute proksime, metante la manojn sur ŝiajn ŝultrojn. Sed Marina liberigas sin kaj eniras en la salonon. Post minuto Helle prenas la pleton kun kafotasoj kaj sekvas ŝin enen.

"Aŭskultu", diras Helle al Marina, kiu sidas sursofe, "la demando pri aĝo ŝajne obsedas vin, sed ĝi vere ne gravas."

"Mi petis vin esti sincera. Mi scias ke mi maljuniĝas. Eble vi povas trompi vin mem, sed ne min."

"Ĉiuj maljuniĝas, Marina. Kaj mi volas maljuniĝi kun vi."

"Ba, kia patosaĵo! Vi ege stultas, se vi ne konfesas ke ŝia juneco estis esenca. Mi povus esti ŝia patrino, je preskaŭ duobla aĝo!"

"Vi eraras", diras Helle. "Ŝia aĝo igas ŝin malpli sperta, malpli konscia, pli naiva, do malpli interesa. La afero okazis malgraŭ ŝia aĝo, ne pro ĝi."

"Idioto! Vi ne kredas vin mem!"

"Mi certas ke tiel estis."

"Kreteno! Seksarda piĉo!"

Helle rigardas ŝin kompate. Tia eksplodo tre malkutimas ĉe Marina, kaj ĉi-momente ŝi vere ne similas sian kutiman memon. Ŝiaj kaŝtanaj haroj estas taŭzitaj kaj la rigardo ŝajnas febra. Ŝi stariĝis el la sofo sed nun residiĝas, nedecideme. Helle serĉas ion por diri, kiu povus trankviligi ŝin.

"Se vi krios tiel, vi alarmos la infanojn", ŝi duonvoĉe flustras.

"Bone! Ili ekscios, kia estas panjo Helle!"

Dum la lasta parto de la kverelo Helle restis staranta en la pordo al la kuirejo kun la pleto enmane. Nun ŝi pluiras por meti ĝin sur la lavtablon. Kiam ŝi revenas, ŝi sidiĝas sur fotelon flanke de la sofo, kie sidas Marina.

"Mi komprenas ke mi vund...", ŝi komencas sed estas interrompata.

"Nu, kia ŝi estas? Ĉu ŝi lekas pli bone ol mi? Pli persiste?"

Marina plu krias, sed ŝia voĉo estas pli streĉita ol laŭta, kvazaŭ ŝi estus ĉe la limo de eksploro.

Helle etendas manon al ŝi kaj tuŝas ŝian brakon.

"Pardonu min, Marina", ŝi flustras.

Marina kapneas senvorte. La tuŝo de Helle bruligas ŝian haŭton kaj malebligas al ŝi paroli. Dum kelka tempo ili silente sidas tiel.

"Estas malfrue", fine diras Helle. "Ni enlitiĝu."

"Ha", Marina seke ekridas. "Do iom da seksumado riparos ĉion, ĉu?"

"Ne. Sed iom da dormo almenaŭ redonos al ni fortojn. Ĉi tiu disputado povus daŭri eterne sen alporti ion ajn."

Ŝi plu sidas dum ankoraŭ kelka tempo rigardante Marina-n. Poste ŝi stariĝas.

"Mi enlitiĝos. Venu ankaŭ vi. Ne turmentadu vin plu. Klopodu rilaksiĝi, kara. Vi bezonas ripozon."

3

Pasas semajnoj. Ĉe la bordoj de la Sunda markolo inter Skanio kaj Selando oni komencas antaŭsenti la alvenon de aŭtuno. En la fino de septembro Letti komencas vesperan danco-klason kun sia amikino Alice. Ili estas akceptitaj en kurso de knabina hiphopo, kio sufiĉe surprizas Marina-n.

"Ĉu vi ne preferus ion alian... ion pli ritman, kiel salso aŭ sambo? Mi neniam rimarkis ke vi ŝatas repon aŭ hiphopon."

"Panjo, oni povas evolui, ĉu ne?"

"Sed ĝi ŝajnas al mi sufiĉe agresema. Kaj ĉefe knaboj hiphopas, mi pensas."

"Ĉi tio estas knabina hiphopo. Ankaŭ ni rajtas je tio!"

"Komprenebla. Nu, bone do, vi provu tion, kaj se vi elreviĝos, vi eble povos ŝanĝi al io alia."

Helle male entuziasmiĝas pri la elekto de la filino.

"Ha, bonege! Jen knabina forto, ĉu ne? Do demonstru al tiuj hiphopaj kokoj, ke vi kapablas kaj eĉ pli talentas ol ili!"

"Tamen ni ne kontraŭas la knabojn. Ili povas fari kion ajn ili volas. Sed ankaŭ ni volas danci hiphope."

Helle ridetas kaj aprobe kapjesas.

"Kaj vi faros tion bonege, mi certas."

Do, dum la paso de la aŭtuno oni pli kaj pli ofte aŭdas hiphopan repadon el la ĉambro de Letti, dum el la apuda ĉambro sonas vikinga ŝtonroko aŭ monotonaj naciismaj himnoj. Jen kaj jen la patrinoj vokas "mallaŭtigu" aŭ "malŝaltu", sed la efiko de tiaj admonoj kutime restas efemera.

Post iom da tempo oni tamen rimarkas, ke la amikino Alice ne plu same intense kiel Letti ĝuas la danco-klason. Ili daŭre restas plej bonaj amikinoj, sed ofte Letti devas insisti por ke Alice kuniru al ĝi. Fine la amikino konfesas ke ŝi volas ĉesi pri la dancado.

Letti ĉagreniĝas kaj rakontas pri la malkonsento al siaj patrinoj.

"Kaj vi mem?" diras Marina. "Ĉu vi volas daŭrigi?"

"Jes, sed ne estos same amuze sen Alice."

"Ĉu vi ne ekhavis aliajn amikojn en la grupo?" demandas Helle.

"Ili estas bonaj, sed ni ne vere amikiĝis. Ili estas pli aĝaj."

"Ĉu ŝi volas tute ĉesi aŭ ŝanĝi la dancoĝenron?" demandas Marina.

"Mi ne scias, ĉu eblas. Verŝajne ĉiuj klasoj estas plenaj."

"Sed ni povas demandi kaj esplori, ĉu ne?"

Sekvas kelkaj telefonaj interparoloj kun la gepatroj de Alice kaj kun la danclernejo, kaj iele trapele oni trovas lokon por ŝi en klaso de moderna baleto, kiu okazas samtage kiel la knabina hiphopo.

"Mi esperas ke ŝi ne tediĝos ankaŭ de tiu", diras Letti. "Serioze, baleto ŝajnas iom enua, ĉu ne?"

La dancado ne estas la unua regula aktivado de Letti. Antaŭ jaro ŝi komencis vesperan muziklernadon unufoje semajne. Kelkajn jarojn pli frue Anton eklernis ludi gitaron, sed li tediĝis post iom pli ol jaro, kaj de tiam lia gitaro pendas neuzata sur muro de la salono, kiel stulta ornamaĵo. Nur fojfoje Helle prenas ĝin enmane por provi, ĉu ŝi memoras kelkajn akordojn de sia junaĝo, kiam ŝi adoris la kantistinon Patti Smith. Sed Letti ne interesiĝas pri gitarludado. Post iom da hezitado ŝi elektis kverfluton. La komenco estis malfacila, tamen ŝi ne malkuraĝiĝis sed plu strebadis pli-malpli ĉiusemajne, kaj krome iom ekzercadis hejme. Nun ŝi jam scias ludi simplajn muzikaĵojn, precipe se ŝi povas ludi sola. Kunludi kun alia flutlernanto en la lecionoj ankoraŭ tre malfacilas.

Do ŝi montras sufiĉe grandan persistemon, precipe kompare kun sia frato, kaj tio validas ankaŭ pri la ordinara lernado. Kutime ŝi faras la lernejajn hejmtaskojn ambicie, kvankam Marina kaj Helle ofte devas memorigi al ŝi zorgi pri ili. Ŝiaj preferataj studfakoj estas muziko, angla lingvo kaj geografio.

Lastatempe kelkaj lernantoj sukcesis persvadi siajn instruistojn aranĝi lernejan mim-festivaleton, kie lernantoj el tri klasoj de la kvina jaro konkurse mimos laŭ konataj popularaj kantoj. Letti kaj Alice mimos kanton de la du norvegaj dekkvarjaraj ĝemeloj Marcus kaj Martinus, kiuj estas 'eeeege belaj kaj eeeege mojosaj'. Ambaŭ knabinoj jam de jaro estas fanoj de tiu duopo.

"Se vi mem ne kantos, kiel do tio rilatas al muziko?" spite demandas panjo Helle.

"Ba, vi komprenas nenion! Muziko estas multe pli ol nur muziko! Temas pri kiel oni agas sur la scenejo, pri la vesto kaj kiel moviĝi kaj tiel plu."

Antaŭe Letti ŝatis ankaŭ la lernejan sporton, sed ĉi-aŭtune ŝi jam ne same ŝatas saltadi kaj kuradi. Eble pro tio ke ekokazas aferoj al ŝia korpo. Ne tiom ke tio malhelpus al ŝi moviĝi, sed iel ŝi komencis pli multe zorgi, kiel ŝi tenas kaj movas la korpon, precipe antaŭ aliaj homoj. En la dancoklaso tio ne ĝenas, ĉar tie estas nur knabinoj, kaj krome ĉiuj surhavas lozajn vestaĵojn. Sed en la lernejo la klaso sportas kune, knaboj kaj knabinoj miksite. Tio estas memkomprenebla kaj natura, sed pro la knaboj ŝi ne plu sentas sin tute libera.

La mamoj ankoraŭ ne estas tre rimarkindaj kaj apenaŭ plenigas la plej malgrandan mamzonon. Sed ĉi-aŭtune ŝi ekmenstruas. Ŝi mencias tion sufiĉe embarasite al la panjoj. Helle tuj volas aranĝi feston por soleni la gravan okazaĵon, sed Letti sukcesas nuligi tiun stultaĵon. Ĝi vere ne estas festinda afero, sed plago, laŭ ŝi. Estas terure pensi ke ŝi devos suferi tian ĝenon ĉiumonate preskaŭ dumvive. Jen vera maljustaĵo!

Alia novaĵo, kiu eble rilatas al tiu monata sangado, aŭ eble ne, estas tio ke ŝi komencas scivoli pri la brazila orfejo kaj sia biologia patrino. Ŝi mem memoras neniun el tiuj, kaj antaŭe ŝi ne volis aŭdi pri ili. Sed nun ŝi petas Marina-n rakonti, kion ŝi scias.

"Ĉu vi laboris en la orfejo, kiam mi venis tien?"

"Ne, Letti, tiam mi jam loĝis ĉi tie. Mi jam kelkfoje diris tion al vi. Mia patro mortis du jarojn antaŭ ol vi naskiĝis, kaj tiam mi ĉesis labori en la brazila orfejo kaj reiris al Svedio."

"Li estis mia franca avo, ĉu ne?"

"Jes. Li estas tiu, kiu donis al ni la nomon Aubert. Poste mi ne reiris por plu labori en Brazilo sed ekloĝis en Malmö, kaj baldaŭ mi renkontis Helle-n en Kopenhago. Kiam ni ekloĝis kune ĉi-urbe, mi vojaĝis por viziti la orfejon. Tie mi ekkonis vin ambaŭ kaj ekamis vin. Vi estis dujara sed iom malgranda por via aĝo, kaj Tom tre ĵaluze zorgis pri vi kaj protektis vin. Vi ambaŭ tiam loĝis en la orfejo jam de duonjaro, proksimume, post kiam via biologia panjo malsaniĝis kaj mortis. Poste en la sama jaro mi venigis vin ĉi tien."

"Do vi neniam renkontis mian unuan patrinon."

"Neniam. Mi scias ŝian nomon, Luíza Neto Pereira, sed nenion plu. Ŝi estis malriĉa, sendube, kaj kredeble ne havis parencojn, kiuj povis prizorgi vin. Tial vi venis en la Domon de Espero, kiel nomiĝas la orfejo."

"Mi ŝatus havi foton de ŝi."

"Jes, tion mi komprenas. Ankaŭ mi, sed bedaŭrinde oni ne havis tion en la orfejo. Mi havas nur kelkajn fotojn de la orfejo kaj de la homoj, kiuj laboris tie kun mi."

"Kial vi venis por labori tie?"

"Ho, jen longa kaj komplika historio. Mi loĝis en Londono dum du jaroj. Tie mi renkontis viron de la kooperativo, kiu posedas la orfejon. Mi jam tediĝis de la londona kafejo, kie mi laboris, do ŝajnis al mi bona ideo helpi infanojn, kies gepatroj ne povis prizorgi ilin. Tiutempe mi supozis ke mi neniam havos proprajn infanojn."

"Kial? Ĉu pro tio ke vi estas lesba?"

"Ne. Mi ne sciis tion. Tiam mi ankoraŭ neniam enamiĝis al virino."

"Ĉu ne? Sed kiam vi estis juna, ĉu vi amis knabon?"

"Jes. Aŭ... mi pensis ke mi amas ilin."

"Ilin? Ĉu plurajn?"

Marina ridetas pro la ŝokita mieno de la filino.

"Ne estu tia moralisto, Letti! Nu, jes... kelkajn."

"Tio estas stranga. Mi ne povas imagi vin kun viro. Ĉu ankaŭ panjo Helle estis tia?"

"Ha ha! Pri tio vi devas demandi ŝin."

"Ĉu vi ne scias?"

"Mi scias, sed mi ne diros. Tio estas ŝia afero, ĉu ne?"

"Nu, eble mi demandos. Sed kiam vi loĝis en Brazilo, ĉu vi havis koramikon aŭ koramikinon?"

"Nek nek. Mi vivis sola. Mi loĝis kaj laboris en la Domo de Espero. Krom tio mi faris tre malmulte. La orfejo plenigis miajn tagojn."

Dum momento Marina pripensas, ĉu rakonti pli multe pri sia tiama vivo. Sed ŝi decidas prokrasti tion. Letti ankoraŭ estas infano, kiu nur ekadoleskas. Cetere, post nelonge ŝi kredeble trovos ege embarase aŭdi ion ajn pri la sentoj kaj amaj spertoj de siaj patrinoj. Marina tamen ekpensas ke eble baldaŭ estus taŭga tempo por vojaĝi kun Letti kaj reviziti la orfejon kaj la naskiĝlandon de la infanoj.

En la unuaj jaroj ne estis eble reviziti Brazilon kun la infanoj. Necesis pruntepreni monon, unue por la loĝejo, due por la adopto, kaj revojaĝo simple kostus tro multe. Post kelkaj jaroj tio ne plu ŝajnis grava aŭ eĉ konvena. Neniu el la gefiloj tiam plu volis aŭdi ion ajn pri Brazilo, kaj ili jam parolis nur svede inter si. Krome ŝi mem ĉiam malamis flugvojaĝi, kvankam ŝi devis toleri tion por veni al kaj de Brazilo. Dum kelka tempo ŝi diskutis la aferon kun Helle, sed ne estis tute simila afero por ŝi kiel por Marina. Helle neniam loĝis en Brazilo, entute ŝi havis nenian ajn rilaton al tiu lando. Komence Marina oficiale estis sola adopta patrino, sed kiam la sveda leĝo tion permesis ekde majo 2009, ili edziniĝis kaj registris ankaŭ Helle-n kiel patrinon. Necesis iom da burokrataj proceduroj, sed baldaŭ la afero estis preta. Tio ŝanĝis nenion en la realaj familiaj rilatoj, sed almenaŭ permesis ankaŭ al Helle liberiĝi de sia laboro por flegi Letti-n, kiam tiu pro okaza malsano devis foresti de la vartejo aŭ lernejo.

Nun Marina do komencas pripensi, ĉu estus bona ideo reviziti Brazilon kun Letti, ĉar la knabino ekmontras intereson pri la lando kaj pri sia propra deveno. Ŝi devus diskuti la aferon kun Helle, sed ĉi-momente ŝi ne tre emas fari tion. Ilia rilato ĉi-aŭtune estas flameto flagranta je minimuma intenso. Eble tia diskuto fakte alportus ion bonan; tamen ŝi hezitas proponi la temon. Ĉiuokaze ne urĝas. Vojaĝo certe ne eblos antaŭ la venonta somero, se eĉ tiam.

Anton nun frekventas la naŭan kaj lastan jaron de la elementa lernejo. Li plu estas unu jaron pli aĝa ol siaj samklasanoj. Efektive la devo frekventi lernejon devus jam finiĝi por li, se juĝi laŭ la aĝo. Tiel tamen ne estas, ĉar li ankoraŭ ne trapasis la naŭan klason. Krom tio ŝajnas ke ĉiuj aliaj gejunuloj poste trairos tri jarojn da gimnaziaj studoj. Sed tio tute ne interesas lin. Kion fari anstataŭe, li ne scias. Laboroj apenaŭ ekzistas por deksesjaruloj. Nu, tiam li ja estos deksepjara. Eble tio faros diferencon. Nun necesos elteni unu lastan jaron de teda vegetado en la klasĉambroj.

Li kritike rigardas siajn samklasanojn kaj trovas ilin infanecaj. Ĉiuj vane klopodas impresi pli aĝaj ol ili estas. La knaboj stulte ŝajnigas plenkreskajn spertojn, pri kiuj kredas neniu. La knabinoj interesiĝas nur pri vestoj kaj ŝminko. Kaj pri knaboj, kompreneb, sed aliaj, foraj knaboj. Neniu interesiĝas pri li, nek knabinoj nek knaboj. Tamen li ja iam montros al ili. Li plenumos ion; li ankoraŭ ne scias kion, sed ion imponan, kio igos ilin atenti kaj memori lin. "Li estis en mia klaso", ili diros. "Mi konis lin." Sed tio estos nur falsa fanfaronado. Ili tute ne konas lin.

Dum li siaflanke trenas sin malvolonte al sia lernejo, li vidas la fratinon ĝoje kureti alidirekte al la sia, plena de atendoj. Li trovas tion ridinda. Ŝi estas stulta bebeto, nigruleto plene forgesinda. Ŝi ja ne estas lia vera fratino. Tio evidentas. Sufiĉas ĵeti unu rigardon al ŝia vizaĝo. Aŭ al la hararo. Estas vero ke ili ambaŭ havas nigrajn harojn, sed la liaj estas rektaj, ne bukletaj kiel ŝiaj negraj lano-haroj. Fi! Kiam Gustav de la Norda Fronto iam vizitis lin kaj Letti subite aperis el sia ĉambro, li simple diris ke ŝi estas adoptito. Tio ja estas la vero.

Lastatempe ŝi krome komencis ridinde babili pri Brazilo, tiu mizera landaĉo. Interalie ŝi malkovris ke ĝi havas inan prezidenton nomatan Dilma. Sed kelkajn tagojn post la fino de la olimpiaj ludoj Letti eksciis ke la brazila parlamento eksigis la prezidenton pro korupteco. Laŭ Anton tio pruvas la maltaŭgecon de inoj kiel gvidantoj, sed Letti prenis tion kiel personan insulton. Ne pro vere politika motivo, ĉar tiun ŝi ne komprenis, sed ĉar Dilma kiel virino kaj brazila ŝtatestro rolis kvazaŭ modelo por ŝi. Anton rikanas, aŭdante ŝin babili siajn infanecajn stultaĵojn. Laŭ lia opinio Letti povus tre bone esti resendita al la brazila orfejo.

Iuvespere li akompanas du frontanojn al bierejo. Li mem ja estas ege tro juna por aĉeti bieron, sed en Nigra Leono oni ne tre zorgas, kiu vere trinkas la bieron aĉetatan de pli aĝaj klientoj. Do Gustav kaj Tobias mendas bierojn, kaj poste ili dividas ilin pli-malpli frate inter la triopo.

Pli malfrue nokte ili rondiras aŭte tra la urbo. Tobias stiras ĝin; li estas la sola kun kondukpermeso, kaj krome la malplej ebria.

"Ĉu vi kunportas ŝtonojn?" demandas Gustav.

"Palpserĉu ĉe la piedoj", ridas Tobias.

La du pasaĝeroj ambaŭ serĉas kaj efektive trovas kelkajn pugnograndajn ŝtonojn surplanke.

"Ili apartenas al la baza ekipaĵo de ĉi tiu aŭtomarko", plu ridas Tobias.

Ankaŭ Gustav ridas, kaj same Anton, kvankam ne vere sciante pri kio.

"Do ni vizitu la gejojn, ĉu ne?" diras Gustav.

"Kial ne?"

Tobias turnas la aŭton ĉe kelkaj stratanguloj, kaj jen ili iras laŭ la strato Bergsgatan en la suda kvartalo. Poste la aŭto ankoraŭfoje turniĝas en flankstraton kaj bremsiĝas.

"Jen do", diras Gustav. "Bebeto, prenu po unu en ĉiu mano, kaj lasu la pordon malfermita. Ni ne restados longe."

Anton kaptas du ŝtonojn kaj elaŭtiĝas kun la amiko, dum Tobias restas sidanta ĉe la stirilo.

"Jen dekstre. Ĉi tiu fenestro estas por vi. Mi celos la sekvan."

Gustav pluiras kelkajn paŝojn, kaj subite aŭdiĝas laŭta krakego de krevanta vitro. Ankaŭ duafoje sonas krako, kaj li revenas kuretante.

"Ĵetu do, damne, kaj tuj en la aŭton. Se ne, ni lasos vin ĉi tie."

Anton ĵetas la unuan ŝtonon al la apuda fenestro. Sed ĝi estas tro malgranda, aŭ li ĵetis tro malforte, do ĝi nur resaltas kaj falas teren, ruliĝante for sur la pavimo de la trotuaro. La duan li ĵetegas plenforte. Vitrosplitoj ŝprucas sur lin, kaj la kraŝo sonas surdige.

"Ensaltu!" vokas Gustav, dum Tobias rorigas la motoron.

Li ensaltas kaj falas sur la sidbenkon, dum la aŭto akceliĝas kaj baldaŭ turniĝas denove, nun jam apud la Popola Parko.

Anton sentas brulan doloron sur la dekstra vango. Li palpas ĝin kaj sentas ian varmetan ŝmiraĵon. Evidente vitrosplito tranĉis lin. Li tamen diras nenion. Estas nature ke oni povas vundiĝi en la nacia lukto.

"Kio estas tiu ejo?" li anstataŭe demandas.

"Ia kunvenejo de naŭzaj bugruloj", respondas Tobias. "Espereble ili komprenos ke ili ne plu rajtas suĉi siajn kacojn meze inter normalaj sanaj homoj."

Anton pensas ke li eble povus demandi Gustav-on, ĉu li havas pretpansaĵon siahejme. Sed li decidas ne mencii la vundon. Espereble ĝi ne estas granda. Povus okazi ke la du aliaj ridus pri li, dirante ke li ĵetis la ŝtonon mallerte. Li sendube trovos pansaĵon hejme en la banĉambro.

Fine de oktobro duafoje brulas rifuĝejo por azilpetantoj en Oxie. Tiu trankvila antaŭurbo de Malmö konsistas plejparte el unufamiliaj domoj, sed en du barakoj iam servintaj al la loka sportklubo oni lastjare aranĝis provizoran rifuĝejon. Jam printempe iu vane provis ekbruligi ĝin, kaj nun finfine realiĝis la atenco. Komplete forbrulis unu el la barakoj. La rifuĝantoj devis savi sin tra la fenestroj, kaj ŝajne ĉiuj sukcesis pri tio sen grave vundiĝi. La homoj subite senhejmaj estas fortransportitaj al alia rifuĝejo, dum la restantoj en la dua barako ege timas novan brulon, laŭ intervjuoj en la regiona televida novaĵelsendo.

Helle komentas la novaĵon kritike.

"Mi ĉiufoje demandas min, kiam la aŭtoritatoj vere faros ion kontraŭ tiuj brulmurdistoj. Sufiĉus meti gvatkameraojn sur ĉiujn rifuĝejojn por fortimigi ilin. Kaj intertempe necesus gardistoj ĉiunokte."

Eble la rifuĝantoj mem povus gardi", diras Marina.

"Nu, mi dubas ĉu tio helpus. Necesus gardistoj en uniformoj kun rajto kapti la kulpulojn. Sed kameraoj certe efikus."

Antaŭ jaro okazis ega kresko de la nombro de rifuĝantoj el Sirio, Afganio kaj aliaj landoj en Azio kaj Afriko. Poste la nombro denove malkreskis, kiam vico da eŭropaj landoj inkluzive de Svedio fermis la limojn per diversaj rimedoj. Kaj ekde la antaŭa aŭtuno okazis serio da bruloj en la provizoraj rifuĝejoj por azilpetantoj ĉie en Svedio. Ofte oni ekbruligis ankoraŭ neloĝatan konstruaĵon, kiam oni eksciis por kio ĝi estos uzata. Sed plurfoje ekbrulis ankaŭ domoj plenaj de homoj. La kulpuloj neniam estas kaptitaj. Ĉiuj spuroj forbrulis, diras la polico, do eblas nenion fari.

"Mi vere ne povas kredi ke la polico agus same neglekte, se temus pri ordinaraj loĝdomoj", grumblas Helle.

Marina ne kontraŭdiras al ŝi.

4

Alproksimiĝas Kristnasko. Ĉi-jare tamen estos malbonaj jarfinaj ferioj el la vidpunkto de dungito, ĉar preskaŭ ĉiuj festotagoj okazos sabate kaj dimanĉe. Kelkajn tagojn antaŭ la ĉefa festo de paco terorista atako trafas kristnaskan bazaron en Berlino. Iu perforte transprenas ŝarĝaŭton kaj veturigas ĝin rekte en homamason, mortigante dek du homojn kaj vundante kvindekon, simile kiel antaŭ kvin monatoj en Nico. Nur plurajn tagojn poste oni ekscias ke la kulpulo ankaŭ ĉi-foje estas tuniziano, simpatianto de Islama Ŝtato, kiu petis sed ne ricevis restadpermeson en Germanio. Oni tamen ne sukcesis ekzili lin, ĉar Tunizio rifuzis akcepti lin.

Marina pensas pri la du atakoj. Ĉu ĉi tio ekde nun estos nova agmetodo de la teroristoj? Se jes, tio signifas ke estos ege malfacile protekti sin kontraŭ ĝi. Ŝteli kamionon, kies ŝoforo portas varojn enen aŭ elen, ŝajnas ne tre komplika afero. Kaj se la teroristo pretas riski sian propran vivon, preskaŭ nenio haltigos lin.

Inge, la patrino de Helle, venas festi la antaŭtagon de Kristnasko kun ili. Temas pri tre kvieta festado; oni kune preparas kaj manĝas kelkajn tradiciajn pladojn, televidas programojn, kiuj ripetiĝas ĉiujare okaze de la festo, kaj interŝanĝas kristnaskajn donacojn. Poste Avino Inge tranoktas ĉe ili, kio kaŭzas ioman disputadon, ĉar Anton rifuzas kundividi ĉambron kun Letti, kiel oni kutimis fari ĝis nun, liberigante ĉambron por la gasto. Letti tamen akceptas kundividi sian ĉambron kun la avino, sed la malbonvolo de Anton ĵetas ombron sur la kunestadon kaj malbonigas la etoson.

En la Kristnaska tago la plenkreskuloj faras mallongan promenon. La vetero estas milda, sed Inge ne havas forton longe piediri, do oni baldaŭ revenas hejmen. Post tagmanĝo konsistanta el tradicia bakita anaso, alportita de Inge, ŝi posttagmeze reveturas hejmen al sia kopenhaga antaŭurbo. Baldaŭ ambaŭ gefiloj malaperas al siaj respektivaj amikoj, do restas nur la edzina paro.

Marina havas kapdoloron. Kristnasko por ŝi signifas plejparte devojn kaj neplenumeblajn atendojn. Dum kelkaj junaĝaj jaroj ŝi ofte pasigis ĝin sola, kaj tiam ŝi preferis tion. Ŝiaj konatoj kutime pasigis la feston kun la familio, sed ŝi evitis la sian. Nun ŝi paŝas malkviete tien-reen tra la apartamento kun la sento ke ŝi devus plenumi ion, sed ŝi ne scias kion. Ŝi demandas sin, kion faras Anton kun siaj naziaj amikoj. Fine ŝi glutas sendolorigilon kaj sidiĝas fotele en la salono. Apud ŝi Helle kuŝas sur la sofo, legante danan leĝeran romanon de Hanne-Vibeke Holst.

"Kiel agrable, ĉu ne?" murmuras Helle, turnante paĝon.

"Kio?"

"Nu, esti solaj kaj liberaj. Ĝui la trankvilon. Kaj scii ke ni havas amason da manĝorestaĵoj. Ne necesos kuiri ĉi-vespere, nek morgaŭ. Ni simple surtabligos la restaĵojn. Oni povus eĉ manĝi senpere el la fridujo."

"Terure!" diras Marina ŝokite. "Kompreneble ni devos kuiri. Almenaŭ varmigi la pladojn. La infanoj devas lerni zorgi pri la manĝoj."

"La infanoj! Ili fajfas pri tio. Ni prefere donu prioritaton al ni mem."

Helle reprofundiĝas en sian romanon. Ankaŭ Marina ŝatus legi, sed ŝi ne havas sufiĉe trankvilan menson por tio. Ŝi timas maltrafi ion gravan, malzorgi ion esencan. Ŝi maltrankvilas, ne sciante kie estas la filo, nek kion li faras. Kaj ŝi sentas senpovon, ĉar ne plu eblas al ŝi iel ajn influi kiel li vivu sian vivon.

Ŝi stariĝas kaj dum kelka tempo vagas tien-reen tra la salono, trovante nenion farindan.

"Marina, kara", diras Helle de la sofo. "Ĉu ne biero bongustus, laŭ vi?"

Marina rigardas ŝin. Kiel ŝi povas esti tiel indiferenta? Kial ŝi ne zorgas pri tio, kion faras Tom?

Tamen ŝi iras kuirejen por alporti botelon da biero al Helle. Post momento da hezito ŝi prenas unu ankaŭ al si mem. Ĝi supozeble ne helpos, sed ĝi ja ankaŭ ne povos malutili.

"Vi estas anĝelo, Marina."

"Kaj vi tro dorlotita paŝao."

Estas ĵaŭda vespero. La jarfinaj festoj jam pasis kaj oni revenis en rutinajn tagojn kun ĉiutaga laboro kaj lernejaj lecionoj. Komenciĝis la periodo, kiun svedoj nomas 'eksbovaj semajnoj' pro la longa vico da senfestaj labortagoj, dum kiuj oni devas treni la vivon senripoze kvazaŭ sub jugo. Marina kaj Helle spektas la televidajn novaĵojn, aŭ pli ĝuste Marina sekvas ilin dum Helle alterne atentas la televidon kaj ian magazinon. 'Simultana kapablo' ŝi nomas tion, dum Marina prefere diras 'manko de fokuso'. Ili ĵus vespermanĝis kun Letti, kiu poste iris siaĉambren. Anton estas ie aliloke.

La tutlanda novaĵelsendo raportas pri lastminuta okazintaĵo en Malmö. Juna knabo deksesjara estas mortpafita de nekonato ĉe bushaltejo en la kvartalo Rosengård.

Ili ambaŭ gapas terurite al la ekrano. Helle lasas fali la magazinon. "Nu, trankviliĝu", ŝi preskaŭ tuj diras. "Kion li do farus tie? Estas ankoraŭ unu laŭvica murdo en la krimula vendeto, kompreneble."

"Deksesjarulo!"

"Jes, estas terure. Sed ili debutas eĉ pli frue."

Marina ne komentas tion sed prenas sian poŝtelefonon kaj alvokas tiun de Anton. La signaloj sonas, sed li ne respondas. Ŝi iras por provi ankaŭ per la fiksa telefono, sed same vane.

La kvartalo Rosengård estas loĝata plejparte de enmigrintoj, do Anton pro siaj novaj ideoj vere havas motivon eviti ĝin. Sed se li tamen ial irus tien, eble kun siaj naziaj samideanoj?

Post la tutlanda elsendo sekvas kvin minutoj da regionaj novaĵoj, hodiaŭ dediĉitaj preskaŭ ekskluzive al la pafmortigo. Jam de jaroj Malmö estas turmentata de ŝajne senfina vico el pafmortigoj kaj atencoj; ĉiam – oni supozas – inter malsamaj krimulaj bandoj, kaj kutime en publikaj lokoj, surstrate, kelkfoje dumtage. Ĉi-foje tamen ŝajnas alie. La viktimo estas bonkonduta knabo, oni baldaŭ ekscias, ambicia lernanto, kiu revis iam fariĝi kuracisto. Lia nomo estas Ahmed, ne Anton. Oni pafis kuglon tra lia kapo dum li atendis aŭtobuson. Neniu komprenas kial. Ĉu oni tutsimple prenis lin por iu alia?

Ĝuste kiam la anoncisto transiras al la morgaŭa vetero en la plej suda Svedio, malfermiĝas la apartamenta pordo kaj Anton venas hejmen. Dum li demetas la fortikajn ŝuojn kaj vintran jakon, Marina stariĝas por varmigi al li porcion el la vespermanĝo.

"Kie vi estis?" ŝi dume vokas al li.

"Ekstere."

"Sed kion vi faris?"

"Ne zorgu. Mi estis kun miaj amikoj."

Ĝuste tio ja zorgigas ŝin; tamen ŝi ne plu demandas. Nenion ŝi ĉiuokaze sukcesus ekscii de li, kaj ankaŭ la manĝon li rifuzas.

"Vi simple devas forigi ĝin."

"Neniam."

Anton staras en la pordo de sia ĉambro, streĉita kvazaŭ por obstakli la eniron per sia korpo. Li tenas la kapon rigide klinita, tiel ke la nigraj fruntharoj falas al li antaŭ la okulojn kiel stria kurteno. Li ŝajnas plena de retenata kolero.

"Ne indas diskuti pri tio", insistas Helle. "Tiu afiŝo transiras la limon je mejloj. Se vi mem ne forigos ĝin, mi faros, sed mi preferas ke vi faru tion. Marina kaj mi plene konsentas pri la reguloj, kaj ni ne permesas tian eksceson. Do, aŭ forigu la afiŝon, aŭ mi faros tion."

"Mi ne forigos. Ĉi tio estas mia ĉambro. Vi ne rajtas eniri. Neniu rajtas."

La afiŝo, kiun li alpinglis surmure de sia ĉambro, kaj pri kiu Helle postulas ke li forigu ĝin, montras marŝantajn junulojn en uniformeca vesto kun svastikosimila sago surbrake kaj sur flirtantaj standardoj. Super la bildo estas skribite per grandaj, angulecaj literoj, kiuj imitas runojn: 'REKONKERU LA PATRUJON! PURIGU LA NACION DE LA NIGRA FEĈO!'

"Ne stultumu, Tom. Aŭ Anton, se vi preferas. Ni ne toleras tiaĵojn en nia hejmo. Kaj ni ne akceptas ke vi plu renkontu tiujn ulojn."

"Vi ne povas malhelpi tion."

Li rigardas ŝin defie dum kelka tempo. Lia mieno esprimas profundan malŝaton. Poste li fermas la pordon. Aŭdiĝas ŝovado de meblo, supozeble seĝo kiun li muntas sub la pordan manilon.

Helle rigardas la fermitan pordon.

"Tio ne valoras la penon", ŝi laŭtas. "La afiŝo trafos en la rubujon, kie ĝi hejmas."

Li ne respondas sed ŝaltas muzikon de unu el la bandoj, kiujn li lastatempe ĉiam aŭdigas. Eble ĝi nomiĝas *Filoj de Odino* aŭ *Sango kaj Honoro* aŭ *Sviþjuð* – nomoj pompaj, kiuj tamen ne igas la muzikon pli impona. Al Helle ŝajnas ke oni eĉ ne vere aspiris lertecon en la plenumado, sed ĉefe ian impreson de krudeco. La kantataj vortoj ne distingeblas, sed ŝi scias ke temas pri glorado de ia imagita norda gento. La teksto ŝajnas al ŝi ridinda per si mem, sed ĝi simbolas malamon al homoj el aliaj partoj de la mondo. Tiaj homoj, kia estas la knabo mem, kvankam li ne plu rekonas tion. Antônio, karesnome

Tom, antaŭ duonjaro decidis esti blankulo, svedo kaj tio, kion li nomas patrioto. Baldaŭ li krome decidis ke lia nomo estas Anton. Plue ke lia fratineto Letícia, karese Letti, iom pli malhelhaŭta ol li, estas nigra bastardo. Kaj ke Marina kaj Helle ne estas liaj patrinoj, sed nur ridinda paro da mezaĝaj lesbaninoj. Kiom el ĉi tio li mem elpensis, kaj kiom enkapigis al li la novaj amikoj, ne eblas scii.

Helle reiras al Marina en la salono kaj sidiĝas apud ŝi.

"Li enfermis sin kaj blokis la pordon", ŝi diras. "Nu, morgaŭ ĝi iros rubujen, tion mi promesas. Ni nepre devas instrui al li respekton al aliaj homoj."

Marina turnas sin suben al nova romano, kiun ŝi ĵus komencis legi.

"Jes, respekto estas bona", ŝi diras nelaŭte, plu legante.

Dum kelka tempo ili sidas silente unu apud la alia en la salono de sia apartamento. Anton kredeble restos tutvespere en sia ĉambro, gardante la afiŝon. Ankaŭ Letti ĉi-momente nestas en sia ĉambro, babilante telefone kun sia amikino Alice. Estas vespero en la mezo de januaro, kaj ekster la fenestroj regas mallumo.

Marina ankoraŭ dubas ke la senkompromisa sinteno de Helle plej bonas. Ŝi demetas la libron.

"Vi ne lasas al li alian elekton ol firme kontraŭstari", ŝi diras. "Mi pensas ke ni atingus pli multe per iom pli fleksebla aliro."

"Tion vi jam provis, ĉu ne? Vi estis tiel fleksebla ke li tute fleksis vin kuspe. Flekseblon li komprenas kiel malfortecon, kaj tiun li malestimas."

"Verŝajne jes, sed kion vi atingos per la malflekseblo? Nenion, laŭ mi."

"Mi forigos la abomenan afiŝon. Jen kion mi atingos."

Subite kaj neatendite la filo tamen forlasas sian ĉambron, surmetas ŝuojn kaj varman jakon kaj senvorte foriras de la apartamento, frapfermante la pordon. Li ja fermis ankaŭ la pordon de sia ĉambro, sed de ekstere ne eblas bari ĝin. Ŝlosilojn de la ĉambropordoj ili ne plu havas. Do Helle eniras, forigas la afiŝon kaj ŝiras ĝin en dekon da pecoj, kiujn ŝi ĵetas en rubujon.

Surmure en lia ĉambro troviĝas ankaŭ liaj propraj desegnaĵoj. Antaŭ kelkaj jaroj li komencis fari sufiĉe lertajn karikaturojn de instruistoj, konatoj, famuloj. Sed lastatempe li desegnas pli malicajn kaj forpuŝajn bildojn, ofte de personoj nekonataj aŭ nur imagitaj. Sur unu muro estas alnajlita desegno de virino malbelega, kun grimaca buŝo, krifaj ungoj kaj mamoj pendantaj ĝistalie. En alia bildo aperas figuro duone homa, duone simia. Ne eblas vidi, kiun ĝi prezentas, sed suba teksto informas ke temas pri Barack Obama. La nova usona prezidento eble ricevus pli belan portreton. Aŭ eble ne. Estas mistero, kiel Anton konceptas la mondon. Helle ŝatus forigi ankaŭ tiujn desegnojn, sed ŝi rezignas tion. Evidente li havas desegnan talenton, kvankam li uzas ĝin strange.

Fine ŝi reiras salonen.

"Jen vi vidas", Marina murmuras, ne levante la okulojn el la libro.

"Kion?" diras Helle iom akre.

"Nu... kion vi atingis? Vi nur forpelis lin de hejme. Nun ni tute ne scias, kion li faros."

"Certe ni scias. Li iros al siaj samideanoj, aŭ renkontos ilin en bierejo kiu ne tre striktas pri la aĝlimo. Kaj tie ili papagos stultajn insultojn pri homoj de subvaloraj rasoj, kiel afrikanoj, araboj, judoj, gejoj kaj feministoj."

"Do vi povas esti kontenta, ĉu ne?" diras Marina.

"Nu, ni ne povas malliberigi lin. Sed ĉu laŭ vi estus pli bone, se li farus tion hejme? Se la bando kolektiĝus ĉi tie?"

"Mi almenaŭ ŝatus scii, kie li estas."

Marina jam ne legas sed plu tenas la libron malfermita enmane, kun la rigardo ŝvebe en la foro. Helle stariĝas kaj faras du paŝojn direkte al la kuirejo.

"Mi kuiros kafon. Mi pensas ke ni bezonas tion. Sed ne forgesu ke ni estas liaj patrinoj. Ni respondecas pri li. Ni estas lia familio, kaj ni devas haltigi lin, kiam li transiras limon."

"Sed vi tute ne haltigas lin!" ekkrias Marina. "Eĉ male, vi pelas lin pluen trans tiun limon!"

Helle ĉi-foje ne respondas sed iras kuirejen. Marina provas rekomenci sian legadon sed ne retrovas la lokon, kie ŝi ĉesis. Ŝi metas la libron surtablen kaj fermas la okulojn, pensante pri tio, kiel Helle kaj ŝi komunikas inter si. Ŝi timas ke ili ne vere komprenas unu la alian. Sed ĉu do entute eblas ĝisfunde kompreni alian homon?

Dumlonge Marina estadis firme konvinkita, ke ŝi neniam havos familion. Ŝiaj memoroj el la infanaĝo kaj eĉ pli el la junaĝo ne logis ŝin al propraj infanoj. Krome ŝi neniam renkontis viron, de kiu ŝi volus havi idojn. Sed poste okazis la tertremo de ŝia vivo, la renkontiĝo kun Helle, la enamiĝo, la komenco de kunvivado. Jam antaŭ ol ili ekkunloĝis, ŝi ekpensis pri la brazila orfejo, kie ŝi laboris dum jaroj, kaj baldaŭ ŝi jam konvinkis sian kunvivanton ke ili klopodu adopti infanojn de tie. Nun ili jam de preskaŭ dek jaroj estas familio el du patrinoj, filo kaj filino. Ŝi ne scias de kie ŝi ekhavis tiun ideon. Kelkfoje ŝi duone ŝerce, duone serioze kulpigas pri tio sian delongan amikon Tomas, kies du filinojn ŝi unuafoje renkontis reveninte al Svedio, do iom antaŭ ol ŝi ekkonis Helle-n.

Ŝian vagadon en memoroj nun interrompas Helle, alportante pleton kun kafo kaj konjako. Ŝi demetas ĝin, sidiĝas kaj verŝas en tasojn kaj glasojn.

"Pardonu", ŝi diras. "Mi eĉ ne demandis, ĉu vi volas. Sed ni sendube bezonas tion."

"Eble jes. Mi ne sciis ke vi aĉetis ĝin."

Helle trinkas konjakon kaj kafon kaj rigardas Marina-n.

"Mi agnoskas ke mi tro insistis", Helle pluas. "Sed ne povas esti bona reago tute ne reagi. Necesas montri al li, kio estas akceptebla kaj kio ne. Kaj montri tion klare."

"Jes. Sed ni ne povas instrui respekton per malrespekto. Mi ĉiam timas transiri tiun limon."

"Nu, ni vidu. Je via sano!" diras Helle kaj malplenigas sian glason.

Ankaŭ Marina trinkas, sen pluaj vortoj. Dum kelka tempo neniu diras ion. Eksterdome regas plena mallumo, kaj maldensa pluveto jen kaj jen bl:oviĝas al la fenestrovitroj per subitaj ventpuŝoj.

Post iom la filino aperas en la salono. Ŝi haltas antaŭ ili, rigardante ilin scivole.

"Ĉu ankaŭ vi volas ion, Letti?" demandas Helle, verŝante al si mem ankoraŭ konjakon.

La knabino ne tuj respondas sed observas ilin ŝajne maltrankvile.

"Ĉu vi kverelis?" ŝi demandas.

"Ne", diras Marina. "Ni parolis pri Tom, sed ne plu. Prenu sukon el la fridujo kaj sidiĝu ĉe ni, se vi volas."

Letti pripensas dum kelka tempo, sed poste ŝi reiras al sia ĉambro nenion dirante. Ankaŭ Marina kaj Helle dum kelka tempo silentas.

"Pri kio vi pensas?" poste diras Helle. "Ĉu pri viaj gepatroj?"

Marina saltetas kaj rigardas ŝin akre.

"Tute ne. Kial do?"

"Ĉar... Nu, ŝajnas al mi ke ĉiufoje kiam ni malkonsentas pri la infanoj, nu, pri Tom ĉiuokaze, vi pensas pri via propra infanaĝo. Kaj tio iel paralizas vin."

Marina kapneas.

"Mi pensas pri Tom", ŝi poste diras. "Kio okazos al li. Kian vivon li havos. Li estas ege plena de kolero."

"Jes, kaj kolero tute vana, misdirektita."

"Mi demandas min, kion ni faris por veki en li tiun koleron."

Helle sulkas la frunton kaj rigardas ŝin malkonsente. Ŝi kaptas la konjakoglason sed tuj remetas ĝin.

"Kial do kulpigi nin mem pri tio? Troviĝas neniu kialo. Tio estus same misdirektita kiel lia kolero. Ne ni kulpas, sed tiuj kretenoj, kun kiuj li amikas."

Marina malrapide kapneas.

"Pri ili ni povas fari nenion. Sed kial li kaptiĝis de iliaj idiotaĵoj? Devas esti io, kion ni ne sukcesis doni al li."

Nun Helle duafoje malplenigas sian glason kaj faras malkontentan geston.

"Baldaŭ vi diros ke mankis al li patro! Ne kulpigu vin, Marina! Ni ne kulpas pri tio, ke li decidis freneziĝi. Sed ni devas diri al li klaran neon!"

"Nu, certe. Sed..."

"Kia sed?"

Marina serĉas vortojn. Ŝi timas ke tia klara neo nur forpuŝus la knabon. Iam eblis brakumi kaj karesi, kiam vortoj ne plu sufiĉis. Sed tiu tempo jam pasis. Hodiaŭ ili devas esti kontentaj, dum li ankoraŭ ne batas ilin. La deksesjarulo ja delonge pli fortas ol ili, se temas pri la korpo.

"Cetere", diras Helle, "ni scias tre malmulte pri la unuaj jaroj de Tom. Precipe pri lia vivo antaŭ la orfejo. Eble li havis patron kiu ĉiutage draŝis lin. Aŭ patrinon kiu ekzilis lin straten."

"Pli kredeble tion lastan. Ambaŭ iliaj patroj verŝajne mankis de ĉiam."

"Sed eble vi fakte povus peti konsilon de via Tomas", subite proponas Helle. "Li ja estas patro."

Marina ridetas. 'Ŝia Tomas' ja neniam vere estis ŝia, kaj tion bone scias Helle. Sed ŝi delonge nomas lin tiel, eble por iom moketi Marina-n.

"Sed li ne havas filon."

Helle seke ekridas.

"Kaj filinoj neniam stultumas, ĉu?"

"Nu, mi tamen dubas, ĉu li povus konsili nin pri Tom. Ĉiuokaze liaj knabinoj jam pli-malpli plenkreskis."

Marina eltrinkis sian kafon. La konjako ne tre plaĉis al ŝi; restas ankoraŭ duono de la glaso. Ŝi ekpensas pri Tomas kaj la lasta fojo, kiam ili renkontiĝis, somere sur la insulo.

Je tiu okazo Tom ĵus ekkonis la pli aĝajn junulojn, kiuj iĝis liaj samideanoj. Li ĵus svedigis sian nomon al Anton, kaj provizore lia ĉefa ŝanĝo de sinteno estis la senĉesa kontestado de ĉio, kion diras kaj volas liaj patrinoj. Marina ne rimarkis, ĉu li pli emas akcepti la dirojn de Tomas. Cetere, ankaŭ pli frue ŝi neniam trovis ke Tomas facile rilatas al Tom. Eble pro manko de kutimo je knaboj, ŝi nun pensas. Kun Letti li ĉiam rilatis pli facile kaj amike. Ne mirinde, se konsideri ke li mem havas du filinojn. Nu, kun Letti cetere ja ĉiuj homoj rilatas facile. Ŝi estas ĉies favorato, ne nur de siaj amikinoj, sed de la instruistoj, de plenkreskaj konatoj, baldaŭ eble eĉ de knaboj. Kaj iam ankaŭ de la frato, sed hodiaŭ ne plu.

Ĉiuokaze oni ja povus inviti Tomas-on ĉi tien. Sendube jam estas tempo ke li denove venu ĉe ilin en Malmö. Pasis preskaŭ jaro de kiam li lastfoje estis ĉi tie, kaj tiam nur rapide pasante, survoje al universitata seminario en Roskilde.

Ŝi vere ŝatus renkonti lin kaj diskuti kun li. Eble li fakte povus helpi ŝin, se ne rilate al Tom, do almenaŭ por subteni kaj kuraĝigi ŝin. Ŝajne li havis tiun rolon dum ŝia tuta vivo, tio estas de kiam ili dudekjaraj ekkonis unu la alian, kun escepto nur de du jaroj post ŝia kvazaŭa fuĝo al Brazilo. Dum multaj jaroj ilia kontakto estis plejparte nur telefona, tamen ĝi tre gravis al ŝi. Sed nun ŝi ege dubas, ĉu li povas iel helpi.

La 21-an de januaro la loka ĵurnalo mencias per artikoleto inter novaĵoj el aliaj partoj de Svedio, ke prokuroro en Gotenburgo decidis aresti anon de la Norda Fronto pro bombatenco kontraŭ kunvenejo de sindikatistoj en la pasinta novembro. Neniu estis vundita, sed tio estis nura hazardo.

La sama persono estas suspektata ankaŭ pri dua bombatenco pli ĵusa. Tiufoje la celo estis loĝejo de rifuĝantoj, kiuj atendis ekziladon ĉar oni rifuzis al ili azilon. Unu persono vundiĝis. La 23-jara suspektato jam antaŭe estas kondamnita kvarfoje pro perfortado al homoj. Krome jam okazas kontraŭ li alia policenketo pri perforta tumultado kontraŭ la polico, okaze de nazia manifestacio antaŭ jaro. Li do estas sammovadano de Anton, sed aliurba.

Ĵus la nova usona prezidento Trump enoficiĝis, kaj semajnon post tio maskita viro kun ekstremdekstraj simpatioj eniras moskeon en la kanada urbo Kebeko, mortpafas ses preĝantojn kaj vundas dudekon. Ŝajnas ke tiuj murdoj estis inspiritaj de 'islama interdikto' proklamita de Trump. La kanada ĉefministro Trudeau tuj kondamnas la murdojn kiel teroragon kaj deklaras, ke Kanado daŭre bonvenigos rifuĝantojn sendepende de religio kaj nacieco.

Komenciĝas februaro, kaj Marina trovas sin ĉe la limo de nerva kolapso. Kien iras la mondo? Kien Svedio? Kaj kien iros ŝia filo? Kion ŝi povas fari por li? Kiel konduti por ke li ne fiksiĝu en ŝlima marĉo de malamo? Se ŝi almenaŭ havus sian iaman fidon kaj konfidon je Helle, sed ilia rilato ne plu restas sama kiel antaŭ jaro. Regas batalĉeso, sed ankoraŭ ŝi sentas malcertecon kaj suspektemon. Se la malfidelo de Helle jam okazis unufoje, kio do garantias ke ĝi ne ripetiĝos?

Ŝi ŝatus telefoni al Tomas por almozi lian kuraĝigon. Samtempe ŝi hontas pri tiu emo. Estas ja ridinde. Li ne povas prudentigi la mondon, nek eĉ ripari la rompiĝeman ligon inter Marina kaj ŝia edzino. Fine ŝi tamen telefonas por inviti lin viziti ilin en Malmö printempe, dum Pasko, kiam ili ĉiuj havos kelkajn liberajn tagojn. Li preskaŭ tuj konsentas, sed ankoraŭ restas du monatoj ĝis Pasko.

Oni aŭdas nenion plu pri la pafmortigita deksesjarulo. Do la polico supozeble havas neniujn indikojn por sekvi, aŭ ĉiuokaze ne sufiĉajn por identigi suspektaton. Sed en februaro la surstrataj pafadoj kreskas ĝis absurdo. Unue domprizorganto, kiu nokte forigas neĝon ĉe la enirejo de sia domo, estas pafita kaj serioze vundita de nekonato. Tiu pafado okazas ĉe trankvila strato apud la plej granda parko de la urbo, apenaŭ kilometron for de ilia hejmo, en loko kie Helle ĉiutage preterpasas bicikle, survoje al kaj de la kopenhaga trajno. Ĉi-okaze tamen la polico jam en la sekva tago arestas dekkvinjarulon pro la murdatenco. Pri motivo oni ne parolas, do kredeble temis pri senkiala kaj sensenca ago de juna krimulo kun pafilo enpoŝe, kiu hazarde ekhavis la ideon pafi al nekonato. Ne estas klare kiel oni trovis la junulon, sed li estas 'jam antaŭe konata de la polico', kiel ŝablone skribas la ĵurnaloj.

Malpli ol semajnon post tio alia viro 'konata de la polico' mortas pro tri pafoj ekster restoracio ĉe la plej populara placo de la urbo. Tiu murdo okazas je kvarono antaŭ la sepa vespere, meze de svarmo el ordinaraj urbanoj promenantaj surstrate. Oni vidas kelkajn homojn forkuri de la placo, sed restas necerte ĉu ili estas kulpintoj aŭ timantoj. Iuj homoj veturigas la pafiton al proksima hospitalo per privata aŭto, sed li alvenas tien nur mortinte.

Marina legas la novaĵojn kaj rigardas fotojn pri la krimlokoj kun sento, kvazaŭ ŝi vidus ilin tra laktovitro. La realo impresas al ŝi malreala.

"Mi ne komprenas ke tio povas daŭri monaton post monato, jaron post jaro", ŝi diras al Helle. "Kiom da homoj ekzistas ĉi-urbe, kiuj pretas mortigadi unu la alian senfine?"

"Ili ĉiam varbas novajn. Por junaj knaboj tiuj krimuloj estas veraj viroj. Pafilo estas la plej forta simbolo de masklismo, kvazaŭ ĉiopova ĉiampreta peniso. Ke aliaj mortos, tio nur fortigas la senton de potenco. Ke ili mem riskas morti, ili ne kredas. Tiaj junuloj certas ke ili estas senmortaj."

"Do ili estas frenezuloj!"

"Iasence jes. La sola solvo estas dumlonge enprizonigi ilin, sed la polico plej ofte eĉ ne havas spuron por sekvi."

"Tamen la polico ja devas koni tiujn krimajn bandojn sufiĉe bone, ĉu ne?"

"Certe", diras Helle, "sed kiel pruvi, kiu faris kion? Eĉ se ekzistas atestantoj, ili mutas. Antaŭ multaj jaroj daŭris tia milito en Kopenhago kun multaj pafadoj surstrate inter diversaj motorciklaj bandoj. Tiam niaj ĉefurbaj polico kaj prokuroro uzis la saman metodon kiel iam la usona polico, kiam ĝi batalis kontraŭ la bando de Al Capone. Oni kaptis ilin pro ekonomiaj krimoj, impostevitado kaj similaj aferoj, kiuj estis pli facile pruveblaj ol la pafmurdoj. Tiel oni do sukcesis enprizonigi plurajn el la ĉefuloj, kaj dum ili restis enfermitaj, iĝis pli trankvile sur la stratoj."

"Nu", diras Marina penseme, "mi tamen dubas ĉu tio helpus ĉi tie. Ŝajne regas ia leĝo de ĝangalo. Kaj la polico okupiĝas ĉefe pri sia eterna propra reorganizado."

"Nu, ŝajnas ke tio jam rekomenciĝas ankaŭ en Kopenhago. Oni jam ekparolas pri interbanda milito en Nørrebro. Do oni certe ne gajnis finan venkon."

Helle vekiĝas je la sesa kaj duono. Ŝi turnas sin en la lito, renversas la kusenon kaj klopodas reendormiĝi. Marina, dormanta apud ŝi, ellitiĝos post duonhoro, sed ŝi mem povos somnoli ankoraŭ dum horo. Silente kaj senmove ŝi rigardas la edzinon, kies bruna hararo iom taŭziĝis. Ŝi tuŝas la harojn, delikate fingrokombas implikitan tufon sed tuj ĉesas, kiam Marina komencas moviĝi endorme.

Post dek minutoj ŝi rezignas la provon reendormiĝi. Ŝi ellitiĝas, surmetas negliĝon kaj plandas en la vestiblon por preni la ĵurnalon espereble liveritan tra la leterfendo de la pordo. Vespere Anton kiel kutime forestis, kaj Helle ne rimarkis ĉu li revenis hejmen nokte. Nun lia jako pendas sur hoko kaj la vintraj ŝuoj kuŝas ĵetite en angulon. Do li evidente hejmas. Sed jen ŝia rigardo trafas ion strangan. De la ŝuoj ĝis la pordo de la banĉambro kondukas sinua vico da malhelaj piedsignoj. Helle eklumigas la plafonan lampon kaj konstatas ke la obtuzaj makuloj estas ruĝbrunaj. Ŝi malfermas la banĉambran pordon kaj rigardas enen. Poste ŝi levas liajn ŝuojn, rigardas ilin sube, ene, flaras ilin. Ĉu sango? Ŝi ne certas sed subite ĵetas sin al lia pordo. Ĝi estas blokita, kiel kutime. Dum momento ŝi staras kvazaŭ paralizita. Poste ŝi pugne bategas la pordon kaj hurlas:

"Tom! Anton! Malfermu!"

Aŭdiĝas nenio.

"Kion vi faris? Malfermu, damne!" ŝi ripetas per voĉo, kiu povus veki mortinton.

Dum ankoraŭ kelkaj sekundoj okazas nenio. Tiam alkuras Marina en sia ĉifita noktoĉemizo kun la haroj kiel fojnamaseto. Ŝi mienas terurite. Helle metas manon sur ŝian supran brakon kaj denove laŭtas al la pordo.

"Malfermu do, Anton! Ĉu vi aŭdas?"

Finfine aŭdiĝas sonoj de trans la pordo.

"Lasu min. Mi volas dormi", li malklare balbutas.

Lia voĉo jam preskaŭ basas, precipe kiam li duondormas.

"Mi donos al vi dek sekundojn, poste mi rompos la pordon", kriegas Helle.

Nun aperas ankaŭ Letti el sia apuda ĉambro. Ŝi gvatas scivole kaj timeme el sia pordofendo, nenion dirante.

"Kio okazis, Helle?" intervenas Marina.

Helle montras al la piedsignoj surplanke.

"Mi iros alporti la martelon kaj grandan ŝraŭbturnilon", ŝi diras seke.

Finfine tio tamen ne necesas. Anton forigas la baron de la pordo kaj malfermas ĝin je fendo. Helle ŝire malfermegas ĝin, puŝas sin en la ĉambron kaj ambaŭmane kaptas piedon de la filo.

"Kio okazis al vi? Montru!"

"Nenio. Lasu min."

"Ĉu estas sango?"

"Ne zorgu. Estas nenio."

"Kion vi faris ĉi-nokte?"

"Nenion. Mi nur hazarde tretis sur ion akran."

"Montru!"

Ŝi sukcesas sidigi lin surliten. Li metis kelkajn pretpansaĵojn sub la dekstran piedon, sed la sango trapenetris. Nun ĝi tamen jam sekiĝis.

"Kiu faris al vi tiun vundon? Ĉu per tranĉilo?"

"Ne, tute ne. Ne zorgu. Mi simple tretis sur pecon da vitro."

"Vitro? Kia vitro? Kion vi faris?"

"Nenion. Mi paŝis sur strato."

"Ĉu nudpiede?"

"Kompreneble ne. Ĝi trairis la ŝuon. Ĉesu do kaj lasu min, damne!"

Marina, kiu staris aŭskultante en la ĉambropordo, iras rigardi liajn ŝuojn. Efektive, la dekstra plandumo estas truita kaj sangomakulita. Ŝi alportas ĝin kaj montras al Helle.

"Kion vi do faraĉis dumnokte?" demandas Helle, skuante la kruron de la knabo.

"Nenion. Mi estis kun miaj amikoj."

"Ni vestu nin kaj iru al kuracisto. Necesas ekzameni tiun vundon."

"Ĉesu! Mi ne bezonas kuraciston."

"Ĝi kredeble estos infektita. Kian vitron vi tretis? Ĉu vi enrompis ien?"

"Ne. Ĉesu pri tio!"

Helle iras vesti sin, rapide manĝas bulkon kaj telefone mesaĝas al sia laborejo ke ŝi ne atingos ĝin ĝustatempe. Poste ŝi kaj Anton pasigas kelkajn horojn atendante en la sancentro de la kvartalo. Fine la vundo estas purigita kaj profesie pansita. La flegistino trankviligas Helle-n.

"Ĝi sendube bone kuraciĝos per si mem. Estos cikatro, sed tio ja ne ĝenos tiuloke. Vi devos paŝi singarde dum kelkaj tagoj", ŝi poste diras al Anton.

Helle kelkfoje ripetas siajn demandojn al li, kio kie okazis, sed ŝi nenion plu ekscias. La nokta vivo de Anton restas enigmo. Kaj, kiel ŝi mem diradas, ja ne eblas malliberigi lin.

La sepan de aprilo la teroro atingas Svedion. En la centro de Stokholmo iu plenumas atakon per ŝtelita ŝarĝaŭto, similan al tiuj antaŭe okazintaj en Nico, Berlino kaj Londono. Ĉi-foje mortas kvin homoj sur la ĉefa komerca promenstrato de la sveda ĉefurbo, kaj krome vundiĝas dekkvinopo.

Jam en la sekva tago montriĝas plua similaĵo kun la kristnaska atako en Berlino. La kulpulo fuĝante registriĝis per metroaj gvatkameraoj, kaj la polico publikigas lian foton. Post mallonge oni kaptas lin en stokholma antaŭurbo. Li estas uzbeko, kiu petis azilon en Svedio sed estis rifuzita, same kiel la Berlina atakinto en Germanio.

Post la rifuzo li kaŝis sin kaj plu vivis subgrunde en Svedio, ĝis li ial elektis plenumi teroragon en la centro de Stokholmo.

5

"Tio estas pruvita! La blankuloj estas plej inteligentaj kaj devas esti gvidantoj. La nigruloj ne taŭgas por tio. Kiam oni lasas ilin mem regi, ĉio iĝas kaoso. Ju pli nordaj rasoj, des pli taŭgaj."

"Interese", diras Tomas, rigardante la konvinkitan neofitan rasiston Anton, la iaman knabeton Tom. "Do, se mi bone komprenas vin, la inuitoj devus regi la mondon."

Li ne aldonas ke Anton mem naskiĝis iom sude de la ekvatoro. Li ne volas personan kverelon.

"Kiuj?"

"La inuitoj. La praloĝantoj de Gronlando kaj norda Kanado."

"Ha, la eskimoj! Kompreneble ne, ĉar ili ne originas tie. Ili venis el Azio."

"Nu, ni ĉiuj iam venis el Afriko, ĉu ne?"

"Tio ne estas pruvita", diras Anton. "Kaj se tio estus vera, evidente la plej taŭgaj foriris de tie. Nur la plej malsuperaj homspecoj restis en Afriko. Tiuj, kiuj ankoraŭ estas duonsimioj."

Tomas rigardas la knabon sidantan antaŭ li, trans la kuireja tablo de la familio Aubert-Thorsen. Iam li pensis ke li konas lin. Sufiĉe ofte, eble dekkvin- aŭ dudekfoje dum la lasta jardeko, li renkontis la du gefratojn, kiam li vizitis Marina-n aŭ ŝi lin. Dum Letti ĉiam havis malfermitan sintenon kaj estis preta ĉarmi la tutan mondon, Tom ŝajnis al li singardema, sindefenda, preta protekti sin mem kaj iam ankaŭ la pli junan fratinon. Sed nun li sufiĉe grave ŝanĝiĝis. Temas ne ĉefe pri lia aspekto, kvankam li ja kreskis, pli je forto ol je alto, nek pri liaj bizare misaj ideoj koncerne homojn de diversaj koloroj kaj devenoj. Ankaŭ lia konduto ĝenerale ŝanĝiĝis. Kompreneble li proksimiĝas al la adolteco, sed ĝuste tiam Tomas atendus spiritan maturiĝon, ne ĉi tian idearon deliron. Lia ĉefa plenkreskula trajto, krom la basvoĉo, provizore ŝajnas esti nova malhela ombro anoncanta ĝermon de barbo sur liaj vangoj, kiu distingas lin de la plej multaj svedaj deksesjaruloj.

Marina baldaŭ revenos hejmen de sia laboro, kaj Helle pli malfrue vespere. Hodiaŭ Tomas proponis ke li kuiru por siaj gastigantoj. Li ĵus faris promenon por aĉeti manĝaĵojn, kaj nun li atendas konvenan horon por ekprepari la planatan kuskuson kun kokidaĵo. Dume li serĉas manieron iel penetri en la mondkoncepton de Anton. "Vi scias ke mi estas historiisto, ĉu ne?" li diras, klopodante uzi tonon leĝeran kaj senafektan. "Do, sciencisto kiu esploras historiajn okazaĵojn, sed ankaŭ ideojn. Ekzemple kiel diversaj ideosistemoj ludis pli aŭ malpli gravan rolon en diversaj epokoj. La ideoj, kiujn vi ĵus esprimis, ludis kreskantan rolon dum la deknaŭa jarcento, kaj iuloke ankaŭ dum la unua duono de la dudeka. Tutmonde ili eble gravis plej multe kiel preteksto de koloniismo kaj tenado de sklavoj. Sed tiuj ideoj simple ne eltenis sciencan elprovadon. Oni ne sukcesis trovi psikajn diferencojn inter homgrupoj, nur inter individuoj. Kaj ankaŭ la fizikaj diferencoj estas plejparte supraĵaj."

"Vi mensogas", protestas Anton. "Nigruloj havas pli malaltan ikuon."

"Kio do estas ikuo?"

"Penskapablo. Tiuj kun malalta ikuo estas stultuloj."

"Fakte la ikuo aŭ intelekta kvociento estas mezuro de la kapablo solvi taskojn en inteligentectesto. Tiu kapablo varias inter homoj pro multaj kialoj. La ĉefa kialo estas la eduka nivelo, sed ankaŭ denaska talento, motivado, rilato al la testanto kaj aliaj aferoj influas. Grupoj kun alta eduko havas meze pli altan ikuon ol grupoj kun malalta eduko. Ĉe individuoj povas foje esti male. Se oni ekzemple testas adoltajn usonanojn, la diversaj sociaj grupoj ricevas malsamajn mezajn ikuojn spegule al ilia ĝenerala meza eduknivelo. Usonanoj de eŭropa deveno havas averaĝe pli altan edukon ol tiuj de afrika deveno, pro kialoj ekonomiaj kaj sociaj. Plej altan eduknivelon havas tiuj de orientazia deveno. Sed se oni komparas grupojn kun identa eduknivelo, oni ne trovas ikuajn diferencojn pro koloro. La eduko influas la intelektan kapablon; la haŭtkoloro ne influas ĝin."

"Vi mensogas", ripetas Anton. "Mi multe legis pri tio, do vi ne povas trompi min."

"Inter blankuloj kaj niguloj", Tomas daŭrigas, "estas apenaŭ menciindaj diferencoj genaj. Se mi vojaĝas suden, mi devas uzi pli da sunprotektilo ol homoj kun malhela haŭto. Se ili daŭre loĝas ĉi-norde, ili eble bezonas gluti ekstran vitaminon D, ĉar pro la malintensa sunlumo ĉi tie ilia haŭto ne produktas sufiĉe multe de ĝi. Nu, la samon bezonas personoj kun hela haŭto, se ili restadas tro multe endome. Sed inter diversaj afrikanoj ekzistas aliaj mezaj diferencoj. En orienta Afriko multaj homoj talentas pri longdistanca kurado; en okcidenta Afriko male sprintuloj pli oftas. Estas du specoj de muskolfibroj, kies averaĝa ĉeesto en la korpo iom varias inter diversaj homgrupoj. Sed kredu min, intelektajn diferencojn oni ne trovis. La ideoj pri tiaj diferencoj ne estas scienco, sed politiko."

"Politiko, fi! Mi fekas sur politikon."

"Kion vi diris, tio estas politiko. Vi diris ke blankuloj regu super nigruloj. Tio estas politiko. Rasisma politiko. Ĝi estas jam provita, kaj ĝia sekvo estis terura."

"Terura estas la nuna politiko kun rasmiksado kaj islamigado. Se ni ne haltigos ĝin, morgaŭ ĉiuj devos preĝi al Alaho."

Tomas ridetas.

"Nu, jen vi lanĉas novan temon. Fakte mi povas rakonti al vi ke antaŭ ducent jaroj ĉiuj homoj en Svedio devis preĝi al Alaho. Ĉu vi kredas?"

"Certe ne!" elsputas Anton.

"Alaho estas la araba vorto por Dio. Temas pri la sola dio de monoteismo, kiun inventis judoj kaj kiun ili poste heredigis unue al la kristanoj kaj due al la islamanoj. Dum jarcentoj estis devige en nia lando kredi je tiu dio, frekventi preĝejon, kanti himnojn kaj preĝi al tiu dio."

"Tio estas alia afero. Vi konfuzas ĉion."

"Male. Mi klopodas malkonfuzi ĉion. La afero estas, Anton, ke viaj novaj ideoj ne eltenas konfrontiĝon kun la realo. Ju pli vi lernos pri la realo, la historio kaj la nuno, des pli malfacile estos kredi je tiuj ideoj."

La diskuto inter la mezaĝulo kaj la adoleskulo tamen ne konfirmas tiun aserton. La argumentoj de Tomas, la faktoj kiujn li prezentas, ne imponas al Anton. Ŝajnas eĉ male, ke li nur pli konvinkiĝas pri siaj veroj. La rasismaj ideoj ja estas pruvitaj; atestoj pri tio plenigas Interreton. Nur la fiaj adeptoj de politika korekteco neas tion.

Tomas pensas pri ĉio, kion Marina dum la paso de jaroj rakontis al li pri sia vivo kaj pri la evoluo de la filo. Kiam ŝi adoptis la gefratojn kaj venigis ilin en Svedion, Antônio aĝis preskaŭ sep jarojn, Letícia du kaj duonon. La knabino tre rapide alkutimiĝis kaj ekamis siajn novajn patrinojn. Tom, la knabo, bezonis iom pli da tempo, sed post tri-kvar monatoj ŝajnis ke li ekbonfartas. Pro nescio de la lingvo li komence lernis en enkonduka klaso kun infanoj de enmigrintoj, plejparte rifuĝantoj el Irako, Irano, Turkio, Bosnio, Kosovo kaj aliaj landoj. Nur en la sekva jaro li estis akceptita en ordinaran klason, kaj de tiam li estas unu jaron pli aĝa ol la plimulto de siaj samklasanoj.

En la unua jaro li kutimis de temp' al tempo rakonti al sia fratineto pri Brazilo. Ŝi mem estis tro juna por vere konservi memorojn de sia vivo tie, do li memorigis al ŝi diversajn aferojn. Plej multe li fantaziis, ĉar li volis rakonti nur belajn aferojn.

"Ĉu vi memoras la vizaĝon de nia brazila panjo?" li demandis ŝin.

"Jes", ŝi diris, dum ŝia kapo balanciĝis energie supren-suben.

Fakte ŝi ja ne povus memori ĝin, sed tion li ne diris al ŝi.

"Ŝi estis tre bela, ĉu ne?" li pluis. "Kun longaj nigraj haroj, brunaj okuloj kaj ruĝa buŝo."

"Jes", diris Letícia.

"Kaj grandaj mamoj", li aldonis.

Li ĵus ekamis sinjorinojn kun videbla supro de la elstaraj mamoj. La fratino konsentis ankaŭ pri tiu belaĵo, kiun li atribuis al sia juna biologia patrino nur nebule memorata. La du gefratoj vivis en orfejo ekde ŝia malsaniĝo kaj sekva morto, kiam li mem aĝis ses jarojn.

Post malpli ol unu jaro ĉe Marina kaj Helle la sveda lingvo tamen komencis forpuŝi la portugalan inter la du gefratoj, kaj tiam li ĉesis rakonti tiujn fabeletojn pri ilia origina lando. Eble li ne sukcesis rekrei la imagojn svede. Kaj ili ŝajne ne mankis al Letti. Ĉiuokaze ŝi neniam plu petis lin rakonti. Ŝi jam estis plene okupita de sia vivo ĉi tie, de la amikoj en la dumtaga infanvartejo, de la pupoj kaj aliaj ludiloj, kiuj inundis ŝian duonon de ilia ĉambro kaj ofte disvastiĝis ankaŭ en lian duonon.

Li mem tiam pasigis multe da tempo hejme, ofte televidante en la vesperoj, baldaŭ ankaŭ ludante per komputilo. Li ne facile amikumis kun la samklasanoj, kiujn li trovis ege infanecaj kaj timemaj, sed post proksimume du jaroj li ekhavis amikon pli aĝan. Tiu estis Oskar, kaj dum la sekvantaj du jaroj ili multe ludis kune. Kvankam Oskar estis unu jaron pli aĝa, li ofte lasis al Tom organizi kaj decidi pri la kuna agado. Sed kiam Oskar komencis la sepan klason en alia lernejo, ili perdis la kontakton. Tom tiam komencis la kvinan klason kaj jam ne tre ĝuis la lernadon. Ĉiuokaze li ne ŝatis subiĝi al la taskoj donataj de lia instruisto. Por eviti ilin li inventis ruzajn mensogojn al Marina kaj Helle. Vespere sekvis telefonaj interparoloj inter ili kaj la instruisto por klarigi, kion li jam antaŭlonge devus fari sed ne plenumis.

"La instruistino ne diris al mi", li kelkfoje defendis sin. "Mi neniam aŭdis pri tio."

"Do vi devos pli atente aŭskulti ŝin dum la lecionoj, ĉu ne?" admonis Helle.

"Mi ja aŭskultas, sed ŝi neniam diris tion. Ŝi nur fantazias."

"Tion mi ne kredas. Se iu fantazias, tiu sendube estas vi."

"Ne, tute ne. Serioze, mi ne aŭdis."

Li cetere ne elstaris, se temis pri la lernado. Marina tamen dediĉis multe da tempo klopodante helpi kaj instigi lin al lernado, precipe pri la sveda lingvo. Ankaŭ Helle provis helpi lin, sed tiam li plendis ke ŝi konfuzas la svedan tekston de la lernolibroj. Li tamen senprobleme komprenis ŝin, kvankam ŝi ĉiam parolis dane, sed pri la lernejaj taskoj li ne trovis ŝin kompetenta.

Pli frue, en la unua komenco, Marina parolis portugale kun la infanoj, kaj Helle tiam timis ke ŝia dana lingvo tute konfuzos ilin.

"Ne estos granda problemo", trankviligis Marina. "Eble ili komence iom miksos, sed tre baldaŭ ili alkutimiĝos paroli svede. Infanoj povas mirinde orientiĝi eĉ en tia lingva ĝangalo. La horoj en la vartejo kaj lernejo garantios tion, kaj ankaŭ mi kompreneble ekparolos svede post kelka tempo."

Helle plu dubis, sed la evoluo pravigis la opinion de Marina. La komunikado en ilia plurlingva familio baldaŭ fluis senĝene. Neniu el la infanoj tamen lernis respondi dane al Helle, kaj pri tio ŝi ankaŭ ne insistis.

Tomas plurfoje dum sia vizito iniciatas diskuton kun la knabo, sed li baldaŭ rimarkas ke li mem faras preskaŭ la tutan diskutadon. Eble li simple tedas la knabon per siaj klarigoj. Anton ja protestas kaj kontraŭdiras, sed li plej ofte ne scias vere argumenti aŭ disvolvi siajn ideojn. Li alproprigis aron da bazaj antaŭjuĝoj, sed tre malmulte da motivoj kaj rezonoj.

Malfacilas kompreni, kiel la denaska brazilano trovis lokon inter svedaj anoj de tielnomata blanka supereco. Tomas ekhavas la ideon ke eble indas peti lin rakonti, kiel tio okazis. Se Anton devas memorigi al si tion, eble li eĉ komencos konsideri, ĉu li vere pravis. Sed la respondo ne estas tre kuraĝiga.

"Vi ne povas kompreni tion. Vi estas tro ŝtopita per falsaj ideoj."

"Ĉu? Kiaj ideoj?" scivolas Tomas.

"Nu, mi ne scias precize. Komunismo, eble. Multkulturismo. Vi ne vidas klare, ke necesas defendi sin por ne perei. Se homoj kiel vi plu regos, la sveda nacio ne plu ekzistos post dudek jaroj."

"Ĉu ne? Nu, feliĉe do, ke ne mi regas. Sed kio efektive estas la sveda nacio?"

"Kio ĝi estas? Ĉu vi eĉ ne scias tion?"

"Eble, eble ne. Mi ne certas, ĉu ni difinas ĝin same."

"Certe ne. La sveda nacio estas la veraj svedoj, kiuj konscias ke ili estas svedoj kaj pretas defendi la svedajn valorojn."

"Hm. Al mi tio sonas iomete kiel cirklorezono. Ĉu mi estas ano de tiu nacio?"

Anton pripensas dum momento.

"Vi devus, sed... Vi ne estas konscia, do ne vera ano."

"Ha. Mi suspektis tion. Kaj vi mem?"

"Kompreneble mi estas svedo."

"Ĉu vi certas ke viaj samideanoj konsentas pri tio?"

"Certe. Vi ne konas ilin."

"Vi pravas, sed mi... pardonu, se mi refoje gurdas pri tio, sed mi fakte iom konas kelkajn aferojn el la historio. Kaj ili montras ke la aparteno al tiu aŭ alia nacio ne ĉiam estas simpla afero. Iufoje oni kredas sin ano de unu nacio, sed la reĝimo aŭ la najbaroj decidas ion alian, kio povas konduki al la plej kruela teroro."

Anton tiras la ŝultrojn.

"Kia teroro?" li poste diras. "Ni volas defendi nin kontraŭ la teroristoj."

"Mi scias. Ĉiuj defendas sin kontraŭ agreso de la aliaj. Sed tiuj aliaj diras la samon."

"Do oni devas scii, al kiuj oni apartenas."

"Fakte", diras Tomas, "la ideo pri nacioj estas plejparte koncepto el la deknaŭa jarcento. En Svedio kaj la plej multaj aliaj okcidentaj landoj la ŝtato tamen ne faras diferencigon inter nacieco kaj civitaneco. Do laŭleĝe la sveda nacio egalas al ĉiuj svedaj civitanoj. Ilia naskiĝlando ne gravas, nek haŭtkoloro, lingvo, religio aŭ aliaj trajtoj. Ĉio tia estas privataj aferoj."

"Tio estas stultaĵo", rebatas Anton. "Oni devus nuligi la svedan civitanecon de ĉiuj nigruloj kaj islamanoj. Ili ne estas veraj svedoj."

Tomas rigardas lin. Ĉu eblos trovi fendeton en lia kiraso? Ĝis nun ĉiu provo ŝajne nur plifirmigis lian sintenon.

Ili sidas salone en la apartamento ĉe Beridaregatan, kie la familio Aubert-Thorsen loĝas de preskaŭ kvin jaroj. Surtable staras vazo kun salikaj branĉetoj kun amentoj, kie ĵus ekaperis ankaŭ helverdaj folietoj. Estas la ĵaŭdo de la antaŭpaska semajno. Marina kaj Helle estas en siaj laborejoj. Anton kaj Letti ferias, kaj ŝi hodiaŭ estas ĉe sia amikino Alice. Morgaŭ ili ĉiuj – nu, kiuj volas kuniri – ekskursos al fagaro, se la vetero estos akceptebla. Dimanĉe Tomas reiros norden al sia hejmurbo Norrköping.

Kion li atingis per siaj diskutoj kun Anton? Nenion, ŝajnas al li. Ĉio vanas.

"Diru kiel vi renkontis tiujn ulojn, mi petas."

"La Nordan Fronton? Ili manifestaciis, kaj mi aliĝis al ili."

"Kial?"

"Mi vidis ke iu bando da maldekstruloj provis ataki ilin. Do mi komprenis ke ili pravas. Ĉar mi jam sciis ke tiuj maldekstruloj estas fiuloj, kiuj volas ruinigi nian landon kaj fordonaci ĝin al la islamanoj."

"Kiel vi sciis tion?"

"Ĉar ili ĉiam defendas la islamanojn kaj nigrulojn. Estis facila elekto."

"Kaj ĉu tiuj frontuloj bone akceptis vin?"

"Ne tuj. Tio estas natura. Necesas protekti la fronton kontraŭ provokistoj. Sed iom post iom ili komprenis ke mi estas vera patrioto."

Tomas rigardas la horloĝon. Ankoraŭ ne estas tempo ekprepari la vespermanĝon. Post horo, eble iom pli, Marina revenos hejmen. Ŝi estas lia amikino de la junaĝo, kiun li iam kredis mortinta, sed kiu kvazaŭ mirakle reaperis kaj nun jam delonge vivas ĉi tie kun sia edzino kaj la du adoptitaj infanoj. La vivo vere strangas!

En la Sankta Vendredo Marina, Helle kaj Tomas promenas en arbaro dudek kilometrojn de Malmö. Neniu el la infanoj volis kuniri. Anton kredeble estas kun siaj amikoj, kaj Letti iris kun sia amikino Alice al dancprezento en granda butikaro. La pli aĝaj knabinoj de ŝia hiphopa grupo prezentos programon sur provizora podio inter la butikumantoj. Ŝi mem ankoraŭ ne sufiĉe lertas por partopreni, sed eble venontfoje. Iam ĉiaj amuziĝoj estis strikte malpermesitaj en la Sankta Vendredo, sed tiu iama eklezie regata Svedio jam delonge malaperis kaj forgesiĝis.

Arbare la plej junaj fagetoj kaj la plej subaj branĉetoj de la grandaj fagoj jam iomete ekfolias en delikata helverda nuanco. La teron kovras malnovaj velkintaj folioj kaj nuksoj de la fagoj. Estas varmeta printempa tago sen suno sed kun kvazaŭa promeso de venonta somero en formo de milda brizo inter la arbegoj. Kredeble tio tamen estas falsa promeso, ĉar la veterprognozo antaŭdiras malvarmiĝon kaj neĝadon por la sabato kaj dimanĉo. Do, estas normala sveda printempo.

Ili vagas babilante. Tomas ĵus rakontis, kiel prosperas liaj du filinoj. Linn studas por iĝi instruisto kiel sia patrino. Moa ĉi-printempe abituros en la studprogramo de artoj. Ŝi jam provis amason da diversaj artoj kaj krome ludas saksofonon en ina rokbando.

"Vi devus venigi ŝin ĉi tien", diras Marina. "Jam pasis tro longe de kiam viaj knabinoj lastfoje vizitis nin. Helle povos konsili ŝin pri arto."

"Kaj vi pri poezio, ĉu ne? Ĉar almenaŭ lastjare ŝi ankoraŭ verkadis poemojn. Sekretajn, komprenebe, almenaŭ al mi. Sed mi dubas, ĉu ŝi havas tempon. Ŝia agendo estas plenplena. Nun ŝi eĉ havas koramikon."

"Ha, kaj ĉu Linn plu vivas kun tiu bosna junulo?"

"Jes, krom se tio rompiĝis lastatempe."

"Viaj knabinetoj plenkreskis, Tomas!"

"Vere. Nur ilia paĉjo eterne adoleskas."

Ili venas al fosaĵo, kie tamen mankas akvo. Dum la vintro neĝo kuŝis nur efemere, kaj la printempo ĝis nun estas tre seka. Ĵus la fajrobrigado avertis pri alta risko je bruloj en la velkinta herbo de lastjare. Tomas rigardas la du amikinojn helpi unu la alian transiri la fosaĵon. Poste li salte postsekvas ilin.

"Pri Tom – aŭ Anton – mi plej bedaŭras lian sintenon al la fratino", li diras. "Mi pensas ke li antaŭe ĉiam estadis ege bona al ŝi, ĉu ne?"

"Certe", diras Marina. "Li vere amis ŝin kaj ĉiam protektis ŝin. Eble estas normale ke tio malfortiĝas, kiam ili kreskas, sed ne ĉi tiel."

"Ĉu vi memoras la ebriulon sur la trajno, kiam ni vojaĝis al mia patro?" diras Helle.

Marina rigardas ŝin surprizite.

"Jes. Kio do?"

"Mia ĉefa memoro de tio estas kiel Tom ĉirkaŭprenis Letti-n kaj eĉ klopodis kovri al ŝi la orelojn."

"Pri kio temas?" demandas Tomas.

"Estis fine de la unua somero kun la infanoj", diras Marina. "Ili jam estis ĉi tie de... dek unu monatoj, ĉu ne? Kaj unuafoje ni vojaĝis por viziti la avon."

"Mian patrinon en Glostrup ili jam bone konis", klarigas Helle, sed jam de jaroj mi ne havis bonan rilaton al mia patro. Fakte, ekde kiam mi malkaŝis al li ke mi estas lesba. Nu, kun la paso de jaroj li iomete moliĝis, sed li loĝas en Vejle, en Jutlando, do ni ne tre ofte renkontas lin. Tiam ni iris unuafoje kun la infanoj. Kaj en iu trajno... ĉu jam en la unua?"

"Jes", konfirmas Marina. "En la trajno al Kopenhago iu ebria svedo komencis insulti nin."

"Kutime ili ebrias survoje reen de Kopenhago, ĉu ne?" ironias Helle. "Sed ĉi tiu komencis jam hejme. Kredeble ni iom brakumis nin, Marina kaj mi, eble eĉ kisis, kaj li nepre devis klarigi ke tio naŭzas lin. Poste li ekvidis Letti-n, kun aro da nigraj tresoj surkape."

"Komence ni iom eksperimentis pri ŝia hararanĝo", klarigas Marina. "Kaj ĝuste tiam ni faris al ŝi aron da plektaĵetoj, do ŝi kredeble impresis pli ekzote ol kutime. Kaj li komencis elsputi insultojn pri ŝi. Feliĉe ŝi estis tro malgranda por kompreni..."

"Konkrete li demandis, kiu el ni fikis negron por ricevi tian diableton", diras Helle.

"Sed Tom sendube komprenis, almenaŭ iom. Li ja estis preskaŭ okjara kaj jam bone sciis la svedan. Kaj eble li jam antaŭe aŭdis similaĵojn."

"Do li brakumis ŝin kaj estis preta defendi ŝin kontraŭ tiu ebria adolto. Nu, feliĉe aliaj pasaĝeroj alvenis por silentigi tiun viron kaj forpuŝi lin de nia proksimaĵo."

"Oni ĉiam diras ke neniu kuraĝas helpi en tiaj situacioj, ĉu ne?" diras Marina. "Laŭdire ĉiuj atendas ke iu alia faros, kaj ĉiuj timas pri si mem. Sed tiufoje pluraj homoj intervenis. Kredeble ili estis danoj. Ili ne same timas enmiksiĝi en la aferojn de aliaj, kiel ni svedoj."

"Ba, stultaĵo", diras Helle. "Temas pri tio ke unu devas komenci, kaj tiam la aliaj aliĝas."

"Nu, sed laŭ mi estas diferenco. Svedoj ne ŝatas esti la unua", diras Marina.

"Ĉiuokaze mi neniam forgesos la scenon de Tom kun la manoj sur la oreloj de Letti, dum ŝi klopodas forigi ilin por aŭdi, kio okazas. Nun li mem iĝis kiel tiu ebriulo."

Ili atingas maldensejon en la arbaro, kie trans kampo kaj baseneto videblas la nobela kastelo de Torup. Ĝi aspektas mezepoka kun siaj ŝtupogabloj el ruĝaj brikoj.

"Impona", diras Tomas. "Kvazaŭ el fabelo."

"Jes, fakte", diras Marina. "Oni pli-malpli atendus vidi kirasitajn kavalirojn sur ĉevaloj elrajdi de trans la remparoj por turniri. Sed tio kredeble ne okazos. Do, ĉu ni reiru?"

"Ni ankoraŭ ne piknikis", atentigas Tomas.

"Ni ne paŝis tre longe", diras Helle. "Ĉu eblas rondiri por trovi alian vojon reen? Kaj eble iun piknikejon kun benkoj."

"Ho, ĉu vi jam tro maljuniĝis por sidi surtere?" moketas Tomas.

"Demandu vin mem", replikas Marina. "Vi estas la oldulo inter ni. Du monatojn pli aĝa ol mi. Cetere, se estas benkoj, ili certe jam estas okupitaj. Ĉi tio estas la sola ekskursa arbaro proksima al Malmö."

Post iom da tempo ili jam sidas surtere en maldensa parto de la fagaro kun siaj kunportitaj kafo kaj buterpanoj.

"Por mi ĉi tia fagaro daŭre impresas ekzote", murmuras Tomas kun pano enbuŝe.

"Kial do?" demandas Helle.

Li glutas kaj klarigas:

"Ĉe ni ekzistas nenio simila. Ankaŭ infanaĝe mi neniam vidis fagojn. Oni diras ke 'Skanio estas peco da tero fiksita al Svedio por montri al la svedoj kiel aspektas Eŭropo', ĉu ne?"

"Nu, 'kiel aspektas Danio' eble estus pli trafa", komentas Helle, prenante pli da kafo.

"Cetere, kiel rezultis tiu vizito ĉe via patro?" Tomas post iom demandas Helle-n. "Ĉu li akceptis la infanojn?"

Ŝi ridetas.

"Li adoris ilin, precipe Letti-n. Mi pensas ke tiam li finfine pardonis al mi mian seksan inklinon. Li veturigis nin ĉiujn al Legoland, kiu situas ne malproksime, kaj terure dorlotis ambaŭ infanojn. Sed ni ne plu renkontas lin tre ofte, kaj nun li vivas iom izolite kiel pensiulo. Estus pli facile se li revenus al la ĉefurba regiono."

"Jes, fakte pasis longe de kiam ni lastfoje renkontis avon Morten", diras Marina.

"Ni povus viziti lin somere. Eblus kombini tion ekzemple kun luado de somerdomo ie en Danio, ĉu ne? Ĉe iu bela strando."

"Eble jes. Legoland verŝajne ne plu interesas niajn gejunulojn, sed ĉu ekzistas iu alia amuzejo, kiu plaĉus al ili?"

"Ne necesas amuzejoj. Ni kelkfoje pensu ankaŭ pri ni mem por ŝanĝo."

Marina trovas tiun ideon tre diskutebla. Ĉu ne same eblas, ke ili pensis tro multe pri si mem? Sed samtempe ŝi ne volas komenci diskuton, kiu povus rapide tuŝi tre vundeblajn punktojn. Precipe ne en la ĉeesto de Tomas.

"Mi ne scias..." ŝi murmuras kaj komencas kolekti kaj paki iliajn aferojn.

Ŝi volas pretigi sin por plua promeno. Ankaŭ Tomas pretiĝas, dum Helle male etendas sin, kuŝante surdorse sur la grunda tegaĵo el velkintaj fagfolioj. Ŝi gvatas supren tra la helverda freŝa foliaro per okuloj duonfermitaj.

"Mi tre aprezas ĉi tiun odoron de printempo", ŝi diras. "Ĝi memorigas al mi la infanaĝon, kiam Ole kaj mi fosis kanaletojn en la arbaro proksime de nia hejmo. Mi povus resti ĉi tie ĝis morgaŭ."

Nun ŝi jam tute fermis la okulojn kaj ŝajnas vere preta bivaki ĉi tie sub la fagaj brançetoj.

"Se jes, eble vi povus doni al ni la ŝlosilon de la aŭto", diras Marina. "Cetere, ĉu vi lastatempe aŭdis ion de via frato?" "Nu, li plu laboras kaj sendube kolektas stakojn da mono. Sed por kio? Kompatinda Ole; li scias nur perlabori, ne vivi."

Iom post iom ŝi pigre restariĝas inter Tomas kaj Marina. "Oni devus kidnapi lin kaj liberigi lin en ĉi tia arbaro ie. Por vidi ĉu li scias transvivi."

"Ĉu li ankoraŭ restas en Barejno?"

Helle pripensas.

"Jes. Aŭ ĉu en Abudabio? Ne, Barejno, mi pensas. Jen la malavantaĝo de la modernaj komunikiloj. Plu neniuj bildkartoj kun ekzotaj poŝtmarkoj."

Ili ekpromenas sub la helverdaj brançoj.

"Mia frato Ole estas konstruinĝeniero kaj daŭrigas la patran tradicion", Helle aldonas klarige al Tomas.

Post kelkaj paŝoj Helle ĉirkaŭprenas Marina-n kaj kisas al ŝi la kolon. Kvankam ŝi efektive ĝuas tion, Marina embarasiĝas antaŭ Tomas kaj liberigas sin.

"Ĉu tuj reen al la aŭto?" ŝi demandas.

"Nu, mi volonte promenus iom plu", diras Tomas. "Se estas en ordo por vi ambaŭ?"

"Certe", diras Helle. "Ĉu ne, Marina? Ni povas iri pli foren, ĉu ne?"

"Jes, sed ĉi tie en Skanio la arbaroj ne estas tre vastaj. Oni rapide atingas la limon kaj devas retroiri. Fakte ili pli-malpli similas parkojn, laŭ mi."

"Nu, mi sufiĉe kontentas veni al arbarorando. Se ne, ni povus plu vagi dum jaregoj. La arbaro norde ĉe vi, Tomas, ja estas parto de la siberia tajgo, ĉu ne?"

6

Marina televidas la malfruvesperajn novaĵojn merkrede en la komenco de majo. Aperas surpriza informo: La sveda ministro pri internaj aferoj sciigas, ke ekde morgaŭ la transportkompanioj ne plu devos kontroli la identecon de translimaj vojaĝontoj ĉe la dana flanko de la markolo. Anstataŭe la polico pliampleksigos la limkontrolon de alvenantoj ĉe la sveda flanko. Kial la registaro faris tiun subitan decidon restas neklare. Laŭ la ministro la ŝanĝo signifos pli efikan kontrolon ol ĝis nun kaj malpli da ĝeno por la ĉiutagaj vojaĝantoj.

Marina alvokas Helle-n, kiu venas por aŭskulti kaj miri.

"Do la vojaĝoj ekde nun estos pli rapidaj, sendube", diras Marina.

"Mi dubas. Ni vidu, ĉu la rektaj trajnoj reaperos, kaj ĉu ili iros pli ofte ol nun. La plej ĝena afero estas ne trovi sidlokon, kaj la plej temporaba afero estas, ke necesas ŝanĝi trajnon plurloke."

"Nu, espereble tio nun ĉesos."

"Ni vidu. Mi scivolas kiel estos ĉi-flanke, en Hyllie. Eble oni haltigos la trajnon tie pli longe ol hodiaŭ. Ĝis nun mi ofte povis eviti la svedan kontrolon per ŝanĝo al loka trajno de tie, sed mi timas ke oni nun malebligos tion."

"Tamen estas bone ke io okazas, ĉu ne?"

"Nu, mi volas vidi, kiel estos reale."

Ili ne plu diskutas la aferon, kiu de pli ol jaro alportas ĉiutagan inciton kaj ĝenon. Baldaŭ estas tempo enlitiĝi por la triopo, tio estas Marina, Helle kaj Letti. Anton forestas, kiel oftege en la lasta tempo.

Nokte Marina vekiĝas pro bruetoj en la vestiblo. Ŝi supozas ke jen la knabo revenas hejmen. Sed la horloĝo sur ŝia litotablo montras kvaronon antaŭ la kvara. Tio tamen estas iom troa!

Ŝi rigardas la edzinon dormantan apude. Evitante fari bruon aŭ bruskan movon, ŝi ellitiĝas kaj silente plandas el la dormoĉambro, ĝustatempe por videti la filon malaperi en sian ĉambron. Ŝi tuj aliras, sed la pordo estas fermita kaj barita. Li ŝajne demetis nek ŝuojn nek vestojn en la vestiblo; restas nur ia odoro de benzino aŭ alia naftaĵo. Ŝi frapetas al la pordo, sed li ne respondas.

"Tom, kion vi faris?" ŝi flustras en la pordofendon.

Neniu respondo.

"Anton!" ŝi diras duonlaŭte. "Malfermu, mi petas!"

Sed li nek malfermas, nek diras ion ajn. Ŝi tamen aŭdas lin moviĝi enĉambre. Ŝajne li senvestigas sin kaj enlitiĝas. Do ŝi decidas prokrasti la demandojn. Ŝi ne volas veki Helle-n. Lastatempe la konfrontiĝoj inter Helle kaj la filo pli kaj pli akriĝis. Marina preferas ĝisatendi pli bonan okazon.

Ĵaŭde matene ŝi denove prokrastas ĉion. La knabo ja devus iri al sia lernejo, sed aliflanke li sendube bezonas dormi. Por ne kaŭzi grandan kverelon, ŝi provizore diras nenion al Helle pri lia nokta reveno. Ŝi mem devas iri al sia laborejo, la filia biblioteko de la kvartalo Bellevuegården. Letti iros al sia lernejo kaj Helle trajnos trans la markolon al sia laboro en Kopenhago.

En la tagmeza paŭzo Marina fluglegas la lokajn novaĵojn per apo de la plej granda regiona ĵurnalo. Tuj frapas ŝin unu el la novaĵoj. Ne tre longe for de ilia strato, en kvartalo el vicdomoj, okazis nokta brulatenco. Oni ekbruligis la aŭtejon kaj domon de konata ĵurnalisto. Laŭ la polico oni trovis 'restaĵon de brulema likvaĵo' surloke, do evidente estas atenco. La ĵurnalo aldonas ke sur la trotuara pavimo troviĝas rasisma simbolo, ŝajne ĵuspentrita. Aperas foto, sed Marina ne rekonas la pentritan figuron.

Feliĉe ŝajnas ke neniu homo estis vundita en la brulo. La ĵurnalisto, kiu tie loĝas kun sia edzo kaj du infanoj, estas Amanda Rehn. Ŝi estas konata interalie pro siaj artikoloj pri diversaj ekstremdekstraj kaj naciismaj grupoj en Svedio kaj Danio. Krome ŝi kontribuis al feminisma antologio, en kiu ŝi malkaŝis mesaĝojn krude seksismajn kaj minacajn, kiujn ŝi ĉiutage ricevadis per diversaj sociaj komunikiloj. Ŝi estis plurfoja gasto en televidaj programoj pri tiuj temoj, ne nur regione sed ankaŭ en tutlandaj kanaloj. Do ŝi estas publika persono.

Posttagmeze Marina plu laboras kvazaŭ en nebulo. La odoro, kiun ŝi flaris nokte, ankoraŭ agacas en ŝia nazo. Ja devas esti nur malbonŝanca koincido. Eble li helpis amikon ŝteli benzinon por mopedo, aŭ provis manipuli ion ajn kun petrola enhavo. Ne eblas ke ŝia filo faris tiaĵon!

Ŝi volus telefoni al Helle por konsiliĝi, sed ŝi timas ŝian reagon. Prefere prokrasti tion ĝis vespere, kiam ili sidos ĉe la vespermanĝo.

Aŭ prefere ĝis postmanĝe, kiam Letti malaperos en sian ĉambron. Ŝi ege dubas ĉu Anton ĉeestos dum la manĝo. Ĉiuokaze necesas zorge pripensi, kiel alfronti lin per demandoj, kion li faris nokte.

Kiam Helle venas hejmen vespere, ŝi ankoraŭ scias nenion pri la nokta evento en Malmö. Eble ankaŭ kopenhagaj komunikiloj menciis ĝin, sed ŝi nek legis nek aŭskultis novaĵojn.

Ili manĝas rizon kun frititaj fungoj kaj legomoj, dum Helle rakontas ke efektive ne plu okazis limkontrolo ĉe la trajnoŝanĝo en la kopenhaga flughaveno, kiu estas la lasta stacio antaŭ la landlimo. Cetere ĉio estis sama kiel antaŭe. Poste ŝi kaj Letti interŝanĝas mallongajn replikojn pri la manĝo, pri la lernejo kaj pri la norvega porjunula televidserio *Honto*, kiun ambaŭ kutimas fidele spekti. Marina silentas kaj Anton ne ĉeestas en la apartamento. Estas preskaŭ ordinara ĵaŭda vespero en la kuirejo ĉe Beridaregatan.

"Ĉu vi parolis kun li matene?" finfine demandas Marina, turnante sin al Helle.

"Kun Tom? Ne, li dormadis. Mi frapis al lia pordo kaj vokis ke li ellitiĝu, sed li ne reagis."

Marina denove silentiĝas kaj plu manĝas. Baldaŭ Letti stariĝas, prenante sian teleron.

"Prenu pli, Letti", diras Helle.

"Ne dankon, mi estas sata."

Ŝi portas sian manĝilaron al la telerlavilo kaj rigardas en ĝin.

"Ĉu pura aŭ malpura?"

"Mi ne scias", respondas Helle. "Esploru mem."

Letti rigardas duafoje, flaras snufante en la lavilo kaj poste lasas siajn aĵojn sur la lavtablo.

"Ŝajnas pura."

"Do malplenigu ĝin!"

Letti suspiras.

"Ĉu mi devas? Mi faris tion antaŭ nelonge. Anton neniam faras!"

"Lasu, lasu", diras Marina. "Mi prizorgos tion poste."

La knabino malaperas en sian ĉambron.

"Kio mankas al vi?" diras Helle, ekzamenante la vizaĝon de Marina. "Ĉu vi malkontentas pri io?"

Marina lasas la forkon kaj komencas klarigi, kio okazis nokte, kaj kion ŝi legis en la ĵurnala retpaĝo.

Helle rigardas ŝin kun serioza mieno.

"Devas esti nura koincido, ĉu ne?" diras Marina, sed ŝia mieno sendube esprimas la dubegon, kiun ŝi sentas.

"Mi timas ke ne. Ni telefone avertu la policon. Ĉar tion vi ja ne faris, ĉu?"

"Ne, ne, ni devas atendi! Necesas unue paroli kun li!"

"Nu, bone, mi provu."

Ŝi klavas la numeron de Anton sur sia poŝtelefono, sed lia telefono ne estas atingebla.

"Ne indas", ŝi komentas seke. "Cetere, li neniam respondas miajn alvokojn. Kaj ni ne povas scii, kiam li venos hejmen. Do mi telefonos al la polico."

Marina klopodas kapti ŝian brakon, dum ŝi tenas la poŝtelefonon enmane, sed Helle skue liberigas sin. Ŝi stariĝas, restas senmova dum kelka tempo cerbumante, kaj poste diras:

"Ĉu vi rigardis en lia ĉambro?"

"Nur por konstati ke li ne hejmas."

"Mi ĵetos rapidan rigardon antaŭ ol telefoni."

Ŝi iras tien kaj staras dum kelka tempo meze de la ĉambro. Surmure jam pendas nova afiŝo kun karikaturo de barbulo kun turbano, brulantaj okuloj, kurba nazego kaj mitraleto enmane. Sube legeblas la teksto 'haltigu la kaŝan islamigadon!'

Helle etendas la brakon por deŝiri ĝin sed rezignas. Ŝi snufe flaras.

"Mi ne certas. Eble restas ia odoro."

Ŝi eliras en la vestiblon kaj rigardas la hokojn kun pendantaj vestaĵoj.

"Kiun jakon li surhavis ĉi-nokte?"

"Mi ne scias. Mi ne pensis pri tio."

"Mankas la nova nigra, sed ankaŭ lian vintran jakon mi ne vidas. Nu, ni ne povas plu prokrasti. Mi telefonos."

Kaj ŝi reiras en la kuirejon, sidiĝas ĉetable kaj klavas numeron sur sia telefono.

Du policistoj, viro kaj virino, alvenas jam vespere por aŭskulti la rakonton de Marina kaj rigardi iom supraĵe la ĉambron de Anton. Li mem ankoraŭ ne montris sin hejme. Marina ripetas kion ŝi vidis kaj flaris lastnokte, kaj poste ŝi kaj Helle alterne priskribas la rondon, en kiu la knabo pasigas sian liberan tempon jam de pli ol dek monatoj.

"Ĉu vi konas la nomojn de tiuj personoj?" demandas la policistino.

Marina kapneas.

"Mi neniun aŭdis. Ĉu vi?" ŝi turnas sin al Helle.

"Neniam. Komence du aŭ tri el ili venis ĉi tien fojfoje, sed poste ne plu."

"Ĉu vi tamen rekonus ilin?"

"Kredeble jes, sed mi ne tute certas."

"Nu, bone. En ĉi tia okazo ni kunlaboros kun la Sekureca Polico, do tre kredeble ili volos renkonti vin por informiĝi. Kaj kiam la knabo revenos hejmen, bonvolu tuj averti nin, ĉu ne?"

"Ni telefonos", certigas Helle.

"Ĉu vi venigos lin al la policejo?" demandas Marina.

"Kredeble jes", diras la vira policisto. "Sed ĉar li estas neplenaĝa, ni kontaktos ankaŭ la socialan servon. Tamen ĝi estas tre grava krimo, tiu brulatenco, do ni nepre devos trovi la kulpulojn."

Helle sciigas al la policistoj la poŝtelefonan numeron de Anton, kaj la virino klavas ĝin, sed senrezulte. Dume Letti aperis el sia ĉambro kaj de kelka tempo defone observas kaj aŭskultas ĉion.

"Ĉu mi rajtas fari demandon ankaŭ al la knabino?" diras la policistino.

Marina kaj Helle rigardas unu la alian.

"Ŝi certe scias nenion", diras Helle. "Sed bone, ĉar ankaŭ ni ĉeestas, do bonvolu demandi."

Ŝi turnas sin al la filino:

"Letti, ni maltrankvilas pri Tom, kaj la policistoj klopodos trovi lin."

Letti kapjesas.

"Do, kiel vi nomiĝas? Ĉu Betty?" diras la policistino.

"Letti. Letícia, vere."

"Aha. Nu, se vi scias aŭ havas ian ideon, kie ni trovos vian fraton, tre utilus diri tion."

"Mi pensas ke li estas kun siaj nazioj."

"Kun siaj nazioj, ĉu? Do, ĉu vi konas ilin?"

"Ne. Ili estas... fiuloj. Mi trovas ilin idiotaj."

"Mi komprenas. Ĉu vi konas nomon aŭ adreson de iu el ili?"

"Ne. Eble unu loĝas en Davidshall, ĉar li ofte iras tien."

"Sed pli precize vi ne scias, ĉu?"

"Ne."

"Nu, bone, tamen."

"Li ankaŭ kelkfoje iras kun ili al bierejo proksime de la Triangulo. Nigra Leono aŭ io simila."

"Ha, jes, mi konas ĝin", diras la vira policisto. "Nu, jen bona indiko!"

Estiĝas paŭzo.

"Eble tio sufiĉas", diras Marina post kelka tempo.

"Jes, en ordo", diras la policistino. "Dankon. Tamen, jen ankoraŭ unu afero. Ĉu iu el vi aŭdis lin mencii la nomon Amanda Rehn?"

Ĉiuj tri kapneas.

"Mi tre dubas ĉu li konas ŝian nomon", diras Marina. "Li neniam legas ĵurnalon."

Se Anton malgraŭ ĉio legus ĵurnalon, li povus sekvatage ekscii ke Amanda Rehn kun sia familio devis forlasi sian hejmon kaj provizore ekloĝi en sekreta loko. La domo ja ne plene forbrulis, sed ĝi estas damaĝita de fajro kaj fumo, kaj ankaŭ de akvo ŝprucigita dum la estingado. Krome, pro sekureco ili prefere restadu aliloke ĝis oni trovos la kulpulojn.

Se li legus diversajn paĝojn en sociaj komunikiloj, li povus trovi multajn esprimojn de kompato kaj solidareco kun la atakita ĵurnalisto, sed alipaĝe aperas same multaj laŭdoj al la farintoj kaj minacoj pri plua persekutado al ŝi kaj ŝiaj familianoj. Oni volas ne nur bruligi ŝian domon, sed detranĉi ŝian langon, ripete seksperforti ŝin, forpeli ŝin eksterlanden kaj strangoli ŝin malrapide. Kiel antaŭe, ŝi mem citas plurajn el tiuj komentoj en sia blogo, por montri ilin al ĉiuj sekvantoj kiuj ne kutimas viziti la koncernajn retejojn.

Sed ankaŭ vendrede Anton ne venas hejmen, kaj vespere lia ĉefinstruisto per telefona alvoko malkaŝas, ke dum la tuta semajno li forestis de la lernejo. Helle refoje kontaktas la policon sed ekscias nur ke oni plu serĉadas sed ankoraŭ ne trovis lin.

Sabate la loka ĵurnalo tamen sciigas ke la polico ja venigis du suspektatojn al pridemandado pri la brulatenco. Evidente neniu el ili estas Anton, ĉar la ĵurnalo nomas ilin dudekjarulo kaj dudektrijarulo. Kiel oni trovis ilin, la polico ne malkaŝas.

La semajnfino estas torturo por Marina. Kio okazis al la knabo? Kie li forestas? Ĉu li trafis en batalon? Ĉu la nazioj tenas lin mallibera por ke li nenion malkaŝu? Kial la polico ne trovas lin?

Helle penas trankviligi ŝin.

"Ne timu, Marina, certe nenio okazis al li. Li simple malŝaltis sian telefonon kaj kaŝas sin ĉe iu el tiuj kretenoj. Iel li partoprenis en la atenco, aŭ almenaŭ scias ion pri la incendio, kaj nun li timas esti kaptita. Sed tio ja ne povas daŭri tre longe. Tiuj imbeciloj certe ne loĝigos kaj manĝigos lin por ĉiam."

"Mi timas ke ili faris al li ion."

"Kion ili farus? Ili nur kaŝas lin, kaj sin mem, kredeble. Sed la polico ja bobenos la fadenon kaj trovos unu post la alia en tiu bando. La Sekureca Polico devas gvati pri ili."

"Mi ne certas pri tio. Ŝajnas ke ĝi interesiĝas ĉefe pri ĝihadistoj."

"Restu trankvila. Ĉiuokaze ni ne povas fari ion por trovi lin."

Ankaŭ Letti restas hejme sabate kaj dimanĉe, farante nenion specifan. Ŝi vagas tra la apartamento, senvorte, sen vere okupiĝi pri io ajn. Evidente ankaŭ ŝi maltrankvilas pri sia frato, kvankam ili lastatempe interrilatis kiel hundo kun kato.

Helle kuiras kaj klopodas por kuraĝigi ilin ambaŭ, sed pli-malpli vane. Fine ŝi rezignas kaj dimanĉe posttagmeze eliras sola por promeni en la urbo. La vetero estas nuba sed sufiĉe varma, kaj ŝi devas spiri freŝan aeron, ŝi klarigas.

Post du horoj ŝi revenas odorante je biero.

"Ĉu vi serĉis lin?" demandas Marina, flarinte la aromon.

"Tute ne", Helle respondas seke. "Ne indas. Mi provis rilaksiĝi, simple. Ankaŭ vi devus. Venu, Marina, mi masaĝos vin."

Sed Marina ne volas tion. Ŝi ne havas paciencon por io ajn. Do Helle tiras la ŝultrojn kaj sidiĝas por televidi nenion specifan, zapante tra la kanalaro. Dume Marina kaj Letti vagadas malkviete ĉirkaŭ ŝi.

Plurfoje Marina eliras sur la balkonon kaj rigardas foren al la transstrata parko, kie la arboj nun jam plene folias. Aŭdiĝas pelmela koruso el diversaj birdokantoj, en kiu de temp' al tempo distingiĝas duelo de du najtingaloj, kiuj okupis ĉiu sian arbustaron. Malgraŭ la nuboj la taglumo de la okcidenta ĉielo ŝajnas daŭri eterne. La maja dimanĉo vesperiĝas kaj finiĝas ege malrapide.

7

Gustav estas deknaŭjara kaj loĝas ĉe sia patro, sed tiu patro ofte pasigas tagojn aliloke, ĉu pro sia laboro, ĉu por renkonti sian novan virinon en Stokholmo. Tial Anton senĝene povas tranokti ĉe Gustav dum kelkaj tagoj. La apartamento troviĝas en malnova sed sufiĉe luksa domego ĉe la placo Davidshallstorg, proksime de la urbocentro. Ankaŭ la mebloj estas malnovaj kaj eble valoraj. Anton antaŭe ne vidis tiajn stabilajn tablojn, seĝojn, komodojn kaj alion el malhela ligno. Ĉi tie nenio ŝajnas veni de IKEA. Verŝajne la patro estas bonstata, kaj Gustav havas kreditkarton per kiu li pagas ĉie, kvankam li ankoraŭ estas gimnaziano kaj abituros post kelkaj semajnoj.

"Oni diras ke la polico arestis ilin", diras Gustav sabate vespere, kiam li alportas du picojn por vespermanĝo.

"Ĉu ambaŭ?"

"Jes, almenaŭ tiel diris Tobias. Ĉu vi certas ke absolute neniu scias, ke vi estas ĉi tie?"

"Kompreneble. Mi parolis kun neniu", certigas Anton.

"Tamen vi ne povos plu resti tre longe. Lunde Paĉjo revenos, kaj li furiozos se li trovos vin ĉi tie. Li estas diable kolerema."

Anton pripensas tion. Li ne scias kio plej aĉas, la kolerema patro de Gustav aŭ la du patrinoj. Sed se Gustav elĵetos lin lunde, li sendube devos iri hejmen. Li ne povas pensi pri alia rifuĝejo. La sola eblo estus ĉe Hannes, sed se oni jam arestis lin, estus vane iri tien. Krome li promesis ne kontakti la du aliajn.

"Mi ne komprenas, kiel oni trovis ilin", li diras. "Ĉu vi pensas ke iu klaĉis?"

"Kiu do klaĉus? Patriotoj ne likas."

"Ne, sed... Eble iu malamiko enŝteliĝis."

"Enfiltriĝanto, ĉu? Ni certe malkaŝus lin, kaj tiam..."

Gustav faras geston per la mano tra la gorĝo. Tio aspektas iomete kiel en filmo. Amatora filmo.

Anton manĝas sian picon. Bone ke Gustav povis akcepti lin kaj eĉ regali lin per manĝo. Tamen baldaŭ ja necesos finfine reiri al Marina kaj Helle. Cetere tio ne gravas. Neniu povos suspekti lin. La kamaradoj ne klaĉos. Kaj eĉ se iu ja suspektos lin, ne eblos pruvi ion ajn. Li estas centprocente sekura. La plendado de la panjoj ja estos enua, kompreneble. Sed li enfermos sin en sia ĉambro kaj eliros nur kiam ili estos for laborante. "Ni prenu iom el la konjako de la oldulo", diras Gustav. "Ni povos miksi ĝin kun kolao."

Lunde Marina ĉeestas en sia laborejo preskaŭ nur fizike. Aperas neniu novaĵo. Al la biblioteko venas tuta klaso da bruaj dekjaruloj serĉante librojn, aŭ prefere bildstriajn kajerojn. Ŝi ne eltenas ilin kaj preskaŭ ekkverelas kun ilia instruisto, kiu ne bone regas siajn lernantojn. Posttagmeze ŝi kaŝas sin malantaŭ komputila ekrano kaj lasas al la vizitantoj servi sin mem. Feliĉe eblas redoni kaj pruntepreni librojn per aŭtomato, do ŝia helpo malofte necesas.

Revenante hejmen vespere ŝi tuj ekvidas la ŝuojn kaj vintran jakon de Anton en la vestiblo. Ŝi vokas lin kaj frapas al la pordo de lia ĉambro. Li ne respondas, sed la pordo estas barita de interne, do ŝi scias ke li estas tie.

Ŝi vokas duafoje kaj triafoje pli insiste. Fine ŝi aŭdas obtuze de trans la pordo:

"Lasu min!"

Ŝi lasas lin. Ŝi sidiĝas sursofe en la salono. Ŝi promesis telefoni al la polico, kiam li revenos, sed ŝi ne povas. Post kelka tempo ŝi klavas la numeron de Helle, kies laborhoroj ankoraŭ ne finiĝis, sed kiu tamen tuj respondas.

"Tom revenis", Marina duonflustras.

"Bone. Ĉu li estas en ordo?"

"Mi ne scias. Li enfermis sin."

"Ĉu vi do avertis la policon?"

"Ne. Ankoraŭ ne. Mi volas unue paroli kun li por observi, kia li ŝajnas."

Helle dum kelka tempo diras nenion.

"Mi dubas ĉu li parolos", ŝi poste diras. "Do mi telefonos. La polico devas pridemandi lin."

"Nu, mi supozas ke jes."

"Mi tuj avertos ilin. Kaj post duonhoro mi finos ĉi tie. Tiam ni povos paroli pli multe. Ne permesu al li eliri denove. Ĉu bone?"

Marina suspiras.

"Nu, en ordo."

"Do, ĝis baldaŭ!"

Post duonhoro alvenas du policistoj. Ili ne estas la samaj kiel ĵaŭde sed du viroj, kiuj postenas ekster la ĉambropordo de Anton.

"Polico! Ni bezonas paroli kun vi, Antônio. Malfermu trankvile kaj elvenu. Ni ne volas rompi la pordon."

Dum kelkaj longaj sekundoj aŭdiĝas nenio. Poste sekvas skrapsono, kiam li malbaras la pordon, ĝi malfermiĝas, kaj jen li.

Unu el la policistoj montras sian identigilon, dum la dua prenas la brakon de Anton.

"Ni petas vin veni kun ni al la policejo por respondi kelkajn demandojn", diras la unua.

Anton kapjesas kaj sekvas lin direkte al la elirejo.

"Ĉu mi povas veni kun li?" demandas Marina.

La unua policisto rigardas unue ŝin, poste Anton-on.

"Li estas deksepjara, ĉu ne?"

"Dek ses. Somere li aĝos dek sep."

"Bone. Do vi rajtas akompani, sed laŭ mi tio estas superflua. Vi malŝparos vian tempon. Oni pridemandos lin, kaj depende de la rezulto la prokuroro decidos, ĉu li tuj revenos hejmen aŭ devos resti."

"Resti kie?"

"En la arestejo. Oni kompreneble informos vin."

"Ĉu deksesjarulo en la arestejo?"

"Tio ja okazas, kiam necesas. Se li devos resti, poste la tribunalo decidos pri eventuala plua aresto. Sed unue ni aŭdu, kion li havas por rakonti, ĉu ne?"

Tiam Anton rigardas ŝin rekte kaj diras:

"Mi ne volas ke ŝi venu kun mi."

Poste li turnas sin for kaj surmetas la ŝuojn kaj la vintran jakon.

"Tom, kie estas via nova jako? La nigra?"

Li refoje turnas sin.

"Mi estas Anton!" li diras kun morda tono.

Poste la triopo eliras kaj fermas post si la pordon de la apartamento. Marina staras kvazaŭ frostigita dum nedifinita tempo, ĝis ŝia telefono sonoras. Vokas Helle.

"Do, jen mi sur la trajno. Ĝi estas plenplena, kiel kutime. Kiel statas? Ĉu ili jam aperis?"

Marina sinkas sur la plej proksiman seĝon kaj balbute raportas, kio okazis.

La vespero estas pezega. Al Marina revenis la sento de paralizo, kiu lasis ŝin dum mallonga tempo, kiam ŝi spertis ke la filo estas en sia ĉambro, transporde. Ŝi ne havas forton kuiri, do ŝi tekstmesaĝe petas Helle-n alporti pretan manĝon de tajlanda restoracio survoje hejmen de la trajno. Letti alvenas je la sesa kaj aŭskultas senkomente, kiam Marina rakontas pri Tom aŭ Anton. Ŝi konfuziĝas; ili ĉiam nomadis lin Tom, sed lastatempe Letti alkutimiĝis diri Anton. La policistoj komprenenble diris Antônio, kio restas lia nomo en ĉiuj dokumentoj.

"Sed ĉu li fakte ekbruligis tiun domon?" demandas Letti.

"Mi ne scias. Mi ne povas imagi tion, sed eble liaj amikoj faris kaj li iel helpis. Jen kion la polico klopodos ekscii."

"Ĉu li restos en malliberejo dume?"

"Ne. Aŭ li revenos hejmen, aŭ li restos en la policejo, en arestejo, dum la esplorado. Oni sciigos al ni."

"Mi esperas ke li forregalos tiujn naziajn fiulojn. Sed eble li nur pli fiksiĝos inter ili."

Marina suspiras, ne sciante kion diri, nek pensi.

"Se li faris tion, ĉu li venos en malliberejon?" Letti plu insistas.

"Ne, mi ne povas imagi tion. Li estas neplenaĝa."

"Do kio okazos al li?"

"Mi ne certas. Ekzistas io nomata deviga junula servado, sed mi ne scias precize pri kio temas. Aŭ eble... Nu, ne indas nun pensi pri tio. Mi ne povas kredi ke li kulpas pri tiu atenco."

Helle alportas la manĝon kaj la triopo vespermanĝas kun varia apetito. Helle mem avide glutas sian porcion kaj finas per botelo da biero, aŭskultante la rakonton de Marina. Letti manĝas nerapide kaj penseme. Marina ĉefe disigas kaj rearanĝas la porcion sur sia telero per forko, dum ŝi refoje priskribas, kio okazis pli frue vespere.

"Bone", diras Helle. "Nun ni ĉiuokaze scias kie li estas. Kaj espereble la polico sukcesos ekscii la veron. Oni ja devas puni la kulpulojn, ĉu ne?"

Post du tagoj la tribunalo decidas ke Anton plu restu en la arestejo dum la policesplorado, por malebligi kontaktojn inter li kaj la aliaj suspektatoj. Tamen ili sendube jam antaŭe havis sufiĉe da tempo por interkonsenti kion diri. Post la unua semajno liaj patrinoj rajtas viziti lin. Sed li ne multe parolas. Kiam Marina unuafoje vizitas lin en la arestejo, ŝi tuj alkuras por brakumi la filon. Li tamen tute ne reciprokas sed male turnas sin for por eskapi el ŝiaj brakoj. Lia mieno estas moroza; li aspektas enfermita en sin mem. Al Marina li ŝajnas tre malgranda, kaj ŝi sentas doloron profunde en la brusto rigardante lin.

"Karulo", ŝi diras, viŝante la humidajn okulangulojn. "Finfine mi povas renkonti vin. Kiel vi fartas?"

"En ordo", li respondas. "Ne estas problemo."

"Ĉu ne? Vi aspektas malgaja. Devas esti terure enuaj tagoj. Kion vi faras? Ĉu vi havas ion por legi?"

"Ekzistas libroj, sed mi ne volas legi. Mi faras nenion specialan."

"Tamen necesas ja okupiĝi pri io, ĉu ne? Por distri la pensojn."

"Mi preferas fari nenion. Ili tedas min per sia pridemandado. Tio ripetiĝas senfine. Mi preferas restadi sola, farante nenion."

"Ĉu ne la tempo pasas terure malrapide, se vi havas nenion por fari?"

Li tiras la ŝultrojn.

"Ĉiuokaze oni devos liberigi min", li diras. "Ankaŭ mia defendisto diras tion. Oni ne havas pruvojn pri io ajn. Do mi devos baldaŭ liberiĝi."

Marina rigardas lin. Li daŭre ne reciprokas ŝian rigardon. Liaj okuloj estas turnitaj suben kaj de temp' al tempo direktiĝas flanken dum momento. Ili sidas en ĉambreto destinita por vizitoj. Du seĝoj, tablo, remburita benko. La fenestro rigardas al alia oficeja konstruaĵo.

"Ĉu mi alportu ion al vi?" demandas Marina. "Mi ne scias kion oni permesos al mi alporti, sed mi ĉiuokaze povos peti. Kion vi bezonas?"

"Nenion. Nu, mi ŝatus havi telefonon, ĉar oni konfiskis la mian, sed tion oni ne permesos. Do ne gravas."

"Ĉu vi ricevas bonan manĝon ĉi tie?"

Li ne respondas sed nur refoje levas la ŝultrojn iomete.

"Vi perdos multe da tempo en la lernejo. Mi povus alporti lerno-librojn."

"Ne. Ĝi ĉiuokaze baldaŭ finiĝos. Mi ne reiros tien, kiam mi liberiĝos."

"Kompreneble vi devos reiri al la lernejo!"

"Ĝi estas senutila. Bone ke ĝi finiĝos."

Ŝi ne sukcesas krei veran kontakton kun li. Ŝi restas ankoraŭ iom, refoje provante ekscii, kiel li efektive fartas. Sed ŝi ne atingas lin. Ŝajnas ke li enfermis sin en nevideblan ĉelon, ene de la aresteja ĉelo. Ĉu temas pri ŝirma kiraso kontraŭ la ekstera situacio? Li konstruis muron ĉirkaŭ si, eble por protekti sin kontraŭ la turmento de la izoliĝo. Sed nun, kiam ŝi klopodas trarompi la muron, li male plu konservas ĝin. Li obstine gardas sian izoliĝon. Kial? Ŝi ne komprenas.

Ŝi transdonas al li salutojn de Helle kaj Letti, kvankam la knabino vere ne petis pri tio. Sed li neniel komentas la salutojn, eĉ ne per unu vorto.

"Mi revenos postmorgaŭ", ŝi diras fine. "Kaj ankaŭ Helle vizitos vin."

"Ne indas veni", li diras.

"Kompreneble ja indas! Ni volas vidi kiel estas al vi. Kiel vi fartas ĉi tie. Tion vi ja komprenas, ĉu ne?"

"Ne gravas. Oni baldaŭ devos liberigi min."

Ŝi foriras kaj revenas kiel promesite, kaj ankaŭ Helle vizitas lin en la arestejo, sed ili ne prosperas pri siaj provoj kontakti lin. La tagoj pasas kaj li plu restas mallibera.

Iuvespere du civile vestitaj viroj de la Sekureca Polico vizitas la familion, demandas pri la politika agado de Anton kaj petas permeson rigardi lian ĉambron. Ili tamen ne detale traserĉas ĝin sed nur rigardas supraĵe, ŝajne sen granda skrupulo. Same kiel al la ordinaraj policistoj, Marina kaj Helle ne povas rakonti multe pri lia agado, kaj evidente la du sekurecanoj ankaŭ ne atendis tion. La vizito ŝajnas al Marina kvazaŭ ŝarado kun nedivenebla solvo, en kiu ŝi partoprenas nur pro deco.

En la fino de majo ĉiuj amaskomunikiloj denove pleniĝas de informoj pri nova terorago. Post koncerto en Manĉestro, kiu logis precipe gejunulojn, sinmortiga bombulo miksiĝis kun la eliranta publiko, eksplodigis sian bombon mortigante pli ol dudek homojn kaj vundante centon. Jen nekutime abomena krimo, kiu superombras la teroratakon en Stokholmo antaŭ malpli ol du monatoj. Preskaŭ tuj oni malkaŝas ke la suspektato estas viro naskiĝinta en Manĉestro sed de libia origino.

Marina sentas ke ŝi eble eĉ ne plu reagus al la novaĵo, se ne ĉi tiu atako celus kaj trafus precipe gejunulojn. Laŭ ŝi tio elstarigas ĝin en la longa vico de teroratakoj.

En la sekva tago oficisto telefone sciigas al ŝi, ke la prokuroro decidis ĉesigi la areston de Anton. Post du semajnoj kaj duono en la arestejo li finfine liberiĝas. Marina tuj alveturas por venigi lin hejmen, kaj li akompanas ŝin senproteste.

"Kion vi volas manĝi, Anton?" ŝi demandas, zorgante uzi la nomon, kiun li preferas.

"Ne gravas."

Ŝi liberigis sin de la laboro por la resto de la tago. Estas merkredo, la tago antaŭ Ĉieliro, do sekvos kvar tagoj, kiam la biblioteka filio estos fermita.

"Sed mi ŝatus kuiri ion, kio plaĉas al vi. Aŭ ĉu ni aĉetu ion pretan?"

"Ni povus aĉeti picon."

Ili haltas ĉe eta picejo je kelkaj domblokoj de ilia strato kaj atendas dum la picisto pretigas du picojn. Marina pensas ke se la filo estus ĉi tie kun siaj amikoj, ili eble insultus la piciston, kiu laŭaspekte originas ie en Mezoriento. Aŭ eble ne, ĉar ili ne volus malhavi la pladon, kiu el Napolo konkeris la mondon. Verŝajne ili konsideras ĝin same sveda kiel viandbuloj aŭ cinambulkoj. Nun la patrino kaj filo ambaŭ staras silentaj, inerte rigardante la preparadon.

Hejme manĝante sian picon, Marina rigardas la filon. Li mane ŝiras pecon post peco de la pico kaj enbuŝigas ilin, same kiel li faradis pli juna. Denove ŝi trovas lin tre malgranda, kvazaŭ li malkreskis dum la semajnoj en la arestejo.

Ŝi klopodas ekigi interparolon, provante malŝlosi lian sintenon.

"Anton", ŝi diras kun hipokrite kompleza alparolo. "Mi pensas ke vi fartus pli bone, se vi rakontus al ni ĉion tute sincere. Kio okazis, kion faris vi kaj la aliaj, kaj kial vi agis tiel. Ne estas bone kaŝi tian aferon en via interno."

"Prefere diru ke mi devas konfesi, por ke vi klaĉu al la polico."
"Ne temas pri tio. Mi maltrankvilas pri vi. Ni ĉiuj maltrankvilas.
Mi volas ke vi fartu pli bone. Rakonti al mi, kion vi faris, eble helpos
vin."
"Ha! Mi ne povas rakonti ion, kio neniam okazis."
"Kompreneble ne. Sed kion vi do faris? Estas klare ke ion!"
"Ĉesu! Mi faris nenion, kio koncernas vin!"
La strebado de Marina do restas sensukcesa. Kaj manĝinte, ili
disiĝas. Anton iras siaĉambren kaj ŝi sidiĝas ĉe la komputilo por
esplori, ĉu la ĵurnaloj skribas ion novan pri la policenketo. Sed la
brulatenco jam ne estas novaĵo. Aliaj krimoj konkuras kun ĝi pri
ĝenerala publika intereso. Ŝi scivolas, ĉu oni liberigis nur Anton-on
aŭ ankaŭ la aliajn suspektatojn, sed ŝi trovas entute nenion novan pri
la afero.
En la sekvaj kvar tagoj, kiam ŝi liberas de sia laboro, Anton ne
forlasas la apartamenton. Plejparte li nestas en sia ĉambro, kvazaŭ
li daŭre restus enfermita en aresteja ĉelo. Kiam la patrinoj prezentas
manĝon, li elvenas por manĝi senvorte, sed poste li remalaperas
en la ĉambron. Vendrede vespere li esceptokaze elvenas por spekti
televidan krimserion. Helle apudas lin kaj fojfoje demandas pri aferoj
nekomprenataj, ĉar ŝi antaŭe ne sekvis la serion.
"Kiu estas tiu altulo? Ĉu ŝia kolego aŭ amato?"
"Silentu."
Do ŝi baldaŭ rezignas la vanan provon krei ian kontakton kun
li. Kaj post la semajnfino sekvas ordinara laborsemajno. Marina kaj
Helle klopodas konvinki lin rekomenci frekventi la lecionojn. Eble li
povos iel kompensi la perditan tempon kaj la nefaritajn taskojn. Sed
li rifuzas eĉ diskuti la aferon.
"Do, kion vi faros, se vi ne plenumos la studadon?" demandas
Helle.
"Mi ne scias. Mi faros ion."
"Vi devas akiri plenan finateston de la elementa lernejo por eniri
gimnazion. Ne facilas trovi laboron sen gimnazia eduko."
Li tiras la ŝultrojn sen plua komento.
Ŝi telefonas al la polico por ekscii, ĉu la enketo daŭras, sed ricevas
neniun informon. Fine ŝi sukcesas mallonge interparoli telefone

kun la advokato destinita por defendi Anton-on en okazo de onta juĝproceso.

"La krimenketo daŭras kaj la prokuroro sendube baldaŭ decidos, ĉu akuzi aŭ ne, kaj kiujn akuzi."

"Ĉu oni jam liberigis ĉiujn suspektatojn?"

"Ne, tute ne. Nur Antônio-n, ĉar li estas neplenaĝa kaj normale devus ne resti en arestejo. Sed li restas suspektato. Povos okazi ke la du aliaj kulpigos lin pri la ekbruligo. Tio estas ofta sinteno, kiam iu neplenaĝulo estas envolvita, ĉar li ne riskas veni en malliberejon."

"Ĉu vi defendas ankaŭ ilin?"

"Ha ha, kompreneble ne. Male, mi dirus. Por Antônio estus plej bone, se tiuj du estus konsiderataj kiel ĉefe respondecaj."

"Sed ĉu li konfesis ion?"

"Li ne konfesis brulatencon. Pli ol tiom mi ne povas diskuti kun vi. Se okazos proceso, nia sinteno estos publika."

Jen ĉio, kion Helle sukcesas ekscii de la advokato. Restas nur atendi, kion decidos la prokuroro.

8

Marina sidas en vagono, rigardante eksteren al la arbara kaj laga pejzaĝo preterglitanta. Ŝi sola vojaĝas norden al sia naskiĝurbo Norrköping. Kvankam ĝi nuntempe ŝajnas al ŝi tre fora, per rapida trajno ŝi atingas ĝin en nur iomete pli ol tri horoj.

Ŝia patrino ne plu restas tie. De pluraj jaroj ŝi loĝas en eta apartamento en la urbeto Vaxholm, en la stokholma insularo. Somere ŝi ofte restadas en sia domo sur la pli fora insulo Gällnö. Sed Marina nun vojaĝas al Tomas por festete celebri la abituron de lia filino Moa. Ŝi kunportas mondonacon kaj krome malgrandan pentraĵon faritan de Helle, kiu ne povis kuniri.

Alveninte, ŝi piediras de la stacidomo kun la kovrita pentraĵo subbrake, trenante sian rulvalizon. De du jaroj Tomas revenis al centra kvartalo kaj nun loĝas en moderna dombloko proksime de la rivero, apud la eksa malliberejo. Ŝi ĵetas rigardon al tiu morna konstruaĵo ĉirkaŭata de altaj muroj, pensante pri la arestejaj tagoj de Anton. Ĉiuokaze li ne riskas veni en veran malliberejon. Ŝi eniras la domon kaj alvenas en la apartamenton de Tomas ĝustatempe por la festeto kaj por brakumi la knabinon.

"Saluton, Moa, kaj gratulon! Ho, vi tute ŝanĝis stilon de kiam mi vidis vin lastsomere."

La longaj blondaj haroj de Moa malaperis. Nun ŝia kapo jam estas preskaŭ razita, kun nur centimetro da malhelrufaj stoploj sur la verto.

"Jes, estas ege agrable senti la venton al la kapo. Tio similas liberiĝi el densa vepro. Mi fakte inspiriĝis de Helle."

"Ĉu vere? Nu, jen donaco de ŝi, kaj ĉi tiu koverto estas de mi."

"Dankegon, Marina! Salutu ŝin de mi, mi petas. Ĉu pentraĵo?"

Ŝi malpakas ĝin. La bildo montras malhelan domon kun lumaj fenestroj kaj altan virinon inter nigre siluetaj arboj kontraŭ violkolora ĉielo.

"Ho, mi ŝategas ĝin!"

"Eble ŝi volis doni al vi inspiron, por ke ankaŭ vi daŭrigu vian artan kreadon", diras Marina. "Ĝi tamen ŝajnas al mi iom malhela por festi abituron, ĉu ne?"

"Tute ne! Ŝi scias ke mi ne ŝatas paŝtelajn dolĉaĵojn."

Apud Moa staras junulo nekonata, supozeble la nova koramiko, kiu ŝajnas silentema kaj iom perdiĝinta kompare kun la vigla knabino. Ŝi prezentas lin rapide, preskaŭ neglekte:

"Jen Fabian. Jen Marina el Malmö, malnova amikino de Paĉjo."

Oni manĝetas kaj trinketas dum fone bruas ia muziko. Alvenas ankaŭ Linn, la fratino de Moa, kaj ilia patrino Cecilia, kiu ŝajne maljuniĝis de kiam Marina vidis ŝin lastfoje. Do sendube pasis jaregoj de tiam. Post kelkaj horoj alvenas la bandanoj de Moa por akompani ŝin kaj ŝian koramikon aliloken.

"Ni iros ludi en komuna festo por la abiturientoj", ŝi informas.

"Do, dankon al ĉiuj kaj ĝis!"

En la apartamento ĉe Beridaregatan Helle, Letti kaj Anton vespermanĝas. Morgaŭ oni festos la finon de la lernojaro en ambaŭ lernejoj. Por Letti finiĝas la kvina jaro. Post la someraj ferioj ŝi daŭrigos samlerneje kaj samklase per la sesa jaro. Espereble ŝi ankaŭ plu havos la saman instruistinon, ĉar ŝi trovas tiun sufiĉe bona.

Ankoraŭ antaŭ jaro la patrinoj estis tre bonvenaj ĉeesti en la plimalpli solena celebrado de la lernojara fino. Sed nun Letti jam estas granda knabino, kaj patrinoj en la lernejo kaŭzus al ŝi embarasiĝon. Helle unue ne volis respekti la malpermeson ĉeesti, sed Marina konvinkis ŝin ke tio gravas. Jen kial eblis forveturi al Norrköping por la abituro de Moa.

Por Anton finiĝas ne nur la lernojaro, sed la tuta deviga tempo en la elementa lernejo. Fakte li jam antaŭ monato ĉesigis ĝin. Post la brulatenco kaj la aresto li neniam reiris lernejen. Nun Helle manĝante klarigas al li, ke li tamen devos iri tien morgaŭ por ricevi sian finateston.

"Mi ne iros", li obstinas. "Ne indas. Mi ĉiuokaze ne ricevos noton pri ĉiuj fakoj. Tia atesto utilas al nenio."

"Vi bedaŭros, se vi ne kuraĝos iri tien. Kredu min, Anton; tio vere gravas. Unue pro respekto al la viaj instruistoj, kaj due por via propra memestimo. Ne maltrafu tion!"

Li abrupte stariĝas de la tablo, lasante duonon de sia porcio.

"Mi ne iros", li ripetas. "Mi fajfas pri tiuj teduloj."

Dirinte tion, li paŝas al sia ĉambro.

"La teleron!" vokas Helle. "Forportu vian teleron, mi petas."

Li eniras la ĉambron kaj fermas la pordon. Oni aŭdas la kutiman skrapsonon, kiam li baras ĝin.

"Li verŝajne timas ke liaj samklasanoj demandos pri la brulo", opinias Letti.

"Ili ne povas scii ion pri ĝi. Eĉ ni ne scias, kio vere okazis."

Ili ambaŭ finmanĝas. El la ĉambro de Anton aŭdiĝas monotona muziko.

Kelkan tempon poste Helle staras antaŭ lia pordo. Ŝi frapas laŭte al ĝi. Nenio okazas. Ŝi frapas refoje.

"Malŝaltu kaj malfermu!" ŝi krias.

Neniu reago.

"Malŝaltu, diable! Ni devas paroli!"

Anton plilaŭtigas la muzikon.

Helle havas sufiĉe fortan voĉon. Nun ŝi pugnobatadas la pordon kelkfoje kaj kriegas:

"Silentigu tion kaj malfermu do! Mi ne volas detrui la pordon!"

Dum kelka tempo nenio ŝanĝiĝas. Poste li krie respondas:

"Foriru! Mi ne volas paroli."

"Malfermu la pordon, damne!"

"Lasu min en paco!"

Letti staras en la pordo de sia ĉambro, rigardante al Helle kun timema mieno. Evidente ŝi scivolas, kio okazos. Ĉu panjo Helle perforte trarompos la pordon de Anton?

Post kelka tempo la muziko iom mallaŭtiĝas, proksimume al la origina nivelo.

"Aŭskultu, Anton", diras Helle laŭte, direkte al la pordo. "Vi devos iri al via lernejo pro du aferoj. Unue pro la finatesto. Due por peti konsilon kaj helpon pri estonta studado."

Ŝi plu atendas, sed ŝajne li vere aŭskultis ŝin trans la pordo, ĉar post kelka tempo aŭdiĝas lia respondo.

"Mi ne plu studos estonte."

"Vi devos. Sen tio vi ne havus grandan ŝancon trovi laboron."

Al tio li tamen ne respondas.

"Via atesto kredeble havos lakunojn", ŝi daŭrigas.

"Kion?"

"Vakojn. Truojn. Studfakojn pri kiuj vi ricevos nenian noton, ĉar vi ne partoprenis. Do vi bezonos informojn de la lernejo, kiel vi povos ŝtopi tiujn. Kaj kian gimnazian studprogramon vi povos sekvi."

"Mi ne studos en la gimnazio."

"Sen tio vi havus problemojn."

"Ne zorgu."

Post tio li murmuras ion pli mallaŭte.

"Kion vi diris? Malfermu por ke mi aŭdu vin!"

"Ne zorgu. Vi ne estas mia panjo."

Ŝi kelkfoje enspiras profunde.

"Ne rekomencu tiun galimation! Vi bone scias ke tio estas sensenca."

Aŭdiĝas nur raŭka vira kantvoĉo kaj basgitara akompano.

"Aŭskultu, Anton! Mi ne rezignos. Mi ripetos fojon post fojo, kion vi devos fari. Ĉesigu vian aktivadon kun nazioj kaj krimuloj! Akceptu vian punon pro la brulatenco! Faru ordon en via vivo! Komencu peni kaj labori pri estonta studado! Kaj memoru ke vi havas familion, kiu zorgas pri vi!"

La sola respondo estas denova plilaŭtigo de la muziko. Helle refoje pugnas la pordon kaj krias "Malŝaltu!", sed vane. Neniu reago plu rimarkeblas. Ŝi restas dum ankoraŭ kelka tempo ĉe la fermita pordo sed poste iras en la kuirejon kaj pretigas la telerlavilon. Ankaŭ Letti malaperas siaĉambren. Helle prenas bierbotelon el la fridujo kaj sidiĝas ĉe la kuireja tablo. Ŝi rigardas la telerlavilon kaj konstatas ke ĝi ja funkcias, sed la muziko de Anton superas ĝian zumadon kaj plaŭdadon.

Dum kelka tempo vespere Marina sidas apud Cecilia. Ial ilia interparolado fluas malvigle. Jam pasis pli ol jardeko post la divorco de Tomas kaj Cecilia, sed Marina plu havas malfortan senton de kulpo pri ĝi, kvankam troviĝas absolute neniu kialo. Iam Cecilia tre ĵaluzis, suspektante ke la rilato inter Tomas kaj Marina ne estas nur amika, sed la divorco okazis pro vera malfidelo de Tomas kun alia virino. Al Marina tiam aperis la ideo, ke ŝia longe sekreta amikeco kun Tomas eble tamen ludis ian fonan rolon por elĉerpi la paciencon de Cecilia. Nu, ĉiuokaze tio estas delonge pasinta historio. Postdivorce la du filinoj de Tomas kaj Cecilia vivis alterne ĉe siaj gepatroj, kaj nun ili ambaŭ jam plenkreskis. Cecilia rakontas ke ŝi de du jaroj vivas kun sia nuna edzo en la najbara urbo Linköping. Samurbe loĝas ankaŭ Linn kaj ŝia koramiko.

"Kaj vi, ĉu vi plu restas en Malmö?" ŝi demandas.

"Jes, certe."

"Mi ne povas imagi min loĝi tie. Miaj parencoj en Skanio ĉiam raportas al mi pri la pafadoj. Ŝajnas vera Ĉikago, ĉu ne?"

Cecilia devenas el urbeto proksime al Helsingborg sed konservis nur iomete de sia regiona akĉento. Multaj el ŝiaj parencoj tamen restas tie aŭ loĝas aliloke en la provinco Skanio, sed evidente ne en ties ĉefa urbo Malmö.

Marina pripensas. Ŝi ne povas scii, ĉu Tomas menciis al Cecilia ion pri la aferoj de Anton. Kredeble ne, se ŝi bone konas lin, kaj tion ŝi ja faras.

"Ni fartas tute bone en Malmö", ŝi diras. "Ni loĝas en trankvila kvartalo. Mi povas piediri aŭ bicikli al mia laborejo, kaj same la infanoj al siaj lernejoj. Kaj Helle plu trajnas ĉiutage al Kopenhago. Fakte ĝi estas tre bona vivmedio. La pafadoj koncernas ĉefe la krimulojn kaj la policon. Ni legas pri ili en la ĵurnalo, same kiel vi."

"Sed ĉu vi vere povas lasi la infanojn iri solaj ekster la hejmon?"

"Komprenebleje. Mi pensas ke tiurilate ne estas granda diferenco inter Malmö kaj Norrköping, aŭ Linköping. La ĉefa risko por ili ne estas pafantaj krimuloj, sed bandoj el adoleskuloj, kiuj klopodas minace aŭ trompe rabi de aliaj junuloj la poŝtelefonojn. Supozeble estas same ĉi tie."

Ŝi sentas pikon de malbona konscienco pro tio ke ŝi ne mencias la agojn de Anton. Sed aliflanke tiu problemo vere ne koncernas Cecilia-n. Kaj ĉiuokaze li neniel rilatas al la interkrimula vendeto.

"Komprenenble ni kelkfoje maltrankvilas pri ili", ŝi poste koncedas. "Tio ja estas natura. Certe vi mem sentis same pri la knabinoj. Ankaŭ ĉi tie okazas malbonaĵoj, ĉu ne?"

Ŝi kontentas pri tiu kombinita retreto kaj ofensivo. Sed respondon pri tio ŝi ne ricevas.

"Kiam mi adoleskis", diras Cecilia, "mi ĉiam trovis nian vilaĝon teda. Mi sopiris je la urbo, sed tio estis Helsingborg. Pri Malmö neniu ĉe ni multe atentis. Se oni volis iri al pli granda urbo, temis ĉiam pri Kopenhago, komprenebla. Stokholmo estis kvazaŭ alia planedo."

"Nu, sed tio validas ankaŭ por la plej multaj homoj ĉe ni. Ne vane oni iam diradis ke la plej vizitinda loko en Malmö estas la pramo al Kopenhago. Hodiaŭ jam temas pri la trajnoj, evidente."

Cecilia ridetas kaj la konversacia temo ŝajnas jam elĉerpiĝi. Marina rigardas ŝin. Aperas al ŝi la penso, ke Cecilia estas iom etburĝa konvenciulino, kiu tute ne similas al Tomas. Eble ilia divorco estis neevitebla. Sed aliflanke, ĉu simileco estas la plej bona fundamento de intima rilato? En ŝia propra edzineco eble ŝi mem estas la etburĝo?

Vespere ŝi babilas kun Tomas kaj Linn kaj donas al ili la lastajn novaĵojn pri Anton. Ili cetere konsistas ĉefe el manko de novaĵoj. La prokuroro ankoraŭ ne sciiĝis, ĉu okazos proceso aŭ ne.

"Kaj li mem apenaŭ eliras. Ŝajne li ne plu renkontas tiujn ulojn, sed eble ili ja havas kontakton rete. La lernejan finateston li ankoraŭ ne ricevis, sed estos gravaj truoj en ĝi, komprenebla."

"Iam oni kutimis sendi tian bubon en ŝipon, por labori kiel maristo. Sed tio ne plu eblas", diras Tomas.

"Feliĉe!" diras Linn. "Kial ne en la armeon? Temis nur pri disciplino, mi pensas. Lerni obei."

"Eble. Aŭ lerni respekti aliulojn."

"Sed oni ja certe havas apartan gimnazian studprogramon individue adaptitan, kiun li povos frekventi, ĉu ne? Aŭ preparan jaron por eniri normalan programon."

Linn studas pedagogion por iĝi instruisto kiel sia patrino. Marina respondas al ŝi:

"Nu, certe. Sed li tute ne volas studi. Kaj mi pensas ke en tia adaptita programo studas plejparte gejunuloj el familioj enmigrintaj, do kredeble li havus problemojn tie."

"Eble tio eĉ utilus al li", diras Tomas.

"Mi dubas. Ĉu ne plia konfrontiĝo kondukus al plia malamo?"

"Se okazos proceso kaj li estos kondamnita, li kredeble faros ian devigan servadon. Eble tio donos al li novajn ideojn."

"Nu, ni vidu", diras Marina. "Sed dume Helle proponas ke ni mem elpensu aventuron por li. Ian fizikan fortostreĉon, de kiu li ne povas forŝteliĝi. Eble sur insulo. Mi ne scias precize, pri kio temus."

Tomas enpensiĝas.

"Ĉu sur insulo, de kie ne eblas eskapi?" li diras duonlaŭte.

"Aperas al mi memoro el mia junaĝo. Ĝi ne estas agrabla."

Marina intencas demandi, pri kio li parolas, sed Linn kaptas ŝian atenton per demando.

"Kiel ŝi realigus tion? Ĉu ŝi igus kidnapi lin?"

"Mi ne scias", diras Marina. "Ŝi parolis ankaŭ pri vikinga ŝipo ie en Danio, kie homoj propravole penas per remado kaj velado."

"Ha", diras Tomas. "Do tamen li estus maristo, ĉu? Sed ĉu ne la vikingoŝatantoj plejparte estas lia speco de homoj? Naciistoj kaj reakciuloj?"

"Mi supozus ke ili estas historiistoj aŭ historiaj amatoroj", diras Linn, okulumante al sia patro.

"Laŭ Helle ili estas normalaj homoj", diras Marina. "Sed kredeble oni akceptas nur personojn maturajn kaj ekvilibrajn. Cetere ne eblas devigi lin fari ion tian."

"Nu", diras Linn, "se vi volas instrui al li respekton al aliaj homoj, unue necesas ke li faru la aferon el propra volo, mi pensas. Negrave ĉu temas pri vikinga ŝipo aŭ ajna aventuro. Sed ĉu ne la unua demando estas, kion li efektive faris ĉe tiu brulo? Ĉu li ekbruligis domon en kiu dormis familio?"

"Ni ne scias", diras Marina. "Ŝajnas ke li estas iel enmiksita, sed precize kion li faris, ni simple ne scias. Li diras nenion."

La junia vespero pluas. Ekstere la suno ŝajne ne volas subiri, sed Linn reiras hejmen al la najbara Linköping, kie ŝi loĝas kaj studas. Marina kaj Tomas longe sidas dividante botelon da vino kaj memorojn pri pli fruaj epizodoj en siaj vivoj – epizodoj komunaj kaj disaj.

Ŝi cerbumas pri tio, kion Tomas antaŭe aludis per la vortoj pri malagrabla memoro. Ŝi memoras ke li iam menciis koramikinon kiu mortis. Ŝi ne plu certas, ĉu pro akcidento aŭ sinmortigo. Evidente tio okazis kiam li estis tre juna. Supozeble la gepatroj de tiu knabino klopodis malhelpi al sia filino vivi en memdetrua maniero, ĉu kun drogoj, ĉu alie. Eble ili provis enfermi ŝin ie, sed ŝi eskapis. Marina ŝatus demandi Tomas-on pri tiu sperto, sed la momento ne tre konvenas. Ĉiuokaze ŝi devas prokrasti tion ĝis ili estos sobraj.

Fine ŝi enlitiĝas. Kuŝante en la sofolito ŝi ekpensas pri Helle kaj ŝia malfideleco. Pasis jam preskaŭ jaro post la telefonaj alvokoj de Louise, sed ŝi ne sukcesas forgesi la aferon. Subite trafas ŝin la penso, ke ŝi estas sola kun Tomas en lia apartamento. Ili ambaŭ estas iom ebriaj. Se ŝi nun ellitiĝus, paŝus silente tra la mallumo en lian ĉambron kaj ĝis lia lito, kio okazus? Kiel li reagus? Iam antaŭ multaj jaroj ŝi suspektis, ke li eble volas esti io plia ol nur ŝia amiko, kvankam li neniam montris tion. Sed kio nun ekscitas ŝin ne estas tio, sed ia deziro venĝi kontraŭ Helle. Nu, verŝajne li simple petus ŝin reiri al sia loko, kaj cetere, seksumi kun iu ajn viro post tiom da jaroj entute ne logas ŝin. Tamen iel plaĉas al ŝi la penso, ke tia repago al Helle estus ebla. Tiu frivola fantazio iel kunfandiĝas kun la ebrio kaj lulas ŝin en la dormon. Kaj ŝi dormas bone, vekiĝante nur duone unufoje, kiam Moa revenas de sia festo.

La okazo por demandi Tomas-on pri lia malagrabla memoro ja venas en la sekva tago, sed tiam ŝi tamen ne demandas. Iom embarasas ŝin la ebrieta fantazio hieraŭ vespere, kvankam Tomas ja ne povas scii ion pri ĝi. Krome ŝi ne volas reveki dolorigan memoron ĉe sia amiko. Sed li mem ja aludis ĝin hieraŭ, do li jam pensis pri ĝi. Aŭ eble ŝi ne volas aŭdi pri tragedio, kiu iel povus signifi malbonan aŭguron pri Tom. Kiu ajn estas la kialo, ŝi ĉiuokaze forpuŝas la impulson plu esplori tiun travivaĵon de Tomas.

Anstataŭe ili faras komunan promenon tra la iama teksfabrika kvartalo de la urbo kaj plu laŭlonge de la rivero. Pluraj stratetoj kaj konstruaĵoj, kiujn ŝi memoras kadukaj, dezertaj aŭ baritaj, nun jam estas riparitaj, poluritaj kaj plenaj de vivo en formo de koncertejoj, lernejoj, oficejoj, muzeoj kaj aliaj plejparte kulturaj institucioj. Krome oni multloke konstruis aŭ konstruas loĝdomegojn inter la malnovaj fabrikoj.

Ili haltas por kafumi en la ĝardena kafejo, kie ŝi mem laboris semajnfine kaj somere kiel dekelkjarulino. Ĝi estas pli granda ol tiam sed sufiĉe simila. Ĉi tie okazis ankaŭ al ŝi io doloriga, kvankam tute ne tragedio. Eble ŝi prefere lasu tiujn memorojn. Ŝi klopodu vivi en la nuno kaj ne tro agitu la fundan feĉon de junaĝaj dramoj.

"Strange", diras Tomas. "Mi ne memoras ke ni iam ajn estis ĉi tie kune en tiu tempo."

"Eble ĉar mi antaŭe laboris ĉi tie. Mi ne volis reveni kiel gasto."

"Ĉu vere? Kial ne?"

"Nu, eble mi embarasiĝus. Tiam oni facilege embarasiĝis, ĉu ne?"

"Jes, vi pravas. La tuta junaĝo estis unu granda embarasiĝo."

"Eble jes", ŝi konsentas.

"Kaj la adolta vivo estas unu granda embaraso", li aldonas. Ili ridas laŭte, ricevante mirantajn rigardojn de kelkaj maljunuloj ĉe apuda tablo. Ŝi sentas sin tre agrable, iomete kiel en la junaĝo, kiam ili kune sidis babilante kaj ridante en bierejoj kaj kafejoj. Neimageble, ke jam pasis tridek jaroj de tiam!

Post la kafuma paŭzo ili revenas al la hejmo de Tomas por lunĉo, antaŭ ol Marina repaŝas kun sia valizo al la stacidomo. Estis bona vizito. Ŝi ŝatis refoje renkonti Tomas-on, kaj ŝi ĝuis vidi la optimismon kaj vivemon de la juna Moa. Ĉu ŝi mem iam posedis tiajn trajtojn? Ŝi dubas. Ĉiuokaze tio ne konserviĝis en ŝiaj memoroj. Sed verŝajne tio estas neevitebla. Jen la vivo, sendube.

9

Meze de junio la prokuroro finfine prezentas sian akuzon. Oni akuzas neniun personon kiel ĉefan kulpulon de la brulatenco, sed ĉiuj tri suspektatoj estas akuzataj kiel komplicoj pri la ago. Samtempe oni tamen liberigas ankaŭ la du pliaĝulojn el la arestejo, ĉar ili laŭdire ne plu povas malfaciligi la leĝan esploradon. En la lokaj ĵurnaloj kaj televidaj novaĵelsendoj la prokuroro havas okazon klarigi la situacion. Troviĝas tielnomataj fizikaj indicoj montrantaj, ke ĉiuj el la triopo estis iel envolvitaj en planado kaj kunhelpado pri la krimo, sed ne eblas diri kun certeco, kiu aŭ kiuj efektive ekbruligis la domon. Certagrade la suspektatoj kulpigas unu la alian, neante la ĉefan respondecon. La indicoj konsistas el trovitaj objektoj, DNA-spuroj, datenoj pri telefona komunikado kaj indikoj de atestantoj. Precize kion oni trovis kaj kion vidis la atestantoj, la prokuroro ne volas malkaŝi antaŭ la proceso en tribunalo. Tiu komenciĝos nur fine de aŭgusto. La prokrasto ŝuldiĝas al kelkaj aliaj kazoj atendantaj juran traktadon, kaj kompreneble al la somera libertempo de multaj oficistoj. Kiel punon la prokuroro postulos malliberigon de la du pliaĝuloj kaj devigan servadon de la plej juna, tio estas de Anton.

Helle kelkfoje klopodas paroligi la filon pri la afero, sed vane. Li sintenas pli kaj pli erinace, restante preskaŭ senĉese en sia ĉambro malantaŭ fermita pordo. Nur pene liaj patrinoj sukcesas venigi lin al la komunaj manĝoj.

Ankoraŭfoje Helle telefonas al Magnus Rydén, la advokato kiu defendos lin antaŭ la tribunalo. Sed ŝi ekscias malmulte. Li tamen konfirmas la ĵurnalan informon, ke la du pliaĝuloj kulpigas Anton-on. Sed li ne volas diri tute klare, kiel Anton sintenas al tiu kulpigo.

"Laŭ mia opinio la du aliaj ĉefe kulpas, kaj sendube Antônio konscias tion. Povas esti ke li timas ilin pli multe ol la verdikton, kaj tio ne surprizas min. Pro la jako li kredeble estos kondamnita, sed nur al deviga servado."

"La jako?" diras Helle surprizite.

"Jes, iu alia domposedanto trovis lian jakon en sia rubujo proksime de la krimloko, kun benzino kaj lia DNA. Do, tute eskapi ne estos facile, kvankam mi ja postulos absolvon. Nu, feliĉe li estas neplenaĝa. Kaj evidente ne eblos pruvi ke li ekbruligis, maksimume ke li portis la benzinon, ĉu ne?"

"Mi komprenas. Ĉu vi povas diri en kio konsistas tia deviga servado?"

"Nu, en la verdikto oni fiksos difinitan tempon, nombron da horoj, dum kiuj li devos servi. Poste la komunuma Sociala Servo decidos kie. Kutime temas pri societo aŭ publika establaĵo. Sporta klubo, ekzemple. Povos esti iomete malfacile en lia kazo, ĉar evidente necesos trovi lokon sen tro da aliaj enmigrintoj."

"Kial do?"

"Nu, oni volas eviti perfortajn konfrontiĝojn, ĉu ne?"

Ne nur Helle ŝatus paroli kun Anton. Kelkfoje ŝi kaj Marina vidas du junulojn posteni ekster la domo, atendante. Ili ne surhavas apartan signon, sed ambaŭ estas vestitaj per kamuflodesegna verda pantalono kun ŝelkoj kaj nigra T-ĉemizo. Krome ambaŭ surhavas sunokulvitrojn. Ankaŭ io nedifinebla en ilia mieno kaj teniĝo pensigas pri nazioj. Marina kredas rekoni unu el ili, kiu kelkfoje vizitis Anton-on hejme en la komenco de la pasinta aŭtuno. Ĉu ili estas la du akuzatoj aŭ aliaj anoj de la Norda Fronto, ne eblas scii.

Dufoje ili venas sonorigi ĉe la pordo, sed gvatinte tra la porda lenso, Helle kaj Marina decidas ne malfermi. Fine tamen ne eblas eviti ilin. Unu tagon kiam Marina venas hejmen de la laboro, ili haltigas ŝin teretaĝe en la ŝtuparejo.

"Ni devas paroli kun Anton", diras la pli alta el ili, senemocie rigardante al ŝi.

Evidente do ankaŭ li rekonas ŝin. Ŝi sentas glacion trakuri ŝian korpon.

"Mi diros al li, se vi bonvolos prezenti vin. Eble li povos telefoni al vi."

"Ne. Ni devas renkonti lin. Nun."

"Tio ne eblas. Mi diros al li, kaj poste li povos kontakti vin. Kiel vi nomiĝas?"

"Ne gravas. Simple enlasu nin al li."

Marina rigardas ilin. La altulo estas blonda, la alia brunhara kaj iom akna. Ambaŭ estas sufiĉe muskolaj kaj impresas iel senkompate.

Kion ŝi povus fari kontraŭ ili? Ŝi povus protekti nek sin mem nek sian filon.

"Mi bedaŭras. Bonvolu iri hejmen. Se li volas paroli kun vi, li certe kontaktos vin."

"Anton estas nia kamarado. Ni faros al li nenion. Nur parolos."

Ŝi kapneas kaj supreniras du ŝtupojn, tri, kvar, kvin. Ili postsekvas ŝin ĉe la kalkanoj. Ŝi pluiras supren al la dua etaĝo kaj haltas ekster la pordo de iuj geedzoj Jensen. Pensiuloj, ŝi supozas. La du nazioj sekvas ŝin proksime sur la ŝtuparo, ŝultro ĉe ŝultro. Ŝi elpoŝigas sian telefonon kaj rapide klavas unu-unu-du per rigida montrofingro. Ĉu ili forrabos de ŝi la telefonon? Ŝi klopodas teni ĝin firme ambaŭmane kontraŭ la dekstra orelo, levante la maldekstran ŝultron, kvazaŭ eblus tiel ŝirmi ĝin. La du junuloj staras tute apude, sendube rigardante ŝin fikse, kvankam iliaj okuloj ne videblas malantaŭ la sunokulvitroj. La signaloj ripetiĝas entelefone. La du nazioj rigardas unu la alian senvorte. Ankoraŭ signaloj.

"Simple malfermu kaj lasu nin paroli kun li", diras la altulo denove.

Ŝi ne respondas. Signaloj ripetiĝas. Ŝi pripensas ĉu sonorigi ĉe la pordo de la geedzoj Jensen. Sed kiel ili povus helpi? Kiel ŝi mem povas helpi?

"SOS Savcentralo", diras voĉo strange senemocia en ŝia telefono.

"Policon, mi petas."

"Kio okazis?"

"Estas minaco. La nazioj kiuj bruligis domon antaŭ monato venis al mia hejmo kaj minacas min. Ili staras ĉi tie antaŭ mi."

"Ĉu io brulas?"

"Ne, sed ili minacas eniri mian loĝejon."

"Vian nomon kaj adreson, mi petas."

"Marina Aubert, Beridaregatan dudek ses."

"Ĉu en Malmö?"

"Jes."

"Kiel oni minacas?"

"Kiel? Ili estas du fortuloj kiuj postulas eniri mian hejmon. Mi ne kuraĝas malfermi kaj ne povas defendi min."

"Mi alvokos policpatrolon. Bonvolu resti telefone."

La duopo refoje interŝanĝas rigardon. Ĉu ili aŭdis la telefonan voĉon?

"Ni revenos, estu certa", diras la altulo. "Anton devos paroli kun ni. Por sia propra bono. Kaj vi ne povas malhelpi nin. Mi konsilas al vi ne provi. Por *via* bono."

Dum kelkaj sekundoj li levas la sunokulvitrojn kaj rigardas rekte en ŝiajn okulojn kun tre rigida mieno. Poste ili ambaŭ turnas sin kaj paŝas ŝajne senurĝe, unu apud la alia, malsupren laŭ la ŝtuparo. Marina staras senmova, silenta. Ŝi aŭdas la dompordon malfermiĝi kaj refermiĝi. Regas silento. Tio povas esti simpla truko, ŝi pensas. Ŝi paŝetas kiel eble plej silente kelkajn ŝtupojn supren, kaj poste plu al la kvara etaĝo. Gvatante suben ŝi elpoŝigas la ŝlosilon, malfermas kaj rapide fuĝas enen. Klak! Ŝi fermas la pordon.

Sen demeti ŝuojn kaj jakon ŝi iras en la kuirejon kaj sidiĝas ĉetable. Ŝi imagas flari sian propran rancan ŝviton. Post iom ŝi restariĝas kaj iras ĝis ŝranko por trovi la konjakon de Helle. Ŝi verŝas iom en glason kaj trinkas.

Dum ŝi sidas tie spirante kaj atendante, Letti aperas el sia ĉambro. Ŝi salutas kaj dum kelka tempo rigardas Marina-n esplore.

"Ĉu okazis io?"

"Ne. Nenio. Letti, ĉu iu sonorigis ĉe la pordo antaŭ ol mi venis?"

"Jes, sed mi pensis ke estas la nazioj, do mi ne malfermis. Ankaŭ Anton ne venis."

"Bone", diras Marina.

Post kelka tempo ŝi aldonas:

"Ili atendis min en la ŝtuparejo, sed ĉio estas en ordo. Nenio okazis. Mi tamen alvokis la policon. Ili baldaŭ alvenos, mi supozas. Sed tiuj uloj sendube jam estas malproksime."

"Ili estas naŭzaj", diras Letti.

"Jes. Sed ne maltrankvilu."

"Panjo, ne timu! Simple fajfu pri ili. Laŭ mi ili estas ridindaj."

Marina silente kapjesas kaj malplenigas la glason je konjako. Poste ŝi iras banĉambren, demetas la jakon kaj ĉemizon kaj rapide lavas al si la akselojn.

Fine oni sonorigas ĉe la pordo. Tra la gvatlenso videblas du uniform-itaj policistoj, do Marina malfermas. Denove estas viro kaj virino, sed kompreneble novaj, ne la samaj kiel antaŭ monato. Ŝi klarigas, kio okazis.

"Ĉu ili eldiris veran minacon kontraŭ vi aŭ via filo?" demandas la vira policisto.

"Ili diris ke ili eniros en mian hejmon, kaj ili postsekvis min, kiam mi komencis supreniri. La tuta situacio estis ege minaca."

"Mi komprenas, sed por esti krimo, necesas klare dirita aŭ montrita minaco. Ĉu iu montris armilon aŭ minacis per la manoj, ekzemple?"

"Ne. Ili ne bezonis armilon. Du fortikaj junaj viroj tre muskolaj."

"Bone. Ĉu vi rekonis ilin?"

"Unu el ili mi verŝajne jam vidis, sed mi ne scias lian nomon."

"Do ni demandu la filon, ĉu ne?"

Ili kelkfoje frapas al lia pordo, senrezulte. Fine la policisto vokas:

"Polico! Malfermu! Ni devas paroli kun vi."

Aŭdiĝas skrapsonoj, kaj finfine Anton aperas. Sed li asertas ke li ne vidis la du vizitantojn, li ne scias kiuj ili estas, li antaŭe ne gvatis por ekscii, kiu sonorigis ĉe la pordo, kaj li spertis nenian minacon.

Marina turnas sin al li.

"Vi certe scias, kiuj ili estas", ŝi diras. "Kial ne diri tion al la policistoj? Se ne, tiuj homoj revenos fojon post fojo, kaj ne eblas antaŭvidi, kion ili faros."

Sed Anton kapneas.

"Mi vidis neniun", li diras.

Ĉio montriĝas vana kaj finiĝas senrezulte.

"Bone do, ni skribos raporton", diras la policisto, "sed praktike ni apenaŭ povos fari ion."

"Do, kiel mi agu, kiam ili revenos. Ili promesis reveni."

"Se ili eldiros klaran minacon aŭ uzos perforton aŭ klopodos eniri senpermese en vian hejmon, vi kompreneble povos alvoki la policon. Sed se ili simple staros ekster la domo aŭ en la ŝtuparejo, ni ne povos multe fari."

Post tio la duopo foriras, kaj Marina residiĝas ĉe la kuireja tablo. Ĉu ŝi tro timis, senkaŭze? Laŭ la policistoj ŝajnas ke jes. Sed ili ne ĉeestis, kiam tiuj abomenuloj postsekvis ŝin ĉe la kalkanoj, deklarante ke "ni devas paroli kun li".

Vespere ŝi raportas al Helle pri la okazaĵo.

"Ĉu vi jam diskutis kun Anton, kion fari?" demandas Helle. Marina iom miras ke ne nur Letti sed ankaŭ Helle jam nomas lin tiel, kvazaŭ tio estus lia normala nomo.

"Ne. Mi ne volas ke li kontaktu tiujn naziojn. Cetere ili ne diris siajn nomojn."

"Tamen ni devas paroli kun li. Mi ne ŝatas ĉi tion."

Tiun diraĵon de Helle ili havas okazon ripeti kelkfoje en ĉi tiu junia vespero, dum la ekstera taglumo ŝajnas neniam estingiĝi. Restas nur semajno ĝis la festo de Somermezo – aŭ de Sankta Johano, kiel Helle diras dane – en la sezono de blankaj noktoj.

Marina kaj Helle kune kuiras gulaŝsupon, dum Letti preparas sian desertan specialaĵon, ĉokoladan saŭcon kun glaciaĵo kaj meringoj. Anton aperas preskaŭ sen admonoj, kaj jam dummanĝe Helle anoncas ke necesos posta interparolo kun li. Responde li tiras la ŝultrojn murmurante ion nedifinitan.

"Ĉi-foje vi ne evitos tion", certigas Helle.

Li rezignas la deserton kaj forlasas la tablon por iri al sia ĉambro, sed Helle pli rapidas tien kaj jam sidas sur lia lito, kiam li alvenas.

"Aŭskultu, Anton", ŝi diras. "Vi ne plu rajtas bloki la pordon. Se vi faros tion refoje, ni malfermos perforte kaj poste tute forigos la pordon. Ni povos munti kurtenon anstataŭe."

Li ne komentas tion, sed laŭ lia vizaĝo ŝajnas ke li akumulas koleron. Dume Helle parolas plu, jam pli laŭte kaj akre.

"Sed plej grave: ni devas interparoli kun vi. Pri vi, pri via konduto, pri viaj agoj kun tiuj rasistoj, pri via estonteco. Pri nia familio, pri nia vivo kune."

Tiam li eksplodas.

En la kuirejo restas Marina kaj Letti. Ili sidas silente manĝante la deserton faritan de la knabino, dum eĥiĝas tra la apartamento krioj el la ĉambro de Anton.

"Mi damne ne parolos kun vi, naŭza putino", li komencas. "Nek kun Marina. Vi perversaj piĉoj, vi ne estas mia familio!"

Sed Helle bezonas nur du sekundojn por enspiri kaj riposti:
"Mizera fekulo! Kovarda bubaĉo! Ĉu vi aŭdas? Ankaŭ mi povas insulti. Nazia murdisto! Pigra porko! Ĉu ni aranĝu konkurson? Merda pugulo! Fia rasisto! Ĉu mi daŭrigu?"

"Mi ne aŭdas, mi fekas sur vin. Vi ambaŭ estas malnaturaj naŭzulinoj. La tasko de vera virino estas naski kaj kuiri, sed vi ne kapablas tion. Eĉ via supo estas abomena!"

Je tio subite aŭdiĝas sarkasma ridego de Helle.

"Do iru vomi ĝin kaj kuiru pli bonan. Naturan, viran, nazian supon, ĉu ne? Sed ni lasu la infanaĵojn. Jam tempas esti serioza. Marina!" ŝi vokas. "Alportu al mi deserton, kara, kaj venu ĉi tien. Ankaŭ Letti venu."

Marina rigardas la filinon maltrankvile. Ŝi sulkas la frunton penseme kaj demandas sin, ĉu tio vere estas bona ideo. Cerbumante pri tio ŝi tamen porciigas deserton por Helle kaj alportas ĝin.

"Helle, ne estas bona ideo ke Letti ĉeestu. Ŝi estas nur infano."

"Prefere ŝi aŭdu rekte ol tra la vando. Ĉi tio gravas ankaŭ al ŝi. Venu, Letti!"

Post nelonge do la tuta familio kolektiĝas en la eta ĉambro de Anton, kie Marina denove rakontas, kiel ŝi spertis la vizitojn de la nazioj kaj de la policistoj.

"Nu, certe ili ne vane minacis reveni", poste diras Helle. "Ĉu vi scias kion ili volas de vi?"

Per la lasta demando ŝi direktas sin al Anton sed ŝajne surpriziĝas, kiam li tuj respondas:

"Jes."

"Do, kion?"

Li spiras dum kelkaj sekundoj sed poste daŭrigas:

"Ke mi prenu la kulpon sur min, ĉar oni ne povas sendi min en malliberejon."

"Nu, tiel mi supozis", diras Helle. "Sed kion vi fakte faris? Ĉu vi ekbruligis la domon de tiu dormanta familio?"

Li kapneas.

"Tamen vi ja estis komplico. Oni trovis vian jakon kun benzino, kaj kredeble ankaŭ aliajn aferojn."

Li nenion diras.

"Kaj nun ili minacas nian familion. Mi ne ŝatas ĉi tion. Precipe mi timas pri Letti. Evidente la polico ne prenas tion serioze, sed mi faras tion. Atendu momenton. Mi montros bildojn trovitajn en Interreto."

Ŝi elpoŝigas sian telefonon kaj klavas iom. Poste ŝi transdonas ĝin unue al Marina, due al Letti. Fine ŝi tenas ĝin antaŭ Anton. La ekrano montras bildon de pendumilo, de kiu pendas nigra silueto de homo. Sube aperas teksto per angulecaj literoj: 'Rezervita por perfidantoj de la nacio'.

Senvorte ŝi foliumas al alia bildo de tri maskitaj figuroj en pintaj kapotoj. Fone videblas du brulantaj krucoj, unu ordinara kristana, la alia hokokruco, kaj piede legeblas la svedlingva teksto 'Buĉu la nigran feĉon! Montru neniun kompaton!'

"Tio estas en Usono", diras Anton. "Tio ne rilatas al la Norda Fronto."

"Ĉu vi jam svedigis Usonon? Mi trovis ilin ambaŭ per ligo de via fronto. Vi kaj viaj samideanoj disvastigas malamon kaj kriman rasismon, sed vi eĉ ne rekonas tion. Nun la demando estas, kiel ni povos protekti nin kontraŭ viaj amiketoj. Ili ja revenos. Tute certe. Ĉu ni entute kuraĝos resti ĉi tie, en nia hejmo?"

Dum kelka tempo neniu diras ion ajn. Aŭdiĝas nur tintado de kulero – tiu de Letti, la sola kiu plu manĝas sian deserton. Helle metis sian teleron surplanken kaj nun reenpoŝigas la telefonon.

Malgraŭ sia manĝado Letti estas la unua, kiu rompas la silenton.

"Mi povus peti la gepatrojn de Alice, ĉu mi rajtas tranokti ĉe ŝi dum kelka tempo."

Marina rigardas ŝin surprizite.

"Ni devas resti kune, ĉu ne?" ŝi diras.

"Certe ni restos kune, la tuta familio", diras Helle. "Eble tio tamen estus bona ideo provizore, dum du-tri tagoj. Por ke ni havu tempon pripensi, kion fari poste. Kaj ankaŭ por vidi, ĉu ili efektive revenos."

"Mi ne ŝatas ĉi tion. Mi telefonos al Tomas", subite diras Marina preskaŭ sen antaŭa pripenso.

"Bone, sed kion li povus fari?" demandas Helle.

"Mi ne scias, sed eble li havas proponon. Aŭ eble ni povus loĝi ĉe li dum kelka tempo."

"Ĉu vi ne devos labori? Mi devos, ĉiuokaze. Se temus nur pri mi, certe mia kolego Vibeke volonte gastigus min en Kopenhago. Sed mi timas ne tiom pri mi mem. Kaj mi ne volas ke ni disiĝu en ĉiuj direktoj pro la minaco de kelkaj fekuloj."

Tiam Anton diras ion neatenditan:

"Mi povus iri sola al Tomas, se li akceptus min."

Ĉiuj rigardas lin silente. Eĉ Letti ĉesas manĝi kaj gapas al li. Helle la unua remastras sin.

"Mi dubas ĉu tio estas bona ideo. Kompreneble Marina povus demandi lin, ĉu eblas. Sed ni estas viaj patrinoj; ni respondecas pri vi, kion ajn vi diros pri nia supo kaj aliaj kretenaĵoj. Ni ne povas transŝovi la respondecon al Tomas."

"Nu", diras Marina, "ankaŭ mi devos labori dum la venonta semajno. Kaj ĉiuokaze lia loĝejo ne estas granda. La tutan familion li ne povas loĝigi. Cetere li eble forestas aŭ libertempas aŭ tute ne pretas helpi. Mi telefonos, kaj ni vidu ĉu li havas ideon."

"Kaj mi parolos kun Vibeke", diras Helle. "Eble Anton eĉ povus provizore tranokti tie kun mi."

"Ĉu kun vi en Danio? Neniam!" ekkrias Anton.

"Nu, ni esploru ĉion kaj pripensu ankoraŭ. Ankaŭ kun la gepatroj de Alice ni do parolu por Letti. Sed baldaŭ estos Sankta Johano. Tiam ni ja iros al Gällnö, ĉu ne?"

"Jes ja. Ni jam antaŭlonge aĉetis trajnbiletojn."

"Temas do nur pri la plej proksimaj tagoj."

"Prave. Nu, ni devos iom telefoni", konkludas Marina.

Iom post iom oni forlasas la ĉambron de Anton. Nur li mem restas tie, sed ĉi-foje li ne fermas la pordon.

Lunde matene la tuta familio kun pakaĵoj enaŭtiĝas kaj ekveturas, unue urbocentren al la stacidomo, kie ili disiĝas de Anton, kiu eniras trajnon al Stokholmo. Samloke Helle ekiras per sia kutima regiona trajno al Kopenhago, dum Marina kaj Letti pluiras al la strato Hedåkersvägen, kie Pernilla Landgren, la patrino de Alice, akceptas ilin kaj helpas enporti iliajn aĵojn.

Okazis tiel ke la geedzoj Landgren, aŭskultinte pri la problemoj de Marina kaj ŝia familio, proprainiciate invitis ne nur Letti-n sed ankaŭ

Marina-n por tranokti ĉe ili ĝis ĵaŭde. Do nun ili ambaŭ instaliĝas en ilia vicdomo, Letti en la ĉambro de Alice kaj Marina en gastoĉambro, antaŭ ol ŝi pluiras piede al sia laborejo.

Dume Helle tranoktos ĉe sia kolego Vibeke en Kopenhago, kaj Tomas akceptos Anton-on en sia hejmo en Norrköping. Krome li faris surprizan proponon por la semajno post Somermezo. "Moa kaj mi piediros en la jemtlanda montaro dum kelkaj tagoj. Eble iuj el vi ŝatus kuniri? Ni tranoktos en turistaj dometoj."

Marina konsterniĝis. "Mi tre dubas ĉu tio eblos. Helle laboros dum ankoraŭ du semajnoj. Poste ni vizitos ŝian patron en Vejle, kaj dum unu semajno ni luos somerdomon sur Samsø. Mia libertempo komenciĝos jam post Somermezo, sed neniu el ni kutimas je tiaj fizikaj defioj."

"Nu, ne estas grandega defio. Do, tamen pensu pri tio. Se ne, vi povus uzi mian loĝejon dum ni estos for. Sed ni parolu pri tio aliokaze."

Dumtage Marina telefone ricevas konfirmon, ke ĉiuj familianoj estas en ordo en siaj diversaj lokoj. Kiam ŝi posttagmeze revenas de la laboro, la patro de Alice ĵus ekiris aŭte kun la du knabinoj kaj Lukas, la pliaĝa frato de Alice. Baldaŭ ili revenas alportante la biciklon de Letti.

"Ni aŭtis preter Kronprinsen por konfuzi la naziojn, por la okazo ke ili gardus ekster nia domo", diras Letti kun konspira ekscitiĝo.

"Ĉu vi do vidis ilin?"

"Ne, tute ne. Sed ili eble gvatis de la ŝtuparejo."

La familio Landgren ŝajne ĝuas partopreni en la intrigo por eskapi de danĝeraj nazioj, kaj la vespera etoso estas gaja kaj vigla. Je distanco ankaŭ Helle partoprenas en la kunestado, per telefono. Marina sentas sin sufiĉe bonvena ĉe la gastiganta familio; tamen ŝi trovas ĉion absurdeta. Kiel povis okazi tio, ke ili subite forlasis sian hejmon kaj disiĝis en tri direktoj por rifuĝi ĉe diversaj homoj?

La gepatroj de Alice tamen ja estas simpatiaj. Pernilla Landgren estas virino proksimume kvardekjara, alta, svelta, kun brunaj haroj iom pli helaj ol tiuj de Marina. Ŝi ne tre babilemas sed evidente facile interrilatas kun aliaj homoj – ĉiuokaze kun Marina kaj Letti. Ŝi parolas kun ia nordsveda akĉento, dum Johan, la edzo, evidente estas denaska skaniano. Li siaflanke ŝatas babili, aŭ eble monologi, pri ĉio ajn, ĝis la edzino aŭ la gefiloj haltigas lian vortofluon. Tiam li ridas kaj bonhumore silentiĝas. Entute regas leĝera kaj plaĉa etoso en la familio.

10

Tomas akceptas Anton-on ĉe la stacidomo kaj venigas lin al sia apartamento. Poste li devas labori. Lia institucio troviĝas tute proksime, ĉar la universitato situas en kelkaj eksaj teksfabrikoj apud la rivero, je kvinminuta promeno de lia hejmo. Ankaŭ Moa malĉeestas, do Anton pasigas la tagon sola en la fremda loĝejo. Tio ne estas problemo; lastatempe li tre alkutimiĝis restadi sola endome.

La loĝejo de Tomas estas moderna triĉambra apartamento en la tria etaĝo. Anton dormos en la ĉambro de la filinoj, ĉar neniu el ili nun tranoktas ĉe sia patro. Linn, la pli aĝa, loĝas kun sia koramiko Senad en la najbara urbo Linköping, kaj Moa dum lia vizito elektas dormi aŭ ĉe sia patrino Cecilia, aŭ ĉe sia koramiko Fabian. Kelkfoje dum la semajno ŝi venas por manĝi kun Tomas kaj Anton, sed tiam ŝi ne restas longe. Dum la cetera tempo li tute ne vidas ŝin.

La ĉambro havas du litojn kaj skribtablon. Tra la fenestro li vidas la altan muron kaj la fortikajn kradojn de la malnova eksa malliberejo, kiu ŝajnas dezerta kaj neuzata. Kiam li malfermas la fenestron, aŭdiĝas susurado de torento, kaj streĉante la kapon eksteren li povas ekvidi etan porcion de la rivero.

En la ĉambro troviĝas ankaŭ komputilo, kiun li rajtas uzi; tamen li plej ofte kontentiĝas retumi per la nova poŝtelefono, kiun la panjoj finfine donis al li. La malnova restas ĉe la polico kiel pruvaĵo. Li ricevas sufiĉe multe da mesaĝoj de la kamaradoj en la Fronto. Kelkfoje li respondas ilin, alifoje ne. Kiam oni ordonas al li partopreni en kunveno, li ekskuzas sin, dirante ke li ne estas enurbe. Lia defenda advokato tre insiste konsilis al li ne havi kontakton kun la du aliaj akuzatoj, atendante la proceson. Sed tion li ne mencias en siaj evitaj respondoj al la frontanoj. Li iom hontas sekvi la konsilon de la advokato. Principe la tuta triopo devus fiere kaj senkaŝe deklari, kion ili faris kaj kial tio estis ago por la bono de la nacio. Sed necesas ankaŭ kelkfoje esti taktika. La du pliaĝuloj povus fari multe pli da utilo por la movado, se ili estus absolvitaj de la tribunalo. Ankaŭ por li mem estus preferinde, se li evitus kondamnon. Kaj certe oni absolvos ilin, ĉar mankas veraj pruvoj. Lia defendisto ja avertis lin, ke kondamno tamen estos ebla, sed Anton ne volas kredi lin. Tiun advokaton donis al li la tribunalo; do, kial fidi lin? En la dua tago li eldomiĝas kaj piediras laŭ la rivera fluo ĝis la komerca urbocentro kun butikoj, magazenoj kaj kafejoj. Li aĉetas burgeron kaj sidiĝas por manĝi ĝin ĉe tramhaltejo en sufiĉe vigla loko. Flavaj tramoj malrapide preterpasas haltante antaŭ li, sed li havas neniun kaŭzon veturi ien ajn. Li konstatas ke surstrate en la urbocentro estas same multe da nigruloj kaj aliaj fremduloj kiel hejme en Malmö. Oni neniel povas vidi ke ĉi tio estas Svedio. Preterpaŝas ankaŭ blondulinoj en tre malgrandaj ŝortoj kaj virinoj kaŝitaj malantaŭ diverskoloraj kaptukoj. Kelkaj el ili surhavas striktan ĝinzon, en kiu ŝvelas koksoj kaj postaĵo. Aliaj surhavas robon ĝispiedan. Li vidas somalian virinon, kiu staras babilante per poŝtelefono, kiun ŝi fiksis inter la kaptuko kaj la vango, tiel ke ŝi havas liberajn manojn por sia infaneto en ĉaro. Malantaŭ li estas parketo, kie sidas aro da plimalpli kadukaj alkoholuloj kun boteloj en plastsakoj. Apude bele vestita duopo disvastigas broŝurojn pri la reveno de Kristo. Senĉese diversaspektaj homoj preterpasas aŭ iras enen kaj elen de tramoj. Kelkaj ŝajnas urĝataj, aliaj nenifaraj. Jen kaj jen turistaspekta familio senhaste vagas tien-reen, evidente ne sciante kien iri. Ankaŭ li ne havas celon. Tamen li fine reiras hejmen, tio estas al la loĝejo de Tomas.

Li ne certas, kial li akceptis vojaĝi ĉi tien. Nu, li ja trovis tion bona ideo, provizore eskapi de la frontaj kamaradoj, kaj eĉ pli de Marina kaj Helle. Tomas eble ne estas pli prudenta ol ili, se temas pri liaj opinioj. Fakte li eĉ estas ĝenulo pro sia emo propagandi siajn politike korektajn mensogojn kaj stultaĵojn. Sed li estas viro, kaj tio estas avantaĝo. Krome, ĉar li havas du verajn filinojn, li supozeble estas sekse normala, kvankam Anton neniam vidis lin kun virino. Kaj iel estas pli facile diskuti kun li ol kun la tielnomataj patrinoj. Almenaŭ devus esti pli facile. Ĝis nun tio ne vere sukcesis, eble ĉar Tomas tiel diable vortlaksas, ĉiufoje kiam ili ekparolas pri io grava. Aŭ eble ĉar Anton mem perdas la memfidon, kiam li havas okazon klarigi kiel statas la aferoj. Sed espereble estos pli bone venontfoje.

La restado de Marina kaj Letti ĉe Hedåkersvägen iĝas sufiĉe agrabla. Kompare kun ilia apartamento, la domo de la familio Landgren estas grandspaca kaj ŝike meblita per kombino el mebloj novaj kaj malnovaj, eble hereditaj. Marina antaŭe renkontis la geedzojn nur kelkfoje, kiam ŝi venis por akompani Letti-n hejmen, kaj tio okazis antaŭ longe. Sed Letti jam antaŭe pasigis sufiĉe da tempo ĉe Alice, ege pli multe ol inverse, kaj eĉ plurfoje tranoktis ĉe la amikino. Do ŝi evidente sentas sin pli-malpli hejme ĉi tie. Kaj same evidente la tuta familio ŝatas ŝin – eĉ la dekkvarjara Lukas. Por Marina estas iom strange sperti, kiom ŝia filino ĉarmis ĉi tiujn homojn, kaj ŝi iom hontas utiligi tion por paraziti ĉe ili. Merkrede vespere Johan, la edzo, eĉ akompanas ŝin reen al ŝia domo por ke ŝi povu akvumi la potplantojn kaj alporti ankoraŭ kelkajn forgesitajn aferojn. Ŝi tre kontentas ke ŝi ne devas reiri sola. Poste Pernilla aranĝas festan vespermanĝon, ĉar morgaŭ ili disiĝos, kiam Marina kaj Letti ekiros norden.

Pli malfrue vespere Letti kaj Alice ludas diversspecajn muzikaĵojn kaj montras siajn malsamstilajn dancojn kun la gepatroj kiel publiko. Letti eĉ sukcesas persvadi sian amikinon refoje provi kelkajn hiphopajn movojn, kiujn ŝi ne forgesis. Eĉ Lukas alvenas por kaŝe gvati la knabinojn, sed li restas duonvoje sur la ŝtuparo de la dua etaĝo.

"Panjo", diras Letti antaŭ ol enlitiĝi. "Vi komprenis kial Anton volis iri al Tomas, ĉu ne?"

"Li certe volis eviti la minacon de la nazioj. Ni ĉiuj volas tion."

"Jes, sed kial al Tomas? Serioze?"

"Nu, tio surprizis min, sed kredeble li ŝatas lin pli ol mi pensis. Aŭ ĉu vi scias ion alian?"

"Temas pri Moa."

"Kio do?"

"Ĉu vi ne vidis lin somere sur la insulo? Kiom li gapis! Li certe enamiĝis al ŝi."

Marina ridas.

"Ĉu vi pensas? Moa ja estas preskaŭ plenkreskulo. Nu, li certe ja trovis ŝin bela, sed mi ne povas imagi ke ŝi zorgas pri juna knabo kiel li."

"Ne, sed li eble ne komprenas tion."

"Ĉiuokaze mi esperas ke li ne kondutos iel malbone al ŝi. Mi ne volas ke li ĝenu ŝin. Cetere, ŝi jam havas koramikon. Sed plej probable vi nur imagas tion pri li. Vi mem ŝatas ŝin, ĉu ne?"

"Nu, kaj do? Tio estas tute alia afero."

"Bone. Morgaŭ ni vojaĝos al Avino, kaj Tom aliĝos survoje."

"Ankaŭ panjo Helle, ĉu ne?"

"Helle venos poste, ĉar ŝi devos labori dum la tuta tago."

En Norrköping la tagoj de Anton ĉe Tomas pasas sen dramoj. Li daŭre malmulte eliras, ĉar li konas neniun tie kaj ne scias kion fari. Nur vespere li renkontas Tomas-on, kaj eĉ pli malofte Moa-n. Ili manĝas kune, jen pretajn pladojn, jen ion kuiritan de Tomas. Dume ili mutas aŭ babilas pri bagateloj. Kelkfoje Tomas tamen mencias ion pri la agoj kaj ideoj de Anton.

"Lastatempe oni timegas teroron de islamistoj en Eŭropo", li diras iuvespere. "Prave, kompreneble, ĉar iliaj agoj konsistigas teruran minacon. Sed mi ne komprenas kial oni ŝajne ne atentas la teroron de ekstremdekstruloj. En Eŭropo tiuj agoj estas multege pli oftaj. En la jaroj sepdekaj kaj okdekaj naciismaj movadoj kiel ETA kaj IRA plenumis amason da atakoj. Hodiaŭ rasistoj kaj ksenofoboj teroras la eŭropanojn kaj nordamerikanojn, precipe tiujn kun ekstereŭropaj radikoj. Sed tiuj agoj kvazaŭ tuj forgesiĝas aŭ estas tute neglektataj pro timo al la diversaj islamistoj."

"Ili ja pafis multajn en Parizo kaj mortigis aliajn per kamionoj."

"Mi scias. Eĉ en Stokholmo. Malgraŭ tio, por la meza eŭropano daŭre estas pli granda risko ke iu nokte ekbruligos la loĝejon aŭ lernejon aŭ moskeon aŭ sinagogon por defendi la nacion aŭ rason aŭ alian fantazian eltrovaĵon. Jen la plej ofta terorismo en Eŭropo dum la lastaj jardekoj. La plej ampleksa terora atako en Nordio estis tiu de la norvega rasisto Anders Behring Breivik en 2011."

"Mi ne kredas tion."

"Tre bone, ne kredu do. Sed serĉu informojn en la reto. La islamisma teroro plej amase mortigas aliajn islamanojn ekster Eŭropo, sed pri tio oni parolas mallaŭte. Kaj eĉ pli mallaŭte oni mencias la senkulpajn viktimojn de la usona tielnomata 'milito kontraŭ teroro', kiuj estas ege pli multaj."

Tion Anton tute ne komentas.

"Cetere" daŭrigas Tomas, "ĉu vi scias kiu estis la plej granda terorisma atako en Svedio dum la lastaj cent jaroj, ĝis la ĉi-jara atako en Stokholmo?"

Ĉi-foje Anton tiras la ŝultrojn dirante:

"Ne, sed mi scias ke la islamanoj provis murdi iun artiston, kiu pentris Mahometon kiel hundon."

"Jes, iuj provis tion sed malsukcesis. Sed la antaŭa plej granda terorago en Svedio okazis en 1940, kiam oni bruligis la domon de komunista ĵurnalo en Luleå kaj mortigis du familiojn el sume kvin personoj, do same multajn kiel en la stokholma kamionatako. Sed kiuj faris tion? Kelkaj oficiroj de la sveda armeo, unu policestro kaj unu drinkema eksa ĵurnalisto. Ili ne ŝatis, kion skribis tiu ĵurnalo pri la vintra milito inter Sovetunio kaj Finnlando, do ili decidis ĉesigi ĝian eldonadon."

"Ĉu vi diris 1940? Tio ne gravas hodiaŭ."

"Pri tio oni ja povas disputi. Gravas almenaŭ tio, ke ĝis nun ne okazis pli granda terorago en Svedio, se temas pri la nombro de mortintoj. Kelkaj el tiuj teroristoj ne estis ekstremaj dekstruloj, sed ili ja estis antikomunistoj."

"Sed la komunistoj mortigis milionojn", protestas Anton.

"Vi pravas, sed ne ĉi-lande. Kaj tiu ĵurnalisto en Malmö, Amanda Rehn, kiom da homoj ŝi mortigis? Kiom mortigis ŝiaj infanetoj?"

"Ne temas pri mortigoj, sed ŝi disvastigas kontraŭnacian propagandon kaj aliajn fiajn ideojn. Ŝi estas perfidulo kaj feministo kiu amas islamanojn kaj malamas virojn."

"Se vi volas ke oni bruligu ĉiujn, kiuj disvastigas propagandon, vi mem kaj viaj amikoj vivos sufiĉe danĝere."

"Oni devas elekti starpunkton en la lukto kontraŭ tiuj, kiuj minacas nian svedan kulturon."

"Ĉu nian kulturon?" diras Tomas. "Mi tre dubas ĉu vi vere konas la svedan kulturon."

"Mi ja konas ĝin. Mi estas svedo."

"Tion mi ne volas nei. Sed laŭ mia koncepto pri la sveda kulturo ĝi baziĝas sur respekto al ĉiaj homoj, paco, egaleco, demokratio, malferma sinteno al la mondo. Fakte ĝi estas nur ero el pli vasta eŭropa kaj monda kulturo. Ŝajnas al mi ke nia plej tipa nacia trajto estas la kapablo kaj preteco adopti kaj asimili diversajn homojn, ideojn kaj valorojn de aliaj landoj. Kaj antaŭ ĉio la deziro solvi konfliktojn sen perforto. Tiun kulturon mi volas defendi, sed ne per bruligo de senkulpaj infanoj."

"Mi ne faris tion."

"Ĉu ne? Bone, mi esperas ke ne, sed iel vi kunhelpis en la klopodo fari tion. Do ŝajne vi volis ke tio okazu. Jen ege serioza afero, laŭ mi. Feliĉe vi malsukcesis, sed ne dank' al vi, Anton."

La disputo interrompiĝas, kiam Moa revenas hejmen. Ŝi venas en la kuirejon, kie ili sidas ambaŭflanke de la tablo.

"Ha", ŝi diras. "Mi esperis ke odoros je manĝo, sed ĉi tie odoras nur je prediko. Ĉu tio vere satigas vin?"

"Nu, mi planis varmigi ion el la frostujo", diras Tomas stariĝante kun kulpoplena mieno. "Kion vi ŝatus?"

Li malfermas la frostujon kaj fosas inter ĝia enhavo, dum Moa gvatas super lia ŝultro. Anton rigardas ilin. Ne eblas vidi ke Tomas estas ŝia patro. Li ŝajnas tipa mezaĝulo mezblonda, iom griziĝanta, ne dika sed kun ioma ventro ripozanta sur la talia rimeno. Ŝi estas svelta kaj beleta. Tamen, ekvidante ŝin en la unua vespero, li iom elreviĝis. Ŝi nun aspektas tute alia ol laŭ lia memoro de la antaŭa somero. La longaj blondaj haroj ne plu karesas ŝiajn ŝultrojn. Nun li jam iom alkutimiĝis al ŝia nuda nuko kaj al la mallonga hararo rufe farbita. Tamen li ne komprenas, kial ŝi preferis ĉi tiun aspekton.

"Jen", ŝi ekkrias. "Rizoto kun fungoj kaj kokidaĵo. Tiun ni prenu. En la mikroondilon!"

Piedirante kun Anton al la stacidomo, Tomas mencias sian planon vojaĝi al Jemtlando kun Moa en la sekva semajno.

"Mi jam proponis al Marina ke iuj el via familio venu kun ni. Ŝi dubis ĉu ŝi povus, aŭ eble ŝi trovis ke Letti estas tro juna. Sed eble vi ŝatus tion? Temos pri piedirado en montara tereno."

"Mi ne scias. Ĉu vi grimpos sur montojn?"

"Tute ne. Simpla promeno laŭ markitaj padoj inter turistaj dometoj."

"Eble. Sed mi ne havas ekipaĵon por tio."

"Tion ni trovos ĉe ni. Gravas ĉefe bonaj ŝuoj aŭ botoj. Do pripensu kaj diskutu kun la patrinoj. Ni interparolu telefone."

La rapida trajno de Malmö al Stokholmo haltas sur trako numero sep, kaj Anton eniras la vagonon en kiu sidas Marina kaj Letti. Baldaŭ Tomas kaj lia urbo glitas for, kaj post horo kaj kvarono ili jam atingas la ĉefurbon. Sekvas rapida metroa veturo kaj aŭtobuso al Vaxholm kaj la avino. Morgaŭ alvenos Helle per la nokta trajno el Kopenhago, kaj ili ĉiuj kune ŝipos al la malnova domo sur la insulo Gällnö.

Multaj rigardas Somermezon la plej gaja el ĉiuj festoj. Laŭdire la svedoj estas konataj kiel solecaj seriozaj introvertuloj, sed ĉirkaŭ la somera solstico ili emas transformiĝi en kontaktemajn frivolulojn. Laŭ origino tiu festo estas pagana rito de fekundeco, kaj ne senkaŭze la plej alta frekvenco de naskoj tradicie okazas en la fino de marto. De mil jaroj la eklezio klopodas ligi ĝin al Johano Baptisto, sed pri tio la svedoj atentas neniom. La ĉefa ceremonio de la festo konsistas en ornamado de alta paliso per folioj kaj floroj. La viroj levas kaj starigas la ornamitan palison, ŝovas ĝin en truon en la tero kaj firme fiksas ĝin tie. Poste plenkreskuloj kaj infanetoj dancas en rondo ĉirkaŭ tiu somermeza stango sen multe mediti pri ĝia simbolismo.

La dua ĉefaĵo de Somermezo estas manĝado de tradiciaj pladoj kaj trinkado de alkoholo. La familio Aubert-Thorsen ĉi-jare partoprenas en la ĝenerala festado sur Gällnö, kvankam ili ne multe kontribuas al la fekundeco. Sed kiel tutaĵo la festo ne fariĝas granda sukceso por ili.

Unue, Avino Birgitta komencas iom demenci; ankoraŭ ne grave, sed oni rimarkas ke ŝi ne konservas la saman mensan klarecon kiel antaŭe. Ŝi komprenis ke okazis iaj problemoj pri Anton kaj nazioj, sed ĉar ŝi daŭre konsideras la adoptitan nepon eksterlandano, ŝi pensas ke li estas viktimo de rasisma persekutado.

"Ne timu", ŝi konsolas lin. "Oni preskaŭ ne povas vidi ke vi estas fremdulo. Vi ja estas nigrahara sed havas sufiĉe helan haŭton. Eĉ via avo estis preskaŭ same malhela, kvankam li estis franco."

André Aubert, ŝia edzo, mortis kelkajn jarojn antaŭ ol la gefratoj Antônio kaj Letícia venis al Svedio.

"Mi estas svedo kaj blankulo", Anton sciigas inter la dentoj.

"Mi scias ke ne, sed ne malĝoju pro tio. Vi valoras same kiel ni svedoj, neniam forgesu tion!"

Alifoje ŝi certigas al li, ke lia patrino amas lin same multe kiel ŝi amus propran infanon. Per la vortoj "via patrino" ŝi aludas Marina-n. Avino Birgitta neniam vere akceptis ke ankaŭ Helle estas patrino de ŝia nepo, aŭ ĉiuokaze ŝi nun ne plu memoras tion. Feliĉe Anton konsideras ŝin maljuna frenezulo, do li ne videble koleras aŭ incitiĝas, nur suspiras kaj klopodas eviti ŝiajn konsolojn.

Due, la pasinta semajno, kiam Helle tranoktis en Kopenhago, revekis la ĵaluzon de Marina kaj ŝian suspekton, ke Helle eble denove renkontiĝis kun sia eksamatino Louise de la antaŭa jaro. Tamen ŝi ne povas agnoski tiun suspekton, eĉ preskaŭ ne al si mem. La rezulto estas, ke ŝi akceptas la edzinon relative malvarme kaj nur malforte reciprokas ŝiajn brakumon kaj kisojn.

Helle siaflanke ne demandas ŝin pri tio kaj ŝajnigas rimarki nenion, eble ĝuste ĉar ŝi intue komprenas la suspektojn. Do, la edzinoj kondutas iel formale kaj ne tre kore unu al la alia.

Ankaŭ la du infanoj evitas unu la alian, sed tio jam ne estas novaĵo. Ekde la ŝipveturo Anton tenas sin kviete en unu loko kaj ne kontaktas aliajn homojn, dum Letti male rondiras inter ĉiuj konataj kaj nekonataj, scivole kaj fideme, kaj kiel kutime ŝi gajnas amikajn rigardojn kaj komentojn. En la ŝipo kaj poste en la subĉiela festejo de Gällnö Marina iom nervoze klopodas supervidi, kie moviĝas la knabino, dum Helle emas pli fidi ŝian kapablon mem elturniĝi.

"Ŝi ja nur ekadoleskas, kvankam ŝi estas sufiĉe frua inter la samaĝulinoj", diras Helle.

"Ĉu vi trovas tion trankviliga?" kontraŭas Marina. "Eble via adolesko estis alia ol la mia."

Helle ne petas klarigon pri la adoleskaj spertoj de Marina. Ŝi jam scias ke ŝia junaĝo ne pasis en perfekta feliĉo kaj sankta harmonio.

En la insula domo reaperas infanaĝaj memoroj de Marina. Ŝia ludado kun la pli juna kuzino Sofia. Kaj ŝia antaŭadoleska provo kontakti la kuzon Fredrik. Tamen ĉi tie ne restas multe el tiu tempo, krom la ruĝkolora ligna domo mem. La dupersona neceseja dometo estas for, kaj same la granda jasmena arbusto kaj la kokinoj de ŝia avino. El la meblaro de ŝiaj geavoj restas nur du-tri seĝoj kaj komodo. Eĉ la odoroj en la ĉambroj kaj kuirejo malaperis, aŭ eble ŝia propra maljuniĝo forvaporigis ilin.

Nu, oni kuiras kaj manĝas, la plenkreskuloj tostas per dana spicita brando, kaj oni promenas al publika subĉiela festejo kun somermeza stango, muziko akordiona kaj violona, kaj dancado. Anton tamen decidas ne kuniri tien.

"Mi pensis ke vi ŝatas la svedan nacian kulturon", moketas Helle.

"Malfacilas trovi ion pli svedan ol ĉi tio."

Sed li ne respondas. Li kuŝas surlite kun sia poŝtelefono enmane. Feliĉe la telefonkonekto sur la insulo pliboniĝis en la lastaj jaroj. Antaŭe necesis eldomiĝi kaj supreniri sur rokan altaĵon por havi konekton, sed nun jam ĉie eblas retumi.

Letti male volonte kuniras. En la festejo ŝi eĉ libervole ĵetas sin en la dancorondon el pli junaj infanoj, dum ŝiaj samaĝuloj plejparte paŭtas pri tia infanaĵo, aŭ lasas sin malvole treni de siaj gepatroj en la rondon ĉirkaŭ la ornamita stango.

"Kiam mi vidas ŝin en ĉi tiuj dancludoj, malfacilas imagi ke ŝi kutime preferas hiphopon", diras Helle.

"Jes", pale ridetas Marina sed rezignas plu komenti tion.

"Ĉu Letícia okupiĝas pri hiphopo?" diras Birgitta surprizite. "Mi esperas ke ŝi ne venos inter drogulojn. Vi devas atenti pri tio, Manjo."

"Ne timu, Birgitta", diras Helle seke. "Ni scios protekti niajn gefilojn."

II

Dum la insulaj tagoj Marina diskutas telefone kun Tomas kaj senpere kun Anton, kiel fari post la festo. Ili atingas interkonsenton pli facile ol ŝi antaŭvidis, ĉar Anton mem proponas ke li piediru kun Tomas kaj Moa en Jemtlando. Li ne vere klarigas, kial li preferas tion.

"Kial ne?" li diras. "Ĉu vi pensas ke mi ne havas fortojn por tio?"

Dimanĉe Helle do reiras al Kopenhago per vespera trajno, sed la cetera triopo haltas en Norrköping. Tie Marina kaj Letti pasigos semajnon en la apartamento de Tomas. Ili ja povus resti en la insula domo de la avino, sed necesus ĉiuokaze vojaĝi por provianti, ĉar surinsule mankas butiko.

Intertempe Tomas kolektis diversajn aĵojn, kiujn Anton povos uzi dum la piedirado. Eĉ la botoj de Linn, postlasitaj ĉe la patro, montriĝas konveni al li.

"Feliĉe ke la franjo havas tiajn piedegojn!" ridas Moa. "Kredeble ŝi kaj Senad povas uzi la samajn ŝuojn."

"Fakte ne estas tute bone ekiri per botoj, kiujn oni ne jam uzadis", diras Tomas al Anton. "Sed ni metu leŭkoplaston sur viajn kalkanojn jam antaŭe, kaj poste vi devos atenti, ĉu ekdoloros ie. Necesas preventi frotvundojn."

"Neniu problemo", diras Anton. "Mi ne estas molulo."

Moa mallonge ridas, sed Tomas ne komentas lian diraĵon.

Por faciligi la tranoktadon en la eta apartamento de Tomas, aŭ eble ne nur pro tio, Moa dormas ĉe sia koramiko Fabian kaj revenas matene, ĝustatempe por la ekveturo. La pakado daŭras iom, kaj nur je dudek post la naŭa la triopo finfine povas ekiri per la blua Toyota de Tomas. La irota distanco estas iom pli ol okcent kilometroj.

"Mi esperis ke ni sukcesos ekiri iom pli frue", diras Tomas stirante norden el la urbo.

"Mi estis preta delonge", diras Anton. "Sed knabinoj ĉiam mal-fruas."

Moa ŝajnigas ne aŭdi lian kritikon, sed Tomas strebas konservi la pacon.

"Nu, ĉi-sezone ni almenaŭ ne devos timi mallumiĝon antaŭ ol ni alvenos", li diras.

III

La nacia ŝoseo 55 en la direkto norden ne tro plenas de aŭtoj. Post kelkaj deklivoj supren inter montetoj oni veturas tra arbaro, preter lagoj. Tomas stiras, dum Moa apude kaj Anton malantaŭe profundiĝas ĉiu en sian poŝtelefonon.

"Bone, ke vi ambaŭ rapidas konsumi la bateriojn. Mi ĝojas sciigi al vi ke la turistaj dometoj ne havas elektron. Do, preparu vin por abstinado."

"Nu", komentas Moa, "sed se mi bone konas vin, Paĉjo, vi pretas distri nin per prelegoj."

"Kial ne? Jen mia profesio. Kiun temon vi preferas? Ĉu la rolo de arbaro por la industriigo de nia lando? Ĉirkaŭ ni ĉi tie kaŝiĝas ruinoj de eksaj altfornoj kaj forĝejoj, por kiuj lignokarbo estis baza energiofonto. Cetere, la fama hakilfabriko de Hultsbruk plu restas tute proksime. Aŭ ĉu io pri la koloniismo? Aŭ la teksindustrio, mia disertacia specialaĵo? Meze de ĉi tiu arbaro situas la idilia ligna sinjor-domo Rodga, kie iam centoj da laboristoj teksis velojn por la glora sveda militfloto. Sed fakte vi povus rakonti ion al mi, por ŝanĝo."

"Dankon, sed ankoraŭ restas ŝargo en mia baterio", diras Moa.

"En via baterio? Mi ne sciis ke vi funkcias baterie. Sed nun mi ekhavis ideon. Anton, bonvolu rakonti al ni vian unuan memoron de Svedio. Vi estis sepjara alvenante, ĉu ne? Do vi sendube havas klaran memoron de tio."

Anton ĵetas malvolan rigardon antaŭen en la retrospegulon super la frontglaco, sed tie li vidas nur la tempion de Tomas.

"Ne, mi ne memoras. Estis antaŭ tro longe."

"Mi memoras ion, kion diris Senad", intervenas Moa. "La kunviv-anto de Linn", ŝi memorigas al Anton. "Tio estas, pri siaj gepatroj; li mem naskiĝis ĉi tie. Sed laŭ li, kiam ili venis en Svedion, ili ĉie vidis nur arbojn. Iam ili veturis buse ien, kaj iu pasaĝero premis butonon por elbusiĝi. La buso haltis meze de arbaro, maljunulo eliris, la buso pluiris, kaj la gepatroj de Senad miregis ke nenie videblas domo. Jen nenio stranga por ni, sed ili preskaŭ ŝokiĝis. Kvazaŭ homoj ĉi tie dormus sub piceo. Poste ili ĉiam ripetis al li tiun memoron, kiu iĝis parto de la familia historio."

"Jen bona rakonteto", diras Tomas. "Kio strangas al unu, naturas al aliaj. Kaj male."

"Se ili ne ŝatas Svedion, kial do veni ĉi tien?" murmuras Anton.

Neniu komentas tion. Tomas akcelas por preterpasi ŝarĝaŭton sed baldaŭ revenas al la permesitaj cent kilometroj hore.

"Bone", li rekomencas. "Jen mi havas alian demandon al vi, Anton. Ĉar vi fariĝis svedo, ĉu ne, kaj eĉ tre entuziasmas pri tio. Do, ĉu vi scias de kie origine venis la svedoj? Tio estas, tiuj el ni, kiuj ne naskiĝis en Brazilo? Aŭ de kie venis la eŭropanoj ĝenerale?"

Anton paŭtas malantaŭ la dorso de Moa, kion ŝi konstatas scivole tordante la kolon.

"Ne gravas", li diras. "La plimulto vivas ĉi tie de ĉiam, pli-malpli."

"Ĉu de ĉiam? Nu, vi iomete troigas, Anton. Ĵus ĉi tiu lando ja estis kovrita de kilometrodika glacio. Niaj prapatroj komprenele venis el Afriko, kiel ĉiuj homoj. Ankaŭ la viaj. Sed kiam, kaj laŭ kiu vojo?"

Anton ne respondas.

"Nu, ili venis je pluraj malsamaj okazoj kaj laŭ diversaj vojoj. La eŭropanoj estas mikspoto, same kiel ĉiuj homoj. La plej multaj el niaj prapatroj forlasis Afrikon antaŭ sesdek mil jaroj kaj unue ekloĝis en Mezoriento. Sed tie ili surprize renkontis aliajn homojn kun iom malsama aspekto. Tio ofte okazas, ĉu ne, kiam oni ekloĝas en nova lando. Sed tiufoje temis pri neandertaluloj, kies prapatroj, la hajdelberguloj, forlasis Afrikon antaŭ kelkaj centoj da jarmiloj. Lastatempe oni trovis per DNA-tekniko, ke niaj prapatroj iomete umis kun tiuj stranguloj, tiel ke oni trovas du procentojn da neandertalaj genoj ĉe la nunaj eŭropanoj kaj azianoj. Mi bone memoras la usonan aŭtorinon Jean Auel, kiu en la okdekaj jaroj verkis serion da distraj prahistoriaj romanoj, kie interalie okazas seksumado inter neandertalulo kaj unu el niaj prapatrinoj. Tiam oni ridis pri tio, sed nun montriĝis ke ŝi pravis."

"Ĉu vi legis tiujn librojn?" demandas Moa.

"Jes, unu aŭ du. 'Mamuto-ĉasistoj' aŭ io simila. Nu, post tiu intermezo la neandertaluloj pereis. Kredeble kulpis pri tio niaj prapatroj. Do, niaj naŭdekok-procentaj prapatroj ekstermis aŭ konkurvenkis la du-procentajn. Kaj antaŭ kvardek kvin mil jaroj kelkaj el niaj prapatroj, ŝtonepokaj ĉasistoj, plu migris en Eŭropon. Aliaj iris orienten tra Azio kaj plu en Aŭstralion kaj Amerikon. En meza Eŭropo ili efektive ĉasis mamutojn antaŭ tridek mil jaroj. Pli norde tiam estis nur glacio. Antaŭ dudek mil jaroj la glacio iom avancis, kaj la homoj rifuĝis en sudan Eŭropon, ĉasante boacojn tie. Sed la klimato baldaŭ varmiĝis kaj ili denove migris norden, inventante pli bonajn silikajn hakilojn, kudrilojn el osto kaj aliajn utilajn teknikaĵojn, kiel ekzemple plektitajn fiŝretojn. Antaŭ dek unu mil jaroj ili faris same kiel Anton; ili enmigris en sudan Svedion proksimume ĉe Malmö, kie ili trovis amason da bonega siliko. La Sunda markolo tiam ankoraŭ ne ekzistis, do eblis enmarŝi per sekaj piedoj. Poste ili pluiris norden laŭ la norvega marbordo, kiu estis senglacia. Kiam la glacio iom post iom retiriĝis, ili postsekvis en la ceteran Svedion. Ĉe la marbordo ili kaptis fiŝojn kaj fokojn, kaj landinterne ili ĉasis boacojn kaj aliajn bestojn."

"Oni vere ne bezonas Vikipedion, kiam oni disponas pri Paĉjopedio", konstatas Moa.

"Nu, kiel mi diris, mi prelegas profesie. La historia fako ja kutime zorgas nur pri epokoj ekde kiam aperis skribaj fontoj, sed ĉiam utilas scieti, kio okazis antaŭe, ĉu ne? Bone, tiuj ŝtonepokaj ĉasistoj estas unu eta parto de niaj prapatroj, la unuaj konataj enmigrintoj al Svedio. Interese, ĉu ne, ke ili venis el la sama regiono kiel la nunaj siriaj rifuĝantoj. Kaj en sudorienta Turkio, do samloke kie nun miliono da rifuĝantoj kunpuŝiĝas en tendoj kaj barakoj, alia grupo el niaj prapatroj inventis la terkulturadon. Jen la plej grava kultura ŝanĝo en la homa historio. Antaŭ ok mil jaroj kelkaj el ili migris en Eŭropon, kaj jam antaŭ ses mil jaroj ili atingis sudan Svedion. Kaj tiuj ŝtonepokaj terkulturistoj de la tielnomata funelpokala kulturo sufiĉe longe vivis tie paralele kun la ĉasistoj, unuj apud la aliaj, sed iom post iom ili miksiĝis."

"Mi jam delonge komprenas kion vi volas diri", diras Anton. "Vi opinias ke ĉiuj estas samaj. Sed tio ne estas vera. Sufiĉas rigardi diversajn homojn por vidi ke ili estas malsamaj. Kio eble okazis antaŭ cent mil jaroj ne ŝanĝas tion."

"Eblus diri ankaŭ inverse: kio okazas hodiaŭ aŭ antaŭ jarcento ne ŝanĝas la faktojn, kiuj okazis antaŭ miloj, dekmiloj aŭ centmiloj da jaroj. Vi tamen pravas pri mia intenco. Mi volas montri ke la rasismo estas bizara ideo de la deknaŭa kaj dudeka jarcentoj. La homa raso, ĉar ekzistas nur unu homa raso, post kiam ni eliminis la neandertalulojn, estas rezulto de migrado kaj miksado dum almenaŭ centmilo da jaroj. Tiuj sudsvedaj ĉasistoj kaj terkulturistoj ja iomete diferencis inter si, kaj dum certa tempo sendube regis malamikeco kaj suspektemo; tamen ili finfine ne tute ekstermis unu la alian sed miksiĝis kaj kunfandiĝis en unu popolon."

"Mi akceptis kuniri al la montaro, sed ne por aŭskulti politikan propagandon", diras Anton.

"Bone, sed ĉu ni dume mutu kiel fiŝoj? Tio malfacilus al mi, kiel jam aludis Moa. Cetere mi nur prezentas sciencajn aktualaĵojn. Propagandi mi lasas al vi."

"Por mi ne gravas ĉu estas unu aŭ kelkaj rasoj", diras Moa. "Gravas nur ke ĉiuj havas egalan valoron kaj egalajn rajtojn."

"Mi konsentas", diras Tomas. "Sed indas koni la faktojn, ĉu ne? Nu, se vi permesas, nia mikspoto ankoraŭ ne estis preta. La tria ondo de migrantoj verŝajne venis de sur la sud-rusaj stepoj, aŭ de iom pli sudoriente. Temis pri paŝtistoj de la Jamna-kulturo, kiuj antaŭ kvin mil jaroj ekhavis la ideon migri okcidenten. Cetere, ne nur okcidenten, sed ankaŭ sudorienten, en sudan Azion. Baldaŭ ili atingis ĉiujn partojn de Eŭropo, inkluzive de Svedio. Ili enkondukis la ĉevalojn, la teksadon de lano kaj plej probable ankaŭ la hindeŭropajn lingvojn, kiujn daŭre parolas la plimulto el ni. Laŭ la DNA-esploroj ŝajnas ke ĉefe viroj el tiu grupo miksiĝis kun la jamaj loĝantoj, formante la tielnomatan ŝnurceramikan aŭ batalhakilan kulturon. Ĉiel ajn, la plej multaj nunaj eŭropanoj povas kalkuli tiujn tri grupojn kiel siajn prapatrojn, je iomete malsamaj proporcioj en diversaj partoj de Eŭropo. Kompreneble poste aldoniĝis aliaj fluoj de migrantoj, ekzemple el Uralo. Kaj lastatempe eĉ homoj el Suda Ameriko, ĉu ne? Sendube ĉiam okazis bataloj inter enmigrantoj kaj indiĝenoj, sed ŝajnas ke oni post iom da tempo alkutimiĝis kaj komencis kunvivi intime. Nu, kompreneble kelkaj homoj bezonas pli da tempo ol aliaj por alkutimiĝi."

Tomas silentiĝas kaj dum du-tri minutoj dediĉas sian atenton al la stirado. Ili jam preteriris kelkajn urbetojn kaj avancis centon da kilometroj norden. Restas ankoraŭ la plej granda parto de la vojaĝo.

"Nun mi diros, kion mi pensas", subite diras Anton.

Li ŝajne dum iom da tempo preparis sin por fari sian provon prelegi, kiam estos lia vico.

"Mi fajfas pri tiu malnova historio. Eble ĝi estas vera, eble ne. Ankaŭ sciencistoj povas erari. Sed se oni rigardas la nunajn homojn, oni facile vidas ke iuj popoloj estas pli lertaj ol aliaj. Kial la negroj de Afriko mortigas unu la alian en ĉiamaj tribaj militoj? Kial ili lasas siajn infanojn morti pro malsato? Kial ni ne faras tion en Nordio? Klare, ĉar ni estas pli kapablaj ol ili. Vi povas nomi tion alia miksaĵo, tio ne gravas. Vi volas faktojn, ĉu? La faktoj pruvas ke ni blankuloj estas centoble superaj al la nigruloj."

"Nu", diras Tomas, "pasis nur sepdek jaroj de la plej terura triba milito de la monda historio, tiu inter kelkaj eŭropaj, aziaj kaj nord-amerikaj triboj. Fakte, oni eĉ venigis tribanojn el Afriko por helpi solvi niajn problemojn. Dume oni krome realigis la plej inferan geno-cidon de la konata historio kun la celo ekstermi la tribojn de judoj kaj romaoj. Kaj por transformi la slavojn en sklavojn. Tion faris viaj superaj nordeŭropaj blankuloj por pruvi sian superecon."

"Mi legis ke tio estas granda troigo", diras Anton. "Kompreneble multaj mortis, ĉar estis milito, ĉu ne? Sed la gaskameroj estas propa-ganda mensogo de la komunistoj."

Moa ĝemas, kaj Tomas ĵetas rigardon malantaŭen por esplori, ĉu Anton estas serioza.

"Bone, ĉu tion vi legis?" li diras. "Ĉu ne ankaŭ ke la tero estas plata? Aŭ ke eksterteranoj kidnapis Elvis Presley? Ne sufiĉas legi. Necesas ankaŭ iom da kritikemo pri la fontoj de tio, kion oni legas."

"Mi tamen kredas ke oni multe troigas. Kaj ĉiuokaze tio estas malnova historio. Ne indas ĉiam paroli pri ĝi."

Sekvas minuto da silento en la aŭto, ĝis Moa rompas ĝin.

"Mi pensas ke la problemoj en Afriko ŝuldiĝas al la eŭropanoj dum la kolonia epoko."

"Kredeble tio klarigas almenaŭ iom", diras Tomas. "Ĉiuokaze la historio klare montras ke diferencoj de riĉeco, organizo, paco kaj tiel plu inter diversaj landoj ne povas dependi de iuj denaskaj trajtoj de la loĝantoj, ĉar la diferencoj ege varias de epoko al epoko. Rigardu Ĉinion, ekzemple. Iam, proksimume ĝis la fino de la dekkvina jarcento, ĝi estis ege pli evoluinta ol Eŭropo. Poste sekvis periodoj de senespera malriĉo kaj manko de progreso, kvankam la ĉinoj fizike ne ŝanĝiĝis. Hodiaŭ tiu lando denove rapide evoluas, denove dank' al la samaj ĉinoj. Aŭ pensu pri la ĉiamaj militoj en Eŭropo dum multaj jarcentoj. Hodiaŭ regas preskaŭ tuteŭropa paco. Sed la loĝantoj restas plejparte samaj. Nu, antaŭ jarcento kelkaj milionoj elmigris al Ameriko, kaj niaepoke kelkaj milionoj anstataŭe enmigris, sed ŝajnus sufiĉe absurde pensi ke tio kaŭzis la paciĝon."

"Sed estas multaj popoloj en Eŭropo", diras Anton. "La nordaj popoloj kapablas ĉion pli bone. La sudaj fuŝas ĉion."

"Kredeble viaj faŝistaj samideanoj en suda Eŭropo havas alian opinion. Fakte ankaŭ ene de Eŭropo la prospero de diversaj landoj kaj nacioj ege varias inter la epokoj. Antaŭ jarcento la nordiaj landoj ankoraŭ estis malriĉa periferia regiono. Tiam la industriaj distriktoj en la okcidento estis centroj de ekonomia evoluo. Hodiaŭ ili transformiĝis en tielnomatan rustan zonon kun senlaboreco kaj ĝenerala malespero pri la estonteco. Sed ankaŭ tio povos ŝanĝiĝi."

Dum Tomas parolas, Moa klinas sian kapon flanken kaj fermas la okulojn. Nun ŝi dormeme diras:

"Veku min kiam ni alvenos."

Tomas ridetas kaj ĵetas al ŝi rigardon.

"Kial vi ne akiris kondukpermeson, Moa? Ni povus alterni pri la stirado."

"Vi scias ke mi ne havas monon por tio."

"Mi iam proponis ke mi helpu."

La respondo iom prokrastiĝas. Fine ĝi venas:

"Mi preferas havi privatan ŝoforon."

Poste ŝi silentas. Kaj same Anton. Kredeble ankaŭ li laciĝis de la historiaj prelegoj. Li revenis al sia poŝtelefono. Tomas pripensas ĉu ŝalti la radioricevilon, sed la silento plaĉas al li. Baldaŭ ili preterpasos la urbeton Strängnäs kaj poste transiros la lagon Mälaren per kelkaj pontoj. La vojaĝo ankoraŭ nur komenciĝis.

12

Marina akceptis la proponon de Tomas resti en lia loĝejo sen multe cerbumi pri la afero. Ŝi simple sentis malpeziĝon ĉe la penso, ke ne necesos tuj reveni al Malmö. Sed ŝi ne diskutis la aferon kun Letti. Kiam Anton forvojaĝis kun Tomas kaj Moa, ŝi ankoraŭ ne planis kion fari dum la tagoj en Norrköping.

"Panjo, kial vi volis resti ĉi tie?" demandas Letti, kiam ili kune ekpromenas por aĉeti manĝaĵojn.

"Tion vi ja scias. Mi maltrankvilas pro la du nazioj, kiuj minacis min."

"Sed kiel longe ni restos?"

"Nur ĉi tiun semajnon, ĝis Tom kaj la aliaj revenos."

"Kien ni iros post tio?"

"Nu, hejmen, mi supozas. Sed eble ni povos fari alian vojaĝon ien, antaŭ la libertempo de Helle. Ni pripensu tion dum la tagoj ĉi tie."

Ili marŝas plu. Letti rigardas ŝin esplore, kiam ili haltas ĉe granda strato.

"Ĉu ne estas pro panjo Helle?"

"Kio do?"

"Ĉar vi ne volas esti kun ŝi."

"Kion vi diras? Kompreneble mi volas! Kial vi pensas tiel? Ni ja iros kun ŝi al Jutlando, kiam komenciĝos ŝia libertempo."

Ili ekiras trans la straton.

"Ĉu vi do ne intencas divorci? Serioze?"

"Kia demando!" ekkrias Marina. "Kompreneble ni ne faros tion. Kiel vi ekhavis tiun ideon?"

"Mi aŭdis, kiam vi kverelis pri tiu alia virino. La danino."

Marina haltas por pripensi kion diri al la knabino. Ankaŭ Letti haltas apud ŝi sed ne rigardas ŝin. Hazarde ili senmoviĝis apud granita statuo prezentanta manifestacion de tekslaboristinoj. La suno ĵetas ombrojn de tiuj figuroj sur la pavimon de placeto, kaj nun iliaj du ombroj apude ŝajnas aldona grupeto de statuaj virinoj.

"Kiel vi fantazias", diras Marina, plu hezitante.

"Panjo, mi ne estas infaneto. Mi komprenis, kio okazis. Antaŭe mi pensis ke vi jam solvis la aferon, sed nun ŝajnas ke ĝi rekomenciĝas. Ĉu vi ankoraŭ ne decidis, ĉu vi divorcos?"

Marina prenas la brakojn de Letti per ambaŭ siaj manoj. Ŝi ne brakumas ŝin, sed simple tenas la brakojn firme, kvazaŭ por ke la knabino ne malaperu foren.

"Ni ne divorcos, Letti. Neniu el ni volas tion. Ĉiuokaze..."

Ŝi interrompas sin. Ŝi volis diri ke ŝi mem ne volas tion, sed tio sonus iomete kiel akuzo kontraŭ Helle. Do ŝi ripetas:

"Ni certe ne divorcos. Mi volas ke ni plu kunvivu. Ĉiuokaze ni ambaŭ estas viaj patrinoj por ĉiam."

"Kompreneble, sed kial vi do evitas ŝin?"

Marina silentas dum kelkaj sekundoj.

"Mi ne evitas ŝin, Letti. Mi ne faros tion. Ne kredu ke temas pri tio. Ni pripensu kiel agi post ĉi tiu semajno. Sed nun ni iru aĉeti manĝaĵojn en tiu vendejo."

Helle sidas sur sofo en la salono de sia kolego Vibeke. Ili vespermanĝis antaŭ kelka tempo kaj nun trinketas la ruĝan vinon restantan, "por ke ĝi ne iĝu vinagro", kiel diras Vibeke. La televidilo estas ŝaltita. Ili ĵus sufiĉe distriĝeme spektis epizodon de usona serio, sed nun Helle levas gazeton por vidi, ĉu io en ĝi interesas ŝin. Ĝi estas artmagazino de iom ŝika speco, kiun ŝi ne kutimas legi. Ŝi ekvidas artikolon pri la skulptisto Louise Bourgeois, kaj rapide foliumas preter ĝi. Efektive ŝi ŝatus legi ĝin, sed pro la antaŭnomo ŝi ne volas ke Vibeke rimarku tion. Samtempe ŝi hontas pro tiu infaneca reago. Antaŭ ol ŝi trovas ion alian allogan, ŝia telefono sonoras.

"Saluton Letti", ŝi respondas, vidante la nomon. "Kiel vi?"

"Bone. Nu, mi iom enuas ĉi tie. Tamen, tio ne gravas. Sed Panjo, ĉu mi povas paroli kun vi?"

"Ĉu povas?", diras Helle surprizite. "Vi ja nun parolas."

"Jes, sed vere. Diru serioze, ĉu vi intencas divorci de panjo Marina."

Helle stariĝas kaj konsterne forlasas la salonon. Starante en la kuirejo, ŝi demandas:

"Ĉu Marina diris tion?"

"Ne. Ŝi diras ke ne."

"Do, kial vi pensas ke jes?"

"Mi aŭdis kaj vidis vin ambaŭ. Ŝajnas ke vi... Mi ne scias... Ŝajnas ke io ne estas en ordo. Kaj vi evitas unu la alian."

Dum kelka tempo Helle pripensas, kion respondi. Kiel klarigi la situacion.

"Mi ne evitas Marina-n. La afero pri la nazioj komplikis ĉion. Verŝajne estis stulte tuj fuĝi de nia loĝejo. Kiam vi revenos al Malmö, ankaŭ mi iros tien. Ĉu Marina nun estas kun vi?"

"Ne, mi eliris sola."

"Nu, do mi telefonos al ŝi por diskuti ĉion. Kion vi faras eksterdome sola je ĉi tiu horo?"

"Nenion. Ne timu, estas trankvile. Mi sidas ĉe la rivero. Estas varme. Morgaŭ ni iros buse al zoo ekster la urbo."

"Bone. Do, espereble vi ĝuos tion. Ne estu maltrankvila, Letti! Mi parolos kun Marina. Ni amas unu la alian kaj certe ne divorcos. Ĉio estos en ordo. Ĝis baldaŭ!"

Helle cerbumante repaŝas al Vibeke en la salono. Ŝi devos telefoni al Marina, sed ĉi-momente ŝi ne scias, kion diri. Indas iom prepari sin antaŭe.

"Ĉu ĉio en ordo?" demandas Vibeke kun la okuloj plu direktitaj al la televidila ekrano.

"Jes, certe. Sed estas iom strange ke ni tiel senpripense disiris en ĉiuj direktoj."

Post tagmanĝo en gastejo apud la aŭtovojo ili pluiras norden sur la ŝoseo E4. Estas multe da peza trafiko, ŝarĝaŭtoj kun remorkoj, sed la kvanto de personaŭtoj jam iĝis modera. Tomas ŝaltas la radion. Estas tempo por la populara programo 'Somero', kie ĉiutage alia persono prezentas sian ŝatatan muzikon kun persona babilo inter la muzikaĵoj. Hodiaŭ parolas Sanna Westlin, konata aktoro, kantisto kaj feministo. Ŝi tuj komencas kritiki la konduton de viroj rilate al virinoj. Unue ŝi ekzemplas per la amindumado, kie laŭ ŝi viroj altrudas sin sen atenti, ĉu la elektita virino signalas interesiĝon aŭ ne, kvazaŭ la inaj korpoj estus publika utilaĵo. Poste temas pri la unua seksumado, kie viroj sen ajna demando supozas ke la virino respondecas pri kontraŭkoncipilo. Sekvas infanoj, kiujn la viro plejparte ne povas prizorgi, ĉar li devas labori, dum la virino ne havas elekton – por ŝi necesas kaj labori kaj prizorgi la infanojn. Kaj fine ŝi mencias la maljunajn gepatrojn, kiuj bezonas helpon de la filino, neniam de la filo, kiu ne povas cedi sian profesian karieron.

"Malŝaltu tiun aĉan propagandon", petas Anton. "Aperas ĉiam la samaj nenaturaj inoj. Nur ili rajtas disvastigi siajn stultaĵojn."

"Ha, kia tipa reago!" ekkrias Moa. "Vi ne toleras aŭdi la veron. Ŝi trafas meze sur la vundan lokon, ĉu ne? Ĝuste tiel estas!"

"Ŝi ja estas nenormala. Ne vera virino. Kredeble ŝi volus esti viro. Vera virino ne malamas virojn."

La radio prezentas muzikon de sveda kantistino, sed ĝi apenaŭ aŭdeblas pro la laŭtaj voĉoj en la aŭto.

"Kial ne, se ili ĉiam eskapas de ĉiuj problemoj kaj pensas nur pri si mem?" diras Moa.

"Nu, mi ne aŭdis ŝin diri ke ŝi malamas nin", diras Tomas. "Ŝi kritikis iujn virojn, ne ĉiujn, ĉu ne?"

"Ha, jen denove tipa kliŝo! 'Ne ĉiuj viroj', ĉu?" ekkrias Moa, kiu evidente pretas batali ĉe du frontoj. "Vi klopodas eskapi de la problemo, kvazaŭ ĝi ne tuŝus vin. Tio estas malhonesta sinteno."

"Ĉiuokaze tiaj feministoj estas nenaturaj", ripetas Anton. "La virinoj naskas, do ili zorgu pri la infanoj kaj la hejmo. Tio estas laŭ la naturo. Tiel faras la bestoj."

Aŭdiĝas laŭta ĝemo de Moa.

"Fakte ekzistas multaj variaĵoj inter la bestoj", diras Tomas. "Ekde iu birdo, kie la masklo kovas la ovojn, ĝis diversaj bestoj, kie la maskloj volonte manĝas siajn idojn. Kaj ĝis mantino, kiu ekmanĝas la masklon jam dum la seksumado. Feliĉe ni ne povas imiti ĉion, kion ili faras. Cetere, ankaŭ inter homoj la roloj povas varii inter diversaj kulturoj kaj epokoj. Sed hodiaŭ la plej multaj ne ŝatas tro striktajn rolojn. Ni estas individuistoj kaj volas mem elekti."

"Kaj la viroj kompreneble elektas la plej komfortan vivon", diras Moa.

"Nu, kelkaj el ni ja klopodas trovi ian ekvilibron kun siaj virinoj, ĉu ne? Laŭ kapablo. Mi tion volis, sed mi ne scias, ĉu mi sukcesis."

"Paĉjo, vi ĉiam estis okupita de viaj libroj kaj dokumentoj. Ni frue lernis ke ne indas peti vin, sed prefere ni tuj iru al Panjo."

"Tamen vi ambaŭ loĝis ĉe mi dum pli-malpli duono de la tempo, ĉu ne? Tiam vi devis peti min."

"Nu, jes", diras Moa, "sed por multaj aferoj ni atendis ĝis ni venos al Panjo. Pri vestaĵoj, ekzemple, aŭ problemoj en la lernejo. Kompreneble ankaŭ ŝi estis sufiĉe okupita, sed eblis interrompi ŝin je bezono."

La muziko finiĝas, kaj Sanna Westlin plu parolas pri la rilato inter viroj kaj virinoj. Nun temas pri seksaj ĉikanoj, atencoj kaj perfortoj. Laŭ ŝi, oni ĉiam kulpigas la viktimon, ke ŝi invitis al perforto.

"Prave", diras Anton. "Ili mem meritas tion! Kaj ĉiuokaze ne eblas seksperforti virinon, se ŝi mem ne volas. Plej ofte ili petis pri tio!"

Nun eksplodas Moa. Ŝi eligas longan kaj laŭtan krion, kiu tute dronigas la radioelsendon.

"Fi! Vi damnita merdulo! Kion vi scias pri tiaj aferoj? Ĉu vi eble mem perfortis iun? Ĉu vi entute iam ajn rilatis iel ajn al iu knabino? Fermu la faŭkon, nazmukulo!"

"Ha, vi krias ĉar vi ne scias kontraŭdiri", konstatas Anton.

"Ĉesu do! Mi tute ne scias kial mi entute respondu al viaj idiotaĵoj."

"Fakte, Anton", sukcesas enŝovi Tomas, "tio ne estis tre prudenta diro. Bedaŭrinde ja okazas ege multaj seksperfortoj kaj aliaj seksaj krimoj. La rezulto por la viktimo ofte estas psika sufero tre longdaŭra, eĉ dumviva en iuj okazoj. La kulpuloj plej ofte evitas punon, ĉar ne eblas pruvi, kio okazis. Sed tiu problemo laŭ mi ne multe rilatas al la vivo de ordinaraj viroj kaj virinoj."

"Ĉu ne rilatas?" Moa plu laŭtas. "Paĉjo, ne parolu pri prudento! La viktimoj ja estas ordinaraj virinoj, kaj la perfortuloj estas damne tro ordinaraj viroj. Jen la diablaĵo! Evidente vi komprenis nenion. La perfortoj estas ekstrema konsekvenco de la malegaleco inter la seksoj. Vi devus aŭskulti Sanna-n!"

Tamen ne tuj eblas sekvi tiun konsilon, ĉar nun denove sekvas muziko, ĉi-foje de usona kantistino.

"Kompreneble ŝi ludos nur muzikon de inoj", diras Anton. "Ili parolas pri egaleco, sed fakte ili volas regi super la viroj."

"Kial ne, se la viroj estas subevoluintaj kretenoj?"

"Hm", grakas Tomas. "Ĉu mi rajtas enkalkuli min en tiun aron? Eble vi ambaŭ devus iomete moderigi la tonon."

"Ĉar kompreneble la vero situas ĉe la ora mezo!" sarkasmas Moa. "Vidu, kiel la viroj aranĝis la mondon! Ĉu ili meritas plu regi? Vi estas poltrono, Paĉjo!"

"Eble", ridetas Tomas. "Se jes, tio povus esti malsano pro aĝo. Vi devus scii, Moa, ĉar vi estas la sola ĉi tie, kiu vivis kun patro. Almenaŭ dum parto de via vivo. Fakte estas stranga koincido, ke nek Anton nek mi konis niajn patrojn, kaj al ambaŭ mortis la patrinoj, kiam ni estis infanoj."

"Sed vi ja ekkonis lin poste, ĉu ne?"

"Nu, antaŭ kelkaj jaroj mi eksciis, kiu li estas. Kaj mi eble ne vere ekkonis, sed ja renkontis lin. Ankaŭ duonfratinon pli junan. Sed tio estis iom malfrua."

"Kial vi ne konis ilin antaŭe?" demandas Anton.

La muziko ĉesas kaj rekomenciĝas la babilo de Sanna Westlin. Tomas mallaŭtigas la radion, kaj Moa klinas sin antaŭen por aŭskulti ĝin.

"Oni ne volis paroli pri li", diras Tomas. "Mi loĝis ĉe miaj geavoj, kaj poste ĉe onklo. Sed estis io mistera kaj ŝajne hontinda pri mia nekonata patro. Nu, antaŭ iom da tempo mi eksciis ke li estas tiel nomata vojaĝanto. Do eble temis pri ia rasismo ĉe miaj parencoj. Nun li estas malsana, cetere."

"Kia vojaĝanto?" diras Anton.

"Estas grupo da homoj en Skandinavio, la vojaĝantaj familioj. Origine ili devenas parte de romaoj, parte de malestimataj sociaj grupoj, ekzemple ekzekutistoj kaj ĉevalbuĉistoj. Iam oni nomis ilin 'tataroj', sed tio estis miskompreno. En Britio oni nomis romaojn 'egiptoj', kio estas same fantazia."

"Romaoj, tio estas ciganoj, ĉu ne?"

"Jes, temas pri la sama popolo."

"Ĉu vi do estas cigano?"

Tomas ridetas.

"Nu, ŝajne jes. Tamen nur je sufiĉe eta procento. Mi jam kelkfoje klarigis, ĉu ne, ke ni ĉiuj estas miksaĵo. Unu el la plej konataj kaj samtempe nekonataj el tiuj vojaĝantoj estas Calle Jularbo. Vi eble ne konas lian nomon, sed dum kelkaj jardekoj li estis konata kiel la plej sveda el ĉiuj svedaj akordionistoj kaj komponistoj de populara muziko. Ke li estis vojaĝanto, tion neniu volis aŭdi, ĉar li estis kvazaŭ simbolo de svedeco."

Anton mienas iom konfuzite.

"Sed romao aŭ ne", diras Tomas, "kaj kia ajn estas via nekonata patro, Anton, mi pensas ke por ni ambaŭ pli gravas la praktika manko de paĉjo dum la infanaĝo, ol niaj patraj genoj. Nu, krom se ni heredis malsanon aŭ alian specifaĵon."

"Do ankaŭ mi estas romao", intervenas Moa. "Tio estas mojosa!"

"Diable, ĉu vi kapablas aŭskulti simultane la radion kaj min? Vi estas vera virino, Momomoa!"

"Tre amuze, Papapaĉjo!"

Ili forlasis la ŝoseon E4 kaj pluiras okcidenten. Jen kaj jen la post-tagmeza suno brile reflektiĝas de lagoj kaj de la rivero Ljungan. Ĉi tie estas ordinara ŝoseo kun unu koridoro ĉiudirekte plus vojrandaj kromkoridoroj, sed la trafiko estas maldensa, do nenio ĝenas la veturadon.

"Ĉu vi jam sopiras je kafo?" subite demandas Tomas.

"Mi ankoraŭ estas plenŝtopita de tiu burgero", diras Moa. "Eble poste. Ĉu ni baldaŭ alvenos?"

"Kiun noton vi ricevis pri geografio? Restas ankoraŭ tri horoj. Kaj vi, Anton?"

"Mi ne ŝatas kafon."

"Sed vi eble deziras ion alian. Kolaon?"

"Ne urĝas."

"Bone", diras Tomas, "do ni atendu iom. Ĉi tie la kafejoj cetere ne svarmas. Fakte, nenio svarmas, krom piceoj. Kaj eble kuloj. Ni povus halti en Östersund."

Neniu komentas tion.

"Moa ja ŝatas kafon", li aldonas por daŭrigi la unuflankan konversacion. "Ĉiuokaze laktokafon. Sed Moa, atentu ne trinki tro da kafo en la laborejo poste."

"Ne maltrankvilu. Mi ne havos tempon kafumi."

"Ŝi laboros en somera kafejo", Tomas klarigas al Anton. "La sama kie laboris Marina junaĝe, fakte."

La knabo tamen ŝajnas ne tre interesiĝi pri tiu informo.

Post kelka tempo la ŝoseo forlasas la rivervalon kaj pluiras nordokcidenten tra dezerta arbaro. Ili preterpasas tabulon kun indiko, ke oni eniras la gubernion de Jemtlando.

"Ĉu vi faros alian someran vojaĝon kun la patrinoj, Anton?" Tomas scivolas. "Aŭ ĉu vi restos en Skanio?"

Anton levas la rigardon de sia telefono.

"Mi ne scias. Laŭdire ili iros al Danio."

"Ĉu vi ne kuniros?"

"Mi ne scias."

"Bone. Se jes, ne forgesu kunporti identigilon, se vi volas reveni hejmen. Alie vi eble venos en rifuĝejon por sirianoj."

Anton nur ĵetas nigran rigardon antaŭen, sed ĝi trafas neniun.

"Ĉu Marina neniam planis vojaĝon kun vi al Brazilo, por revidi la orfejon kaj la urbon de blankaj ardeoj?"

"Ne. Ŝi eble iam menciis tion, sed mi ne volas."

"Kiaj ardeoj?" enmiksiĝas Moa.

"Nu, la urbo kie troviĝas tiu orfejo, kie iam laboris Marina, havas longan nomon kun proksimume tia signifo en la gvarania lingvo. Mi trovas ĝin sufiĉe poezia nomo. Sed Anton, vojaĝo tien tamen ja estus interesa, ĉu ne? Estas grandega kaj varia lando."

"Brazilo estas pugtruo."

Dum momento Tomas ne scias kion diri. Do li stiras plu silenta, okulfiksante la ŝoseon etendiĝantan antaŭ li. Ĝi estas senaŭta, kaj nur de temp' al tempo venas renkonte ŝarĝaŭto kun arbotrunkoj aŭ alia kamionego.

"Vi tamen havas radikojn tie", li provas daŭrigi. "Nu, mi supozas ke vi ne memoras la lingvon, ĉu?"

Anton nenion respondas al tio. Regas silento dum ankoraŭ kelka tempo. Poste Moa turnas sin por rigardi la knabon sidantan malantaŭ ŝi.

"Mia koramiko Fabian havis samklasanon en la gimnazio. Ŝi nomiĝas Siri kaj estas adoptita el Ĉinio kiel bebo, mi pensas. Sufiĉe simpatia. Ŝi vojaĝis tien dufoje kun siaj gepatroj kaj kelkaj aliaj familioj. Ili havas kvazaŭ rondon aŭ reton el svedaj familioj kun adoptitoj el Ĉinio, kiuj renkontiĝas diversloke en Svedio kaj krome aranĝas vojaĝojn al Ĉinio por reviziti la orfejon kaj diversajn turismajn lokojn. Ŝi diris ke unuafoje ŝi ne tre ŝatis la vojaĝon. Embarasis ŝin promeni surstrate, ĉar homoj alparolis ŝin kaj ŝi nenion komprenis. Sed duafoje, kiam ŝi estis pli aĝa, ŝi ĝuis la restadon. Ŝi ankaŭ ŝatas renkonti la aliajn adoptitojn, mi pensas, ĉar ili havas ion komunan."

"Kial vi rakontas tion?" diras Anton. "Mi havas nenion komunan kun ĉinoj. Devus esti malpermesite venigi ilin ĉi tien."

Tomas kaj Moa senvorte ĵetas rigardojn malantaŭen. Ĉu li mem komprenas, kion li diris?

"Se jes, estus malpermesite venigi ankaŭ vin ĉi tien", konstatas Moa. "Ĉu tion vi preferus? Resti en la brazila orfejo?"

"Ne, ĉar mi estas blankulo. Sed flavajn ĉinojn oni devus ne preni al Svedio. Ankaŭ nigrulojn ne."

Moa ekridas sed rapide ĉesas.

"Vi estas eĉ pli stulta ol mi pensis. Kial oni adoptus de Brazilo sed ne de Ĉinio?"

"Temas ne pri la landoj sed pri la rasoj. Oni ne miksu la rasojn."

Moa suspiras kaj remetas la aŭdiletojn de sia poŝtelefono en la orelojn.

"Tiel oni pensis en Sudafriko", diras Tomas. "Pli ĝuste, la regantaj blankuloj de la rasapartiga reĝimo pensis tiel. Ĉiu tielnomata raso devis vivi en apartaj zonoj. Sed oni ne disponis objektivan metodon por difini, al kiu grupo apartenas ĉiu persono. Kompreneble, por la plimulto tio estis evidenta, sed en dubaj kazoj povis okazi strangaj aferoj. Ĉar eĉ en Sudafriko ekzistas miksaĵo. Oni kreis apartan 'rason' el homoj nek blankaj nek nigraj, kiujn oni nomis 'koloraj'. La rezulto estis, ke kelkfoje geedzoj aŭ gepatroj kaj infanoj estis klasitaj al malsamaj rasoj kaj do ne rajtis loĝi kune. Estis strikte malpermesite geedziĝi aŭ havi seksan rilaton al persono de alia 'raso', kaj fojfoje la najbaroj povis denunci onin, ke oni falsis sian 'rason'. La tuta rasapartiga sistemo baziĝis sur superstiĉa pseŭdoscienco. Nun tiu sistemo ja estas nuligita, sed kompreneble ankoraŭ restas grandaj diferencoj inter homgrupoj, se temas pri ekonomio kaj eduko."

"Fakte vi mem diris antaŭlonge, ke niguloj devus ne loĝi ĉi-norde pro la klimato", nun asertas Anton. "Ili ricevas tro malmulte da vitamino. Do ili prefere restu en Afriko, kie ili hejmas."

Tomas ridetas amarete.

"Do, efektive vi duone aŭskultas min, ŝajnas. Interese. Sed vi ne memoras tute precize. Cetere, se la afrikanoj restus en Afriko, ekzistus nek vi nek mi. La mondo ekster Afriko restus senhoma."

"Ba, vi ĉiam revenas al pratempoj! Mi parolas pri la nuntempo. Afrikanoj ne eltenas nian klimaton. Ili estas kiel mi-ne-scias-kio, pavianoj ĉe la Norda Poluso."

"Nu, la nuntempo estas sekvo de la pratempo, ĉu ne. Tamen temas ne pri la klimato ĝenerale, sed pri la sunlumo, kiu des malpli intensas, ju pli malproksime de la ekvatoro. Sub tia pala suno, kiel ĉe ni, hela haŭto produktas pli da vitamino D ol malhela haŭto. Fakte, dum la paso de jarmiloj, tiuj afrikanoj kiuj migris norden paliĝis per la natura selektado. Sed tio postulis multajn centojn, eble milojn da generacioj. Kaj eĉ tiuepoke eblis kompensi la malfortan sunlumon. Antaŭ kvin aŭ ses mil jaroj vivis en suda Svedio paralele du popoloj, kiel mi diris antaŭ kelka tempo. Unu estis la ĉasistoj kaj fiŝistoj, kiuj enmigris plej frue; la dua estis ĵus alvenintaj terkulturistoj. Tiam la du grupoj ankoraŭ ne miksiĝis. La moderna arkeologio malkaŝas interesajn detalojn el trovitaj skeletoj. Per izotopa analizo de la ostoj oni ekscias, kion ili manĝis kaj kie ili loĝis dum la lastaj jaroj de sia vivo. Per la emajlo de la dentoj eblas vidi, kie ili pasigis la infanaĝon. Kaj per DNA-analizo konstateblas multaj aferoj, interalie ankaŭ la genoj por haŭtkoloro. Nu, montriĝis ke la terkulturistoj jam havis helan haŭton, sed inter la ĉasistoj ĉe la marbordo multaj ankoraŭ havis relative malhelan, kvankam ili vivis multe pli longe en norda Eŭropo. Kial? Aŭ pli ĝuste, kiel tio eblis? Certe pro tio ke ili manĝis precipe fiŝojn kaj fokojn. Tiuj enhavas multe da vitamino D. Hodiaŭ same efikas vitaminpiloloj. Eblas ankaŭ frekventi sunumejon por kompensi."

"Ĉu negroj en sunumejo? Tio estus ridinda. Ili jam estas tro nigraj."

"Ankaŭ malhela haŭto pli malheliĝas pro intensa sunlumo kaj samtempe produktas vitaminon D. Kaj nature malhela haŭto pli bone protektas kontraŭ la danĝeraj efikoj de ultraviolaj radioj."

Nun ree intervenas Moa:

"Mi ne komprenas kial vi ambaŭ tiom gurdas pri genoj kaj heredo kaj haŭtkoloroj. Laŭ mi plej gravas tio, kion oni lernas kaj spertas dum la vivo."

"Nu", diras Tomas, "eble vi pravas. Sed ankaŭ la heredo estas interesa. Ekzemple niaj ŝtonepokaj terkulturistoj estis plejparte helhaŭtaj sed brunokulaj. Dume, kelkaj el la fiŝistoj estis malhelhaŭtaj kaj bluokulaj, kio hodiaŭ ŝajnus nekutima kombino. Mi mem estas bluokula blondulo, sed Cecilia aspektas kiel sudeŭropano kun brunaj haroj kaj okuloj, kvankam ŝi estas denaska skaniano. Kaj jen la rezulto – brunokula blondulino! Nu, sub la ruĝa farbo, kompreneble."

Moa paŭte elsnufas.

"Ĉesigu do, diable, vian virklarigon pri blondulinaj stultaĵoj!"

"Fakte estas stultaĵo", konsentas Anton. "La niguloj neniam povus fariĝi bluokulaj blonduloj!"

"Oni supozus ke ne", diras Tomas, "kaj tamen tio ja okazis! Kompreneble, tio postulis kelkajn dekmilojn da jaroj per la natura selektado, kiun ni hodiaŭ grandparte nuligis per diversaj rimedoj. Cetere, kiel utilas miaj bluaj okuloj, mi tute ne scias. Verŝajne temas nur pri kaprica mutacio."

Moa suspiras kaj Anton mienas tedite. Tamen Tomas daŭrigas:

"Se paroli pri blondulinaj stultaĵoj, ŝajnas al mi ke okazas ia ŝanĝo de kliŝoj nialande. Ekzistas du usonaj romanoj kun la titoloj 'Sinjoroj preferas blondulinojn' kaj 'Sed sinjoroj edziĝas al brunharulinoj'. Nu, la sveda tradicio iam estis precize mala. Tio videblas en niaj malnovaj kinofilmoj. Tie ĉiam aperas danĝere seksalloga kaj trompema brunhara vampirino, sed finfine la heroo elektas familian vivon kun sekura, sincera kaj fidinda blondulino. Tamen ŝajnas al mi ke la malaj usonaj kliŝoj lastatempe iom penetris ankaŭ ĉe ni. Ĉu vi konsentas, Moa?"

La sola respondo de la filino estas profunda suspiro.

"Nu", daŭrigas Tomas, "ruĝaj haroj internacie signalas flamiĝemon, ĉu ne?"

La manko de reago flanke de la falsrufulino tamen ne konfirmas tion.

"Serioze, kelkaj el niaj ecoj ŝuldiĝas nur al genoj, kiel la natura koloro de haroj aŭ okuloj. Aliaj nur al la medio, kiel scioj kaj opinioj. Sed por la plimulto de trajtoj ambaŭ aferoj influas, kaj ne eblas distingi unu influon de la alia, nek kalkuli kiom da procentoj venas de unu aŭ de la alia."

Tomas silentiĝas. La ŝoseo plu etendiĝas antaŭ ili. Jen kaj jen pasas kontraŭdirektaj aŭtoj. Aŭdiĝas plu neniu reago de Moa, nek de Anton. Ili ambaŭ enoreligis siajn aŭdiletojn.

13

Marina kaj Letti jam de du horoj promenas tra la zoo, lokita en pinaro super faŭlto norde de la golfo Bråviken. Ili paŝas inter aro da familioj kun plendantaj infanoj kaj riproĉantaj gepatroj, rigardante bestojn nordiajn kaj pli ekzotajn sen tre granda entuziasmo. Estas tro varma tago, tro polvaj promendeklivoj kaj tro malnatura naturo. Super ili senĉese ŝrikas homoj kaj klaktintas vagonetoj de giganta onda fervojo.

"Panjo, mi ĝojas ke Anton iris kun Tomas al la montaro", diras Letti. "Sed mi bedaŭras ke ankaŭ Moa foriris. Ŝi certe enuos kun ili. Estus pli amuze se ŝi restus ĉi tie kun ni."

"Moa estas preskaŭ plenkreska. Lastsomere mi eĉ miris ke ŝi pasigis tiel multe da tempo kun vi sur la insulo. Estas granda diferenco de aĝo inter vi."

"Sed tiam ŝi diris ke Anton estas pli infaneca ol mi."

Marina ridetas, nenion dirante.

"Tamen mi ŝatas esti duope kun vi, Panjo", Letti aldonas.

"Ankaŭ mi."

"Kiam Anton ĉeestas, vi ĉiam timas, kion li faros. Nun vi ŝajnas pli trankvila."

"Ĉu vi pensas tiel? Nu, eble vi pravas. Sed tio estas ĉar li ŝanĝiĝis dum la lasta jaro."

"Mi esperas ke li baldaŭ transloĝiĝos de hejme kaj ekloĝos sola."

"Sed Letti! Li estas nur deksesjara!"

"Tamen estus pli bone se li estus for."

"Ne diru tiel, mi petas! Antaŭe vi ĉiam amis vian fraton."

"Nu, kaj do? Tio estis antaŭe, ne plu. Mi pensas ke neniu povus ami lin nun."

Estas tempo eniri la delfenejon por spekti la famajn delfenojn. Sed ekster ĝi staras amaso da homoj en longa vico por eniri. Mankas ŝirmo kontraŭ la suno. Marina jam havas kapdoloron kaj Letti estas laca kaj soifa. Finfine ili envenas kaj trovas siajn sidlokojn. Ĉi-ene almenaŭ estas agrable malvarmete kaj duonobskure.

Sekvas rapidritma spektaklo kun laŭtega voĉa prezentado de delfenoj, kiuj fulmrapide naĝas kaj saltas en renforma baseno. Marina trovas ke ĉio havas ian altrudan senton de reklamo. Nur la beleco de la bestoj pardonigas la ĝenan etoson. Du prezentistoj en akvokombineoj reĝisoras la movojn de la bestoj kaj komentas ilin mikrofone. Sed jen subite la spektaklo finiĝas kaj necesas denove vici, ĉi-foje por eliri.

Feliĉe ili baldaŭ trovas kioskon kun kafo kaj glaciaĵoj kaj sidlokon en la ombro de betulo, kie ili povas ripozi kolektante energion por la busvojaĝo reen al la urbo.

"Ili estas mirindaj, ĉu ne?" diras Marina. "La delfenoj."

"Mi plej ŝatis kiam ili ricevis fiŝon post ĉiu salto. Sed mi terure kompatas ilin pro la malgranda baseno. Oni devus liberigi ilin en la maron."

"Eble jes. Sed ĉi tie en la Balta Maro ili verŝajne ne povas vivi. Eble ĉe la okcidenta bordo."

"Nu, oni lasu ilin tie, kie oni kaptis ilin."

"Sed kredeble ili naskiĝis en delfenejo, ĉi tie aŭ aliloke. Kompreneble, iam iuj ja estis kaptitaj. Mi scivolas kiel longe ili vivas."

"Estas terure, se ili naskiĝas kaj mortas en malliberejo", diras Letti.

"Laŭdire ili ŝatas prezenti siajn akrobataĵojn. Same kiel vi ŝatas danci vian hiphopon..."

"Serioze, Panjo! Vi estas stultega! Mi ne dancus se oni metus min en malliberejon. Kiel oni povis demandi ilin, kion ili ŝatas? Ili simple devas salti por ricevi fiŝon. Estas hontinde."

Fine ili trenas sin reen, preter du flavecaj blankaj ursoj kuŝantaj senmove sur betona glacimonto kaj kelkaj tigroj paŝantaj monotone tien-reen malantaŭ fortika barilo.

"Mi kredas ke la plej multaj bestoj ĉi tie estas deprimitaj", diras Letti. "La plej amuzaj estas tiuj... Kiel ili nomiĝas? Kiuj stariĝas por gvati."

"Ha, jes. La surikatoj."

Promenante reen Marina kaj Letti konkuras imitante la ĉarmajn surikatojn antaŭe viditajn. La bona humoro jam revenis al la knabino. Ne gravas se aliaj vizitantoj trovas ilin strangaj.

Post abunda matenmanĝo en la jemtlanda gastejo tamen pasas longa tempo antaŭ ol eblas ekpromeni. Necesas unue finpaki kaj alĝustigi tiom da aferoj ĉe la vestoj, botoj kaj dorsosakoj. Finfine la triopo komencas piediri laŭ markita pado, kiu suppreniras tra dekliva picearo. La aero estas freŝa kaj malvarmeta. Odoras agrable je musko, tero, piceaj pingloj kaj diversaj plantoj. Dum kelka tempo akompanas ilin muta garolo fluganta de arbo al arbo kun siaj brike oranĝruĝaj vosto kaj flugiloj.

"Eble ĝi esperas ricevi ion manĝeblan de ni", diras Tomas.

"Mi volonte cedus iom el la matenmanĝo", diras Moa. "Mi denove estas plenŝtopita kaj apenaŭ povas paŝi."

"Nu, ekde nun estos alia dieto."

"Kaj ĉi-nokte mi ne povis dormi pro la abunda vespermanĝo. Kaj krome pro via ronkado, Paĉjo."

"Kia fia akuzo! Mi ja ne ronkas. Neniu iam ajn antaŭe plendis pri tio. Eble estis Anton."

"Tute ne. Nur maljunuloj ronkas, mi ne scias kial. Fabian neniam ronkas. Kaj Anton spiris silente kiel bebo. Cetere, kiu do povus plendi al vi? Vi ja estas solulo!"

"Nu, tamen ja fojfoje... Ĉu vi aŭdis ronkadon, Anton?"

"Mi dormis."

"Cetere", diras Moa, "kie estas la montoj? Mi vidis ilin de la aŭto hieraŭ vespere, sed ĉi tie estas nur arbaro, kiel hejme. Ĉu ni iras la ĝustan vojon?"

"Atendu iomete", diras Tomas. "Vi baldaŭ vidos."

Do ili plu strebas laŭ la deklivo supren tra arbaro, jen kaj jen haltante por spiri kaj dum minuto demeti la dorsosakojn.

"Kiel fartas la piedoj?" demandas Tomas en unu tia paŭzeto. "Se vi sentas ion, ni tuj metu plian leŭkoplaston antaŭ ol estos frotvundo."

La piedoj tamen pli bonfartas ol la ŝultroj. Almenaŭ Moa plendas pri la pezo de la dorsosako. Sed subite ĉesas la densa arbaro kaj la deklivo. Antaŭ ili etendiĝas vasta ebena tereno ĉirkaŭata de montoj violkoloraj kun blankaj makuloj.

"Ha, jen finfine la montaro!" ekkrias Moa. "Ĉu ni paŝos ĝis tiuj?"

"Jes, pli-malpli. Hodiaŭ ni tranoktos ĉe Lunndörren; tio estas piede de tiuj du montoj, mi pensas. Kaj por morgaŭ mi planis ke ni pluiru piede de tiuj, dekstre."

"Ĉu ni ne grimpos sur ilin?" demandas Anton.

"Ni povus, se vi volas. Sed ne necesas grimpi. Sufiĉas simpla promeno. Ili estas nek altaj nek krutaj, krom iuloke."

La ebeno montriĝas tre malseka marĉa tereno, sed multloke oni metis tabulojn kiel pontetojn. Kutime la tabuloj komenciĝas kaj finiĝas en flako da koto, do la triopo ofte tretas en ŝlimon kaj malsekajn muskojn, kiuj kvazaŭ volas ensuĉi la piedojn, konservante boton kiel garantiaĵon. Post sufiĉe longa paŝado la pejzaĝo tamen iĝas pli varia, kun montetoj kaj maldensa arbaro el torditaj betuloj kaj kelkaj sorparboj, kiuj ŝajne ĵus ekfoliis. Samtempe la tero iĝas pli seka. Kaj jen ili venas en herbokovritan maldensejon, kie staras kelkaj torftegitaj kabanoj.

"Jen malnova samea somera restadejo", diras Tomas. "Mi ne scias, ĉu oni ankoraŭ uzas ĝin, sed ĉiuokaze ĉi tie estas bona loko por lunĉa paŭzo, ĉu ne?"

Ili demetas la dorsosakojn kaj sidiĝas por ripozi. Tomas muntas kuirilon kaj komencas mastrumi.

"La menukarto enhavas mirtelsupon kaj rozberan supon. Kiun vi elektas hodiaŭ?"

Ili interkonsentas pri mirtelsupo kaj krakpano kun ŝmirfromaĝo.

"Ĉu laponoj ankoraŭ loĝas en ĉi tiaj kabanoj?" demandas Anton.

"Nu, somere jes en iuj lokoj, sed eble ne plu ĉi tie. Mi pensas ke povas esti sufiĉe agrabla loĝejo."

"Ĉu agrabla? Estas primitiva kabano por sovaĝuloj. Tio pruvas ke ili estas malsupera raso."

"Iam vi asertis ke ju pli nordaj homoj, des pli inteligentaj. Tion mi klare memoras", diras Tomas, kirlante la supon sur la alkohola kuirilo.

"Mi ne celis laponojn kaj eskimojn kaj similajn."

"Fakte", daŭrigas Tomas, "la sveda ŝtato iam malpermesis al sameoj loĝi en ordinaraj domoj. Oni volis ke ili restu sameoj kaj ne iĝu svedoj. Aliflanke oni kreis la tielnomatajn nomadlernejojn, kiuj estis internulejoj kie oni malpermesis al la sameaj infanoj paroli sian gepatran lingvon. Iom paradokse, ŝajnas. Nu, mi pensas ke jen la supo pretas, do vi povas veni kun viaj teleroj."

Ili sidas manĝante, blovante sur la varmegan kaj dolĉan mirtelan supon.

"Hodiaŭ la plej multaj sameoj vivas en urboj kaj havas ĉiajn ordinarajn profesiojn, de profesoroj ĝis minlaboristoj. Nur malplimulto bredas boacojn. Kelkaj servas turistojn, kiel la gemastroj de nia gastejo, aŭ kreas tradiciajn artmetiaĵojn."

"Ĉu ili estis sameoj?" surprizite ekkrias Moa.

"Mi pensas ke jes. Sed ne eblas certi. Sameoj estas pli-malpli simila miksaĵo kiel ni ĉiuj. Laŭ arkeologiaj DNA-esploroj unu homgrupo vivis ĉe Pireneoj antaŭ dek ok mil jaroj. De tie ili sekvis la boacojn norden, kiam la klimato pliboniĝis, kaj fine ekloĝis en norda Skandinavio. Cetere, kelkaj el tiuj pireneanoj male migris suden kaj iĝis prapatroj de la nunaj berberoj en norda Afriko. Do, ekzistas genetika ligo inter sameoj kaj berberoj, sed kompreneble temas nur pri eta parto de ilia DNA. Poste, el oriento venis tute alia grupo al Skandinavio antaŭ du mil jaroj. Kredeble tiuj lastaj alportis la samean lingvon, kiu apartenas al la finn-ugra familio. Eventuale ili krome enkondukis la boacbredadon, ĉar antaŭe oni nur ĉasis sovaĝajn boacojn. Sed sameo povas aspekti ĉiel ajn. Ĉu vi ne konas tiun kantiston, Jon Henrik Fjällgren, kiu miksas popon kun tradicia samea kantado? Li estas adoptita el Sudameriko, samkiel vi, Anton. Tamen li estas sveda sameo, kaj vi estas skania svedo. Ne gravas, kie vi naskiĝis. Kiel oni diras, se la naskiĝloko estus decida, Jesuo estus bovido."

Anton aŭdeble elsnufas, aŭ eble li nur blovas sur la supon.

"Do, ne ekzistas samea raso, Anton. Tamen vi ne estas la unua kun tiu ideo. Mi povus rakonti bizaran historion pri la sveda rasbiologo Herman Lundborg, sed vi ja ne aprezas prelegojn. Kaj cetere, mi devas ankaŭ iom manĝi..."

La pado pluiras iomete supren tra betularo, tamen tiel maldensa ke oni senĉese havas belan panoramon al ĉirkaŭaj montoj, sur kiuj ankoraŭ restas iom da neĝo. Post kelkaj kilometroj la tri piedirantoj maldekstre vidas vicon da gruzaj altaĵetoj, konataj kiel 'la Piramidoj'. Ili estas morenaj postlasaĵoj de la granda glacio antaŭ dek mil jaroj, laŭ Tomas. Samtempe aŭdiĝas plurfoje sonora grakado de korvo fluganta super la dekstra deklivo. Krom tio regas nekutima silento, rompata nur de etaj naturaj sonoj, kiel la lirlado de fluanta akvo kaj la milda susurado de vento.

Pli fore la triopo sekvas riveretan ravinon, jen kaj jen preskaŭ kanjoneton, ĝis ili atingas aron da lignaj domoj apud lageto. Kiel antaŭdiris Tomas, la gastejo situas piede de du montoj ne tre krutaj.

La mastro lokas ilin en ĉambro kun kvar litoj, po du duetaĝaj, kaj ili tuj demetas la dorsosakojn kaj ekripozas surlite. Post duonhoro Tomas tamen montras malpaciencon.

"Fakte ni devus iom aktivi. Ĉi tio ne estas hotelo, do ni devos alporti akvon, haki brullignon kaj poste prepari nian vespermanĝon. Krome mi scivolas pri la aliaj gastoj."

Estas la plej frua komenco de la turista sezono. La mastro alvenis piede antaŭ kelkaj tagoj, kaj hodiaŭ la solaj aliaj gastoj estas germana paro da pensiuloj. Tomas sendas la gejunulojn unue ĉerpi akvon el la lago per sitelo.

"Ĉu ni trinkos tiun akvon?" demandas Anton.

"Certe. Trinkegu, vi certe trovos ĝin multe pli bona ol tiu el viaj kranoj en Malmö."

Poste li akompanas ilin al la ŝtipejo kaj supervidas hakadon de ligno.

"Ni faru ankaŭ kelkajn etajn splitojn por ekbruligi pli facile. Ĉi tie ni ne uzas benzinon."

Li tuj bedaŭras tiun malicaĵon, sed Anton ŝajne aŭ ŝajnige ne atentis ĝin. Tomas tamen reiras endomen kaj lasas la gejunulojn plu haki. Dum Moa dishakas kelkajn ŝtipojn en splitetojn, Anton plenigas keston per ŝtipoj pli grandaj. Post iom li ĉesas kaj rektigas la dorson. Ĵetante al ŝi singĝenan rigardon li demandas:

"Kial vi detondis kaj farbis la harojn?"

"Ha, ĉu nun vi jam rimarkas tion? Estis bonega decido. Mi ege ĝuas la mallongajn. Kaj kiom da tempo mi ŝparas! Sed ili jam komencas elkreski."

"Sed kial tiu ruĝa koloro?"

"Ĝi plaĉas al mi. Mi tediĝis esti blondulino. Neniu prenas blondulinon serioze. Ĉiuj stultuloj supozas ke blondulino estas sencerba kaj ke facilas enlitigi ŝin."

"Tio estas la sinteno de araboj kaj similaj fremduloj."

"Tute ne", diras Moa. "Ankaŭ tiuj azenoj, kiuj mem blondas, pensas same."

Ŝi splitigas ankoraŭ unu ŝtipon kaj kolektas la erojn.

"Sed nun vi aspektas iomete kiel lesbanino", li diras paŭte.

"Ha ha! Ankaŭ Fabian komence murmuris ion tian. Tamen mi rapide pruvis al li la malon. Sed fakte mi ekhavis la ideon vidante Helle-n lastsomere. Ĉiuokaze, Fabian ŝatas kuspi al mi la nukajn harojn. Provu!"

Ŝi kaptas lian maldekstran manon, kiu ne tenas la hakilon, kaj glitigas ĝin supren laŭ la malantaŭo de sia kapo. Li retiras la manon.

"Ne timu. Mi ne perfortos vin", ŝi diras, ridetante al li duone moke.

Por vespermanĝo Tomas varmigas bovan raguon el ladskatolo aĉetita surloke. La gasteja mastro havas butiketon kun sekaj kaj enladaj varoj. Samtempe la mastro anoncas ke li baldaŭ ekhejtos la saŭnon, kiu estas aparta dometo tuj apud la akvo.

Anton ne volas saŭni, sed Moa sukcesas persvadi lin. Do, dum la suno ŝajne ne tre volas subiri sed almenaŭ proksimiĝas al la horizonto en nordokcidento, ili eniras la saŭnon, kie fajro brulas en fera kameno. Baldaŭ la dometo plenas, ĉar alvenas ankaŭ la mastro kaj la germanaj geedzoj. La du gejunuloj estas zorge envolvitaj en siaj bantukoj kaj ŝajnas embarasiĝi inter la nudaj pliaĝuloj.

Tomas iom babilas angle kun la germanaj geedzoj. Ili venis ĉi-loken hieraŭ de Anaris.

"Sed restis multe da neĝo ĉi-flanke de la pasejo", diras la viro. "Ĝis la genuoj, kelkloke."

"Nu, ni planas paŝi okcidenten, do ni esplorebe havos malpli da neĝo. Ĉu mi rajtas verŝi iom da akvo sur la ŝtonojn?"

Tomas ĵetas du ĉerpilojn da akvo kiu tuj plenigas la saŭnon per varmega vaporo.

"Mi eliros por lavi min", anoncas Moa post kelka tempo. "Bonvolu resti ĉi tie ĝis mi avertos."

Lavinte sin per akvo varmigita sur la kameno, ŝi eĉ enakviĝas en la apudan lageton sed fulmrapide revenas surteren kaj kaŝas sin en la bantuko.

"Preta", ŝi vokas al la aliaj saŭnantoj. "Sed la akvo estas absolute glacia!"

Poste kuŝante en la supra lito, kiun ŝi elektis, ŝi memorigas la patron sube kuŝantan pri tio, kion li menciis antaŭe:

"Paĉjo, kion vi volis rakonti pri tiu rasbiologo?"

"Ha, ĉu ne tro malfruas por prelego?"

"Mi pensas ke ĝi eble helpos endormiĝi."

"Dankon pro la komplimento. Nu, bone, sed ŝajne Anton jam dormas, do mi prokrastu tion ĝis morgaŭ.

La plano de Tomas estas modifita. Anton volas suriri la apudan monton *Saanta*, kaj Moa subtenas lian ideon.

"Estus strange promeni en la montaro sen supreniri sur monton. Kiom ĝi altas?"

Ili kune rigardas la mapon konstatante, ke ĝia pinto atingas nur iom pli ol mil ducent metrojn super la maro, aŭ kvarcent super la gasteja domo. Do, post pigra matenmanĝo ili ekiras kun malpeza pakaĵo. Ili supreniras iom post iom laŭ la okcidenta flanko, serĉante komfortan terenon. Neniu pado videblas. Baldaŭ malfermiĝas perspektivo suden tra longa rekta valo flankata de krutaĵoj. Kiam ili preteriras rokan altaĵeton, proksime antaŭ ili grego da boacoj ekmoviĝas kaj rapide forkuras de ili, kvazaŭ fluante laŭ la deklivo.

"Kiel belaj!" diras Moa. "Mi ŝatus veni pli proksimen."

"Ili verŝajne ne permesos tion", diras Tomas.

"Ĉiuj havas kornojn, ĉu ne? Kaj maskloj kaj inoj."

"Jes, vi pravas. Jen egaleca besto!"

Post du horoj ili jam staras sur la pinto. Ili admiras la vidaĵon ĉirkaŭ si klopodante distingi, kie ili paŝis hieraŭ. Blovas malvarmeta vento, do ili baldaŭ serĉas senventan lokon sur la orienta deklivo por pikniki. Tiuflanke restas neĝo jen kaj jen, sed en la suno estas agrable.

"Nun mi volas aŭdi pri la rasbiologo", diras Moa maĉante krakpanon.

"Bone, do mi rakontu kion mi memoras pri Herman Lundborg. Li estis psikiatro, kiu proksimume en 1910 ekhavis kontakton kun movado por tielnomata rashigieno aŭ eŭgeniko. Tiu movado disvastiĝis el Germanio en Skandinavion, sed ankaŭ alilande, ekzemple en Usono, ĝi longe estis grava. La gvidantoj grandparte estis kuracistoj, sed aliĝis ankaŭ aliaj pintuloj el la supera klaso. Ĝi baziĝis sur la ideo, ke diversaj individuoj havas malsaman valoron, kiu dependas de la genoj. Tial oni devas malhelpi al la malaltkvalitaj homoj ekhavi idojn, kaj male instigi la altkvalitajn pariĝi kun aliaj altkvalitaj homoj. Se ne, la tuta popolo degeneros. Sociajn problemojn kiel krimoj, alkoholismo, malriĉeco, prostituado, naskoj ekster geedzeco kaj tiel plu, oni konsideris sekvoj de genetikaj mankoj. Do, socialaj reformoj estis sensencaj aŭ eĉ malutilaj. Sufiĉe oportuna ideo por la supera klaso, evidente."

"Ĉu tio do estis politika movado?" demandas Moa.

"Oni prezentis sin kiel scienca movado, sed fakte temis grand-parte pri politikaj kaj klasaj antaŭjuĝoj. Tamen ekzistas ja malsanoj heredataj per la genoj, kaj Lundborg komence esploris unu tian, specifan variaĵon de epilepsio, en regiono de sudorienta Svedio. Be-daŭrinde li havis sufiĉajn sciojn nek pri genetiko nek pri statistiko, do li ne atingis science validan rezulton. Baldaŭ li tamen anstataŭe ekinteresiĝis pri Laponio. Laŭ la ideoj de tiutempaj rasistoj, ekzistis multaj diversaj rastipoj, ankaŭ ene de Eŭropo, kaj la plej valora estis la norda aŭ ĝermana. La plej granda danĝero estis, se homoj el tiu grupo miksiĝos kun malpli valoraj rasoj. En norda Svedio li volis studi tri rasojn: svedojn, finnojn kaj sameojn, kaj la hibridojn inter tiuj. Kompreneble en tiu tempo ne eblis studi la genojn mem, do oni observis kaj registris la koloron de haroj kaj okuloj, mezuris larĝecon kaj longecon de kranioj kaj faris tre subjektivajn prijuĝojn de korpa kaj vizaĝa aspektoj. Ŝajne li ne bone komprenis distingi denaskajn trajtojn de akiritaj. Dum pli ol dudek jaroj li pasigis plurajn monatojn ĉiujare en Laponio, vagante de loko al loko, plenigante formularojn, fotografante homojn, kelkfoje nudajn, mezurante kapojn kaj tiel plu."

"Ĉu ili ne protestis? Aŭ ĉu li faris tion perforte?"

"Ne perforte, sed li estis universitata profesoro el Upsalo kaj ne bezonis peti permeson. Verŝajne la sameoj jam dum jarcentoj da koloniado lernis ke ne indas kontraŭstari la svedan ŝtaton. Krome ŝajnas ke homoj ofte ekŝatis lin, precipe virinoj. Kaj li evidente tre ŝatis Laponion, eble eĉ la sameojn, kvankam li konsideris ilin malpli valora raso. Li estis homo plena de paradoksoj. En 1922 li atingis ke oni fondis ŝtatan instituton de rasbiologio en Upsalo, la unua en la mondo, kun li kiel ĉefo. Samtempe li multe kunlaboris kun alilandaj rasbiologoj, precipe en Germanio. Tiuj poste iĝis ĉefaj ideologoj de la nazia politiko kun rasismaj leĝoj kaj finfine la koncentrejoj kaj ekstermejoj. Ĉe ni en Svedio ja ne estis tiaj sekvoj, sed pli malfrue oni amase steriligis svedojn, precipe junajn virinojn, kiujn la aŭtoritatoj trovis senvaloraj, kaj tio baziĝis sur la rasbiologiaj kaj eŭgenikaj ideoj. Motivo por steriligi knabinon povis esti faritaj krimoj, malalta inteligenteco, tielnomata promiskua konduto, aŭ tio ke ŝi estis ano de tiuj vojaĝantoj, pri kiuj mi parolis hieraŭ. Cetere, ankaŭ kelkloke en Usono okazis la samo. Ĉe ni tiu deviga steriligado daŭris ĝis la 1970-aj jaroj."

"Kia fiaĵo! Mi ne sciis tion", diras Moa kaj ĉesas manĝi. "Tio sonas kiel pura naziismo! Mi aŭdis nur tion ke oni ĵus ĉesis postuli steriligon de homoj, kiuj volas ŝanĝi sian sekson."

"Nu, Lundborg efektive iĝis nazio, sed la baza ideo, ke necesas malhelpi al senvaloraj individuoj ekhavi idojn, estis subtenata de homoj el ĉiuj politikaj partioj. Normale scienco konsistas en sistema studado de la realo, surbaze de kiu oni formas teorion. La rasbiologoj faris la malon de scienco: ili komencis per la teorio ke ekzistas kvalita hierarkio de pluraj homaj rasoj, kaj poste ili serĉis indikojn pri tia diverseco. Dum kelka tempo la teamo de Lundborg ekzemple faris sangotestojn de sameoj kaj aliaj svedoj. Kiam la testoj montris neniun diferencon, oni tutsimple ne publikigis la rezulton. Same pri la fotoj de homaj tipoj – oni elektis montri nur tiujn, kies aspekto ŝajnis pravigi la ideon pri malsamaj rasoj."

"Ĉu aliaj sciencistoj ne protestis?"

"Komence ne, sed iom post iom lia ekstrema rasismo vekis kritikon en Svedio, eĉ de kolegoj en lia instituto, kaj Lundborg ne plu ricevis la deziratan ŝtatan subtenon. Sed restas la plej bizara parto de lia historio. Vagante tra Laponio, li ĉiam zorgis ke akompanu lin juna asistantino, kutime el la loka loĝantaro, do finnino aŭ sameino, kiu rolis ankaŭ kiel interpretisto. Nu, li havis plurajn sinsekvajn, kaj kiam unu gravediĝis, li aranĝis por ŝi abortigon, kio kompreneble estis krimo tiuepoke. Ŝi estis finnino, kaj rasmiksiĝo estis la plej granda minaco kontraŭ la sveda popolo, laŭ li. Krome li hejme havis edzinon kaj infanojn. Sed kiam ankaŭ la dua helpantino gravediĝis, li eksciis tion tro malfrue, do ne eblis malhelpi al ŝi naski lian filon. Li klopodis aranĝi ke ŝi lasu la filon al adoptado, sed ŝi rifuzis tion. Anstataŭe li do aranĝis por ŝi laboron kiel purigistino en lia rasbiologia instituto en Upsalo. Finfine, kiel emerito, Lundborg eĉ edziĝis al ŝi post la morto de lia unua edzino. En lia ampleksa kolektita materialo ŝi estas klasita kiel miksrasulo finna-lapona."

"Ha ha, kia hipokritulo! Kion liaj kolegoj pensis pri tio?"

"Nu, li longe klopodis konservi la sekreton, sed sendube oni multe klaĉis pri li kaj liaj diversrasaj amatinoj."

Dum la longa rakonto de Tomas, Anton sidis silenta, komence manĝante, poste nur rigardante alidirekte, al la monta pejzaĝo oriente de ilia piknikejo. Ankaŭ nun, kiam Tomas rapidas enbuŝigi buterpanon, li diras nenion. Sed kiam ili stariĝas por malsupreniri de la monta deklivo, li finfine diras:

"Ne gravas tio, kion montras diversaj sangotestoj. Oni facile vidas ke diversaj rasoj aspektas malsame, kaj ankaŭ ke ili kondutas malsame."

Tomas dum kelkaj paŝoj pripensas kiel respondi.

"Certe homoj aspektas malsame, eĉ ene de Eŭropo. Sed se vi parolas pri popoloj, ne individuoj, temas nur pri averaĝaj diferencoj. Kiel mi diris antaŭhieraŭ, ni ĉiuj originas en Afriko, kaj niaj prapatroj venis ĉi tien laŭ iom diversaj vojoj kaj en malsamaj epokoj. La averaĝa procento de prapatroj el tiuj malsamaj vojoj certagrade varias en diversaj partoj de Eŭropo. Ekzemple en Sardio oni trovas aparte altan procenton de ŝtonepokaj terkulturistoj inter la prapatroj. Sed tio ne signifas ke ekzistas sarda raso. Same ĉe sameoj estas iom pli alta procento de ŝtonepokaj ĉasistoj kaj de viroj el Uralo inter la prapatroj ol ĉe aliaj svedoj. Sed ĉiam eblas trovi individuojn kun aliaj genoj. Do mi ripetas, ĉiu individuo havas miksaĵon de genoj el diverssloke, kaj ĉiu grupo estas miksaĵo el diversgenaj individuoj. Tiu iama rasbiologio estis pseŭdoscienco. Antaŭjuĝoj, tutsimple. Hodiaŭ oni havas metodojn por pruvi tion per DNA-analizoj."

Li plilongigas la paŝojn por atingi Moa-n, kiu ekiris malsupren kiel la unua. Iom hezite Anton postsekvas. Dum kelka tempo ili serĉas sian vojon inter densa aro da grandaj blokoj falintaj suben de la monta krutaĵo. Pli fore, Moa refoje turnas sin al sia patro.

"Ĉiuokaze", ŝi diras, "oni ja bezonas freŝan sangon de ekstere. Se ne, ĉio stagnas. Imagu izolitan vilaĝon kie ĉiu pariĝas kun alia sam-vilaĝano dum pluraj generacioj. Aŭ reĝan familion, kie oni edziĝas

nur ene de la sama rondeto el princoj kaj princinoj. Ili ekhavas he-
redajn malsanojn kaj iĝas idiotoj, ĉu ne?"

Tomas ekridas.

"Mi ne estas biologo, kaj vi eble iom troigas la riskojn. Sed principe
vi sendube pravas. Genetika vario devas esti utila. Sen genetika vario
la natura selektado ne funkcias. Se refoje mencii la neandertalulojn,
ili havis malgrandan genetikan varion, almenaŭ ĉe la fino, kredeble
ĉar ili vivis en etaj izolitaj grupoj. Eble tio kontribuis al ilia malapero.
Inter la hodiaŭaj homoj ni preskaŭ nuligis la naturan selektadon,
sed mi supozas ke genetika vario plu estas bona afero ankaŭ por ni.
Certe ja por eviti heredajn malsanojn, sed eble ankaŭ el pli ĝenerala
vidpunkto."

"Ĉu ne estas tute same pri kulturoj?" pluas Moa. "Kulturo kiu
izolas sin devas stagni, ŝajnas al mi. Necesas influoj de ekstere por
evolui."

"Nu, principe mi skeptikas al paraleligo inter biologia kaj socia
evoluoj", komentas Tomas. "Kiel socia sciencisto mi devas averti
kontraŭ tia rezonado. Tamen oni povus rigardi vian komparon kiel
analogian bildon. Alegorion, eble. Kaj tutcerte eblas trovi ekzemplojn,
kiuj ŝajnas pravigi ĝin. Ĉinio dum pluraj jarcentoj, ekzemple. Ankaŭ
Japanio dum certa epoko. Kaj Sovetunio en la ĵusa historio. Tie la
revolucio kaj sekva 'socialismo en unu lando' kvazaŭ frostigis la
socion kaj haltigis ĝian evoluon. Cetere ŝajnas al mi, ke tio estas ofta
konsekvenco de revolucioj. La malpacienco kaj sopiro je rapida ŝanĝo
kondukas al posta halto de socia evoluo. Tamen, se oni volus esplori
tion science, ne sufiĉus pluki nur ekzemplojn kiuj ŝajnas subteni la
teorion. Tio signifus agi same kiel la iamaj rasbiologoj."

Marina promenas kun Letti tra la urbo, kie ŝi naskiĝis kaj restadis
ĝis la adoltaj jaroj. Post tiu tempo ŝi tamen nur okaze vizitis ĝin.
Nun ŝi retrovas lokojn, kiuj iam signifis al ŝi multon, kaj ŝi rekonas
ilin kaj tamen ne rekonas. La urbocentra paperfabriko jam estas
luksa koncertejo. La apudrivera parko, kie iam restadis alkoholuloj
kaj droguloj, nun havas ludejon plenan de infanoj kaj iliaj gepatroj.
Komprenebla la urbo do ŝanĝiĝis de tiam, sed plej gravas ne la fizikaj

ŝanĝoj. Ŝi sentas tre intense ke ŝi ne hejmas ĉi-urbe. Nun eĉ ŝajnas al ŝi, ke ŝi neniam hejmis ĉi tie.

Ili vizitas la bibliotekon, kie iam laboris ŝia patrino. La loĝdomegoj, kiujn desegnis ŝia patro, kaj pri kiuj li tre fieris, jam havas trivitan aspekton. Kaj apude staras novaj apartamentaroj pli luksaj. Aperas al ŝi la penso, ke tiam oni konstruis por malriĉuloj, sed nun jam por riĉuloj. La bierejoj, kie ŝi iam sidis babilante kun Tomas kaj aliaj junuloj, ŝanĝiĝis aŭ malaperis. Sed anstataŭe aperis multaj novaj. La centro de la urbo estas pli polurita ol tiutempe.

Kompreneble Letti tediĝas de tiaj promenoj. Ili faras novan ekskurson, ĉi-foje al arbara lageto por naĝi, sed la knabino kutimas je pli imponaj strandoj kaj plendas pri la bruna akvo, kiu laŭ ŝi odoras malfreŝe.

"Tiel estas en arbaraj lagoj", klarigas Marina. "Ĝi tamen estas sufiĉe pura. Eble eĉ pli pura ol la markolo ĉe ni en Malmö."

Sed alifoje Marina promenas sola enurbe, dum Letti restas en la apartamento havante oftan telefonan kontakton kun Alice. La knabino sopiras reveni hejmen, rimarkante ke ŝia amikino ofte kunestas kun alia samklasanino, Julia, kaj ŝi komencas iomete timi, ke tiu duopo firme kunfandiĝos antaŭ ol ŝi mem revidos ilin. Letti ja estas ŝatata de preskaŭ ĉiuj, sed alian vere proksiman amikon ŝi apenaŭ havas krom Alice.

Do pro pluraj kialoj ŝi petas panjon Marina, ke ili plejeble frue revojaĝu hejmen. La timo pro la du minacaj nazioj jam paliĝis. Sed ne eblas tuj hejmeniri. Necesas atendi la revenon de Anton el la jemtlanda montaro.

14

La reveno de la tuta familio fariĝas reunuiĝo kun sufiĉe da nervozeco kaj miksitaj sentoj, almenaŭ ĉe Marina. Helle laboros ankoraŭ semajnon antaŭ sia libertempo sed nun denove tranoktas hejme en Malmö. Dum tiu semajno Marina restas multe en la apartamento sed malgraŭ ĉio eliras de temp' al tempo. Unufoje ŝi persvadas Antonon akompani ŝin en ekskurso al la urbeto Ystad, kie ili partoprenas en gvidata promeno inter lokoj konataj el la famaj krimromanoj de Henning Mankell pri komisaro Wallander. Cetere Anton restadas en sia ĉambro kiel antaŭe, plej ofte trans fermita pordo, kiun li tamen ne plu baras. Letti pasigas la plejparton de la tempo kun Alice kaj Julia, interalie en ĉevalejo, kie Julia kutimas rajdi. Unufoje la du aliaj knabinoj rajtas prove rajdi poneojn, kaj ambaŭ tuj decidas peti la gepatrojn pri permeso vere komenci rajdadon.

La nazioj ne plu montras sin. Nur unufoje Marina je distanco vidas viron, kiu povus esti unu el ili, sed eble li estas senkulpa aliulo. Ĉiuj familianoj tamen klopodas laŭeble neniam eliri kaj reveni solaj, por malkreskigi la riskon en okazo de nova minacvizito. Kelkfoje la patro de Alice aŭte veturigas Letti-n al ŝia hejmo kaj eĉ akompanas ŝin supren laŭ la ŝtuparo. Alifoje Marina renkontas ŝin en interkonsentita loko, de kiu ili hejmeniras kune.

Marina scivolas pri la montaraj tagoj de Anton.

"Ĉu vi kontentas pri la vojaĝo kun Tomas kaj Moa?"

Li tiras la ŝultrojn kaj ŝajne pripensas la aferon.

"La piedirado estis en ordo. Ni supreniris sur du montojn. Sed Tomas estas tedulo kun sia senĉesa komunista propagando."

"Ĉu komunista? Tomas? Mi dubas. Sed ĉu vi do multe kverelis kun li?"

"Ne, tute ne. Mi ne aŭskultis liajn predikojn."

"Kaj kiel vi rilatis al Moa?"

"Neniel. Normale. Ŝi estas stultulo."

Marina rigardas lin dum kelka tempo. Kiam la triopo revenis al Norrköping, Tomas ŝajnis kontenta, dum Moa tuj malaperis al sia koramiko. Eble ankaŭ Anton esence kontentas. Ne facilas interpreti lian ĵargonon. Almenaŭ devus esti bona sperto por li dum kelkaj tagoj pensi pri io alia ol la hejmaj problemoj. Cetere, ŝi ne scias kiom li kutime pensas pri ili. Li iĝis netravidebla, nemalfermebla konko.

Ĉiuokaze regas relativa trankvilo en la familiaj rilatoj, kiam komenciĝas la libertempo de Helle kaj oni povas ekiri en komuna feria vojaĝo. Anton ja malemas kaj petas permeson resti hejme, tamen sen vera energio. Finfine li enaŭtiĝas kun la aliaj dum silento, lokante sian sakon meze de la malantaŭa benko kiel barikadon kontraŭ la fratino. Kaj jen ili ekveturas direkte al Jutlando.

La patro de Helle estas sepdekkvinjara pensiulo, emerita konstruentreprenisto. Antaŭ jaro li vendis sian unufamilian domon konstruitan antaŭ preskaŭ tridek jaroj de li mem kaj liaj dungitoj, kiam li divorcis de Inge kaj forlasis la ĉefurban regionon. Nun li loĝas en negranda apartamento, kie malfacilas nokte gastigi la tutan familion, do ili rezervis ĉambron en gastejo.

Ili restas du tagojn en Vejle. En unu el tiuj la tuta kvinopo kunpremiĝas en la Škoda de Helle kaj Marina por eta ekskurso al Jelling, kie ili rigardas la runŝtonojn starigitajn de Harald Bludenta kaj lia patro Gorm antaŭ pli ol mil jaroj.

Marina antaŭe supozis ke Anton entuziasmiĝos pri tiuj ekzemploj de malnova vikinga kulturo. Sed li rigardas la du ŝtonojn montrante neniun videblan reagon. Anstataŭe Morten, la patro de Helle, recitas la rune ĉizitajn tekstojn kaj komentas ilin.

"Ĝi parolas pri 'tiu Harald, kiu konkeris tutan Danion kaj Norvegion, kaj kristanigis la danojn'. Do li estis sufiĉe fanfaronema, tiu bludentulo. Laŭ mi neniu sukcesis vere kristanigi la danojn, eĉ ĝis hodiaŭ."

"Ĉu li vere konkeris ankaŭ Norvegion?" demandas Marina.

"Eble ĉeestis neniu norvego, kiu povus protesti, kiam oni starigis la ŝtonon", supozas Helle.

"Nu, ĉiuokaze estas belaj ŝtonoj."

"Dana dezajno", ridetas Helle.

"Fakte oni diras ke la stilo de la granda ŝtono estas influita de angla aŭ irlanda kulturo", korektas Morten.

"Amuze ke lia patrino nomiĝis Tyra", diras Letti. "En mia lernejo estas unu Tyra. Ne en mia klaso, sed en alia kvina klaso."

"Ĉu estas vero ke la nuna reĝino Margareta estas prafilino de tiuj Gorm kaj Tyra?" demandas Marina.

"Oni diras tion", respondas Morten. "Sed fakte en la frua mezepoko la familia linio iris laŭ sufiĉe kurbaj vojoj. Oni kalkulas jen laŭ la vira linio, jen laŭ la virina, kaj per tiu metodo pli-malpli ĉiuj homoj estas parencoj, ĉu ne? Krome pri kelkaj idoj la patreco povus esti pridisputata. Sed mi konsilus ne mencii tion, precipe ne parolante svede. Eble iuj ofendiĝus."

Li staras apogante sin al barilo ĉe la ŝtonoj, levante la dekstran manon por ŝirmi la okulojn de la suno. Al Marina li tiumomente aperas sufiĉe simila al Helle, kvankam pli alta kaj pli kurba. Ŝi scivolas, ĉu troveblus ia simileco inter ŝi kaj ŝia patro, se li vivus. Ĉiel ajn necesas akcepti ke ne indas serĉi tiajn similecojn en ŝia nuna familio.

"Sed kial li nomiĝas Bludenta?" scivolas Letti.

"Nu, eble li uzis Bludenton en sia poŝtelefono", ridas Morten.

"Serioze, Avo!"

"Oni ne certas. Aŭ li havis putran denton, aŭ temas tute ne pri dento sed alia vorto, kiu signifas 'ĉefo' aŭ ion similan. Ĉiuokaze 'blua' signifis ankaŭ 'nigra' en tiu tempo. Laŭ alia teorio, Bludento origine estis nomo de lia glavo, kaj oni nomis lin laŭ lia armilo. Evidente, familiaj nomoj tiam ne ekzistis, kaj certe estis multaj Harald-oj."

Post supreniro sur la du apudajn tumulojn kaj mallonga promeno tra la vilaĝo ili reiras al Vejle kaj vespere disiĝas de avo Morten. Sekvatage ili pluiras norden kaj post nelonga pramveturo atingas la insulon Samsø. La luata domo situas inter pinoj kaj aliaj somerdomoj proksime de la maro. Ili instaliĝas kaj komencas espori la ĉirkaŭaĵon. Neniu el ili antaŭe vizitis la insulon, kaj la turismaj retpaĝoj parolas precipe pri trankvila kampara vivo, bela naturo kaj ĉarmaj vilaĝoj.

En la tago de alveno neniu havas energion por kuiri, do ili vizitas rapidvorejon en la apuda vilaĝo. Manĝinte ili faras mallongan promenon inter tradiciaj domoj kun pajlokovritaj tegmentoj kaj poste reiras al la somerdomo. Ĝi havas du etajn dormoĉambrojn kaj kombinitan salonon kaj kuirejon. Anton rifuzas kundividi ĉambron kun Letti, do ŝi ĝoje ricevas propran ĉambron, dum li dormos sur sofolito en la salono.

Estas la unua nokto en la domo sur Samsø. La infanoj ŝajne jam endormiĝis. Marina kaj Helle klopodas iom post iom retrovi unu la alian. Ili estas koramikinoj de dek tri jaroj, kaj edzinoj de ok. Ĉi lasta jaro estis la plej kriza de ilia kuna vivo. Nun ili kuŝas proksime unu ĉe la alia, kisante kaj karesante.

"Mi ne lasos vin", flustras Helle. "Kio ajn okazos, ni restu kunaj. Fidu min, Marina. Mi neniam forlasos vin."

Marina karesas ŝian fortan, elastan korpon.

"Mi klopodos kredi vin. Mi volas, sed tio ne facilas."

Ŝi kaptas kaj unge premas la brakojn de Helle.

"Venu", ŝi diras. "Kuŝiĝu sur min."

Helle turnas sin por ekrajdi ŝin, kaj baldaŭ ili ambaŭ ekmoviĝadas anhele en la lito. Sed post nelonga tempo aŭdiĝas batoj sur la vando. Estas Anton, kies sofolito staras tuj transvande. Ili senmoviĝas kvazaŭ frostigite, retenante la spiron. Obtuze aŭdiĝas lia malalta voĉo de ekster la ĉambreto.

"Ĉesu pri viaj naŭzaj aferoj!"

Helle rigidiĝas. Ŝiaj muskoloj streĉiĝas. En momento ŝi salte ekstaras el la lito, malfermas la pordon kaj eliras nuda en la salonon, haltante post du-tri paŝoj antaŭ la kuŝanta knabo.

"Aŭskultu, Anton. Jam delonge vi estas sufiĉe aĝa por kompreni pli bone ol vi montris ĵus. Silentu, damne! Akceptu ke viaj patrinoj havas kunan vivon. Se ne..."

Ŝia duonflustra voĉo estas aspra.

"Vi ne estas mia panjo!" li elsputas. "Nek Marina!"

"Ne rekomencu tiun merdon. Se vi ne povas silenti, vi ne dormos endome. Elektu!"

Anton senvorte turnas al ŝi la dorson, kuŝante sur la flanko enlite. Ŝi restas staranta dum kelka tempo.

"Mi estas serioza, Anton. Ne rekomencu tiajn kretenaĵojn! Mi avertas vin."

"Foriru! Vi estas naŭza. Vi fetoras!"

Li tiras la litkovrilon super la kapon kaj kuŝas senmova kaj silenta. Post iom Helle reiras en la ĉambreton kaj fermas la pordon. Ŝi rekuŝiĝas apud Marina, sed dumlonge ili silentas, nur leĝere tuŝante unu la alian. Ne facilas rekomenci.

"Prefere ni dormu", flustras Marina. "Estos pli bone."

"Jes."

Tamen la dormo longe prokrastiĝas por ili ambaŭ. Marina streĉas la orelojn, sed de ekstere aŭdiĝas plu nenio. Ŝi demandas sin, ĉu ŝia familio iam ajn denove fariĝos normala. Kaj kio do estas normala familio?

Marina vekiĝas malfrue. Kiam ŝi eliras el la dormoĉambro, Helle kaj Letti sidas ĉe la tablo matenmanĝante. Anton ne videblas.

"Bonan matenon", ŝi diras duondorme.

"Bonan", respondas Helle. "Aŭ eble ne. Anton malaperis."

"Ĉu vi hodiaŭ ne vidis lin?"

"Ne."

"Nu, eble li iris al la strando."

"Li ne ŝatas strandojn", diras Letti.

"Bone, sed espereble li reaperos baldaŭ. Ĉu li ion matenmanĝis?"

"Videblis neniu spuro de tio", diras Helle.

"Nu. Vi kuiris kafon, mi supozas."

"Bonvolu."

Antaŭtagmeze ili restas en la domo kaj sur ĝia teraso kaj malvasta gazono. Estas griza vetero sed ne pluvas. Por lunĉo Helle preparas danajn buterpanojn. Poste ili diskutas, ĉu necesas aktive serĉi la knabon. Marina kaj Letti iras al la strando kaj paŝas kilometron en unu direkto kaj poste samlonge en la alia. La vetero ne invitas al naĝado, kaj ili vidas nur malmultajn homojn.

Reveninte al la domo, Marina proponas ke ili aŭtu en la vilaĝon por serĉi lin.

"Lasu tion, Marina", diras Helle. "Li manifestacias."

"Mi ne ŝatas ke vi nokte minacis elĵeti lin el la domo."

"Stultaĵo! Mi ne minacis. Mi diris nur ke li kondutu normale dum li estas en ĉi tiu domo."

"Tamen tio eble igis lin forkuri."

"Donu al li tempon. Li revenos por manĝi kaj dormi, kredu min."

Do ili restas legante, retumante, ludante kartojn endome kaj badmintonon sur la gazono. Por vespermanĝo ili kune kuiras terpomkaĉon kaj fritas kolbasojn. Ili manĝas sen multe da babilado.

Tuj postmanĝe Marina aŭtas en la vilaĝon. Ŝi haltas ĉe la burgerejo, kie ili manĝis hieraŭ, por demandi ĉu Anton venis tien hodiaŭ. La du komizoj ne certas. Venas tien sufiĉe multe da turistoj, tamen solan adoleskulon nekonatan ili ne memoras. Ŝi pluveturas tra pli-malpli ĉiuj stratetoj de la vilaĝo kaj poste reiras al la somerdomo. Sed ankaŭ tie li mankas.

"Ĉu ni avertu la policon?" ŝi diras, revenante al Helle.

"Ankoraŭ ne. Li volas puni nin. Supozeble li ja kunportas iom da mono, sed certe ne sufiĉe por sola vojaĝi hejmen. Kaj kien li irus aliokaze? Mi pensas ke li atendos ĝis mallumiĝos, kaj tiam li enŝteliĝos en la domon."

Tiunokte nek Marina nek Helle emas je seksumado, kvankam neniu filo ĉeestas por ĝeni aŭ esti ĝenata. Marina dormas tre malbone, vekiĝante fojon post fojo je ĉiu kraketo en la domo, je ĉiu ventpuŝo tra la eksteraj pinoj kaj fojfoje je nenio ajn krom la propra penso, ke nun finfine li eble reaperas. Sed ne; ankaŭ matene li forestas. Je la naŭa horo Helle telefonas al la loka polico. Post momento, klariginte ke temas pri sveda junulo, ŝi tuj ekscias ke li troviĝas ĉe la polico kaj estas je bona sano.

Hieraŭ tagmeze li estis kaptita, kiam li dufoje provis eniri la pramon al Kalundborg senbilete. Unuafoje oni simple rifuzis lin, sed duafoje, kiam li provis enŝteliĝi inter la aŭtoj, oni volis postuli de li punpagon, kaj kiam li rifuzis identigi sin, oni alvokis la insulan policon. Li tamen daŭre rifuzis respondi, kie estas liaj gepatroj. Kiam la policisto vidis per lia identigilo, ke li estas svedo kun la nomo Antônio Aubert, li supozis ke la gepatroj troviĝas surinsule kaj tial komencis telefoni al la tendumejoj, hoteloj kaj luigantoj de somerdomoj. Tio tamen estis vana laboro pro la simpla kialo, ke la luon prizorgis Helle. Ilia luiganto komprenebla ne sciis ke la danino Helle Thorsen havas svedan familion kun la franca nomo Aubert.

Helle ekiras aŭte por repreni la filon kaj se necese pagi punon al la pramkompanio. Survoje ŝi lasas Marina-n kaj Letti-n vilaĝe por butikumi. Tagmeze la tuta kvaropo denove estas kolektita en la somerdomo. Brilas la suno, la aera varmeco proksimiĝas al dudek kvin gradoj, sed la familia temperaturo falis sub nulon. Neniu parolas.

Ĉiu el ili sidas ĉe la ĝardena tablo kvazaŭ en sia propra mondeto, maĉante la pretan frititan kokidaĵon kun terpomfingroj, kiun Marina kaj Letti alportis elbutike. De ambaŭ flankoj brulodoras je viando rostata de la najbaroj. Postmanĝe Helle prenas trian botelon da biero kaj sidiĝas en ombro de la domo kun kopenhaga ĵurnalo.

"Mi iros al la strando por naĝi", anoncas Letti.

"Ne sola, mi petas", tuj reagas Marina. "Ni ne konas la maron ĉi tie. Atendu momenton; mi akompanos vin."

Dume Anton kuŝiĝas sur la sofo kaj fermas la okulojn. Ŝajne interesas neniun, ĉu li vere endormiĝas aŭ nur imitas tion. Post kelka tempo Marina tamen klopodas ekscii, kion li intencis per sia forkuro.

"Ĉu vi volis vojaĝi hejmen?"

"Ne zorgu pri tio."

"Kompreneble mi zorgas! Ni ĉiuj zorgas pri vi. Ni ĉiuj amas vin! Vi ne estas sola en la mondo. Ĉu vi ne komprenas tion?"

Li ne respondas sed turnas sin for de ŝi sur la sofo. Dum kelka tempo ŝi cerbumas, kiel konduti al li. Ĉu lasi lin en paco? Ĉu ŝajnigi ke okazis nenio aparta? Aŭ ĉu plu insisti, ĉu daŭre altrudi sin por eble iam estonte finfine trarompi la barieron? Ŝi ne scias, kio estas la bona sinteno. Evidente Helle kaj ŝi havas malsamajn strategiojn. Laŭ Helle necesas klare fari postulojn al li, prezenti fiksajn regulojn. Marina trovas tion vana kaj eble eĉ kontraŭefika. Ŝi opinias ke oni prefere klopodu por trovi komunajn interesojn kun li, negoci, klarigi al li ke alia konduto utilos al li mem. Ĝis nun tio tamen montriĝis same vana. Do, kiel agi?

Letti tiras ŝin el la cerbumado per refoja peto.

"Panjo Marina, se vi ne venos, mi tamen iros sola al la strando. Serioze! Certe estas aliaj homoj tie."

Marina stariĝas kaj iras preni siajn bankostumon kaj bantukon.

Pli malfrue, post la vespermanĝo, Marina denove turnas sin al Anton.

"Karulo, se vi ne havis monon eĉ por prambileto, kiel vi imagis ke vi sukcesos vojaĝi hejmen sola? Kaj se vi iel venus hejmen, kiel vi akirus manĝon? Ĉu vi intencis ŝteli? Ni kune iris ĉi tien, kune ni restados en la luata domo, kaj kune ni veturos hejmen. Ni estas familio kaj dependas unu de la alia. Ĉu vi ne komprenas tion?"

"Vi ne estas mia familio!"

Marina suspiras. Ŝi ne penetras tra lia ŝirmilo. Tamen ŝi ne povas ne pensi pri sia propra infanaĝo kaj junaĝo. Se ŝi tiam estus pli kuraĝa, eble ŝi dirus la samon al siaj gepatroj. Aŭ almenaŭ al la patro. Tamen, vole-nevole ili ja estis ŝia familio, same kiel ŝi, Helle kaj Letti estas la familio de Anton. Sed se ŝi mem kiel adoleskulo ne sentis la familian apartenon tute natura, kiel ŝi povas atendi ke li nepre akceptu ĝin?

Ankaŭ dum la kvara tago sur Samsø Anton restas kuŝanta sur la sofo. La cetera triopo ekskursas al alia bordo de la insulo, kie Letti naĝas dum la patrinoj promenas surstrande sub kruta klifo. Blovas varma vento de la maro. Marina imagas flari odorojn de la transaj Jutlandaj kampoj.

"Li ŝajnas deprimita", ŝi diras. "Ni eble devus konsulti kuraciston. Aŭ psikologon, iun de la psikiatrio por gejunuloj."

"Mi dubas ĉu tio helpus", diras Helle. "Li atendas la juĝproceson, same kiel ni, kaj dume li maltrankvilas kaj trovas ĉion sensenca. Tio ne estas stranga. Almenaŭ estas unu bona afero: li apenaŭ plu renkontas tiujn imbecilojn."

"Sed ĉu vi pensas ke li kontaktas ilin telefone?"

"Eble, sed mi ne rimarkis tion. Verŝajne ili provas kontakti lin. Eble ili sendas minacojn aŭ ordonojn, kion li diru en la proceso."

Marina konsideras tion dum kelka tempo. Poste ŝi ĵetas rigardon al Letti kaj vokas:

"Ne tiel fore, mi petas, Letti!"

La knabino turnas la kapon al la tero.

"Kion?"

"Naĝu pli proksime!"

Ŝi iom proksimiĝas al la tero. Marina denove turnas sin al Helle.

"Mi ofte demandas min, ĉu li estis tro aĝa je la adopto. Eble estis eraro venigi lin ĉi tien."

Helle rigardas ŝin konsternite. Ŝi metas brakon ĉirkaŭ ŝin kaj tiras ŝin pli proksimen. Ili paŝas sur strando el poluritaj ŝtonoj kaj gruzeroj, kiuj kraketas sub la piedoj.

"Kial do pensi pri tio?" diras Helle. "Ne cerbumu pri aferoj de antaŭ dek jaroj! Cetere, se vi ne venigus lin, ankaŭ Letti restus tie, en la orfejo, ĉu ne?"

Marina rigardas ŝin kaj kapjesas penseme.

"Liaj nunaj stultaĵoj tute ne ŝuldiĝas al tio", daŭrigas Helle. "Kiel tio do eblus? En la unuaj jaroj ĉio pasis bone kaj li estis absolute normala knabo. Memoru kiel dorlote li zorgis pri la fratino! Espereble ĉi tio pasos kaj li forlasos la frenezaĵojn. Estas normale ke adoleskulo ribelas. Necesas al ĉiuj tondi la umbilikan ŝnuron. Li nur elektis abomenan tondilon."

"Sed tio ne okazis pro hazardo. Temas pri tio, ke li iel ŝvebas inter la kontinentoj. Mankas al li radikoj."

"Baf! Radikoj, ĉu?" elsnufas Helle. "Radikoj estas por legomoj!"

"Sed ĉiu homo devas scii, kiu li estas. Li ne scias tion, kaj pro tio li serĉas tian absurdan rolon. Li serĉas identecon."

Letti jam turnis sin kaj nun naĝas alidirekte, do ankaŭ la patrinoj ŝanĝas promendirekton. Ili paŝas iomete ŝanceliĝe pro la malebena grundo. Helle lasas la talion de Marina kaj anstataŭe kaptas ŝian manon.

"Diru al mi, Marina, kiu do estas vi? Ĉu vi scias tion? Ĉu ne ĉiu homo serĉas rolon? Aŭ eble plurajn rolojn?"

Marina suspiras.

"Vi pravas. Jen la granda defio de mia tuta vivo. Kiu mi estas? Eble pro tio ankaŭ Tom fariĝis tia serĉanto."

Helle amarete ekridas. Ŝi rigardas Marina-n deflanke kun ironia mieno.

"Jes, komprenebe. Kulpas vi. Kulpas la adopto. Kulpas mi, ĉar mi estas senradika danino. Kulpas via patro, la franca esperantisto kiu enamiĝis al svedino. Kulpas la divorco de miaj gepatroj. Aŭskultu, Marina. Tia serĉado de pasinta kulpo estas centprocente vana. Sen-senca, senutila. Eble ja kulpas iu. Ekzemple lia biologia patro, kiun neniu konas. Nu, kaj do? Kion fari pri tio hodiaŭ?"

Dum kelka tempo Marina senvorte cerbumas. Letti elakviĝas kaj prenas sian grandan bantukon, kuŝantan surstrande. Ili atingas ŝin kaj Marina komencas froti al ŝi la dorson kaj brakojn tra la blua bantuko.

"Ĉu vi frostas? Vi restis enakve tro longe, ŝajnas al mi."

"Aj, ĉesu! Ja estas sufiĉe varme. Sed mi iom laciĝis. Mi ne kutimas naĝi tiel longe. Kiom mi naĝis, laŭ vi?"

"Mi ne scias. Certe kelkcent metrojn. Ĉu vi malsatas?"

"Ne, sed mi soifas. Strange ke oni povas eksoifi meze de la akvo!"

Ili sidiĝas sub la klifo kaj elsakigas limonadon, termoson da kafo kaj vienajn bulkojn. Marina rigardas Helle-n apud ŝi. Eble ĉi-nokte ili povos daŭrigi, kion ili komencis antaŭ du tagoj. Ŝi klinas sin flanken al ŝia ŝultro.

"Ankaŭ mi trovas ne tre grave paroli pri la pasinteco", ŝi diras. "Gravas, kion ni povas fari nun."

"Pri kio vi parolas?" scivolas Letti kun la botelo enmane.

"Pri Anton", diras Helle.

"Kompreneble. Ĉiam Anton", Letti vinagras kaj trinkas plu.

Marina rektiĝas kaj rigardas ŝin kompate. Jen ankoraŭ unu malbona sekvo de lia lastatempa konduto. Pro ĝi ili povis malpli multe atenti la filinon. Ŝi ekdeziras diri ion pozitivan kaj kuraĝigan al Letti, sed ne scias kion. Ĉu promesi al ŝi, ke aŭtune ŝi rajtos rajdi? Sed unue necesus diskuti tion kun Helle. Kaj eble entute ne estas bona ideo kompensi mankon de atento per multekosta hobio. Cetere, kiu scias? Eble post du-tri jaroj la trankvilo kaj bona adaptiĝo de Letti jam ĉesos, kaj ankaŭ ŝi komencos adoleskan ribelon?

15

Marina jam delonge rekomencis sian laboron, kaj meze de aŭgusto ankaŭ Helle revenas al sia muzea laborejo. Iutage Marina devas longe paroli telefone kun virino el la Sociala Servo pri Anton kaj liaj familiaj cirkonstancoj. Laŭdire oni serĉas informojn necesajn por la venonta juĝproceso, sed malfacilas kompreni la celon de la demandoj. Tamen Marina bonkondute respondas ĉion pri si mem, Helle kaj Anton. Espereble tio almenaŭ ne malutilos al li, ŝi pensas.

Ĉi-somere la interpafadoj de krimaj bandoj ŝajne translokiĝis el Malmö en Kopenhagon. Laŭ la ĵurnaloj tri grupoj unuiĝis por batali kontraŭ kvara pli potenca bando pri la krima merkato de drogoj kaj ricelado. La pafado okazas precipe en la kvartalo Nørrebro kaj la nordokcidenta sektoro de la ĉefurbo, do ne sur la stratoj tra kiuj pasas Helle. La polico deklaris 'inspektan zonon' en parto de la urbo, en kiu oni rajtas eĉ sen konkreta suspekto korpe priserĉi homojn surstrate por trovi armilojn. Dum la somero oni plenumis centojn da tiaj priserĉoj, tamen sen trovi eĉ unu pafilon. Malgraŭ tio okazis almenaŭ dudeko da pafadoj inter krimuloj.

"Nu, ankaŭ ĉi-flanke tiuj frenezuloj plu pafas", komentas Marina, kiam Helle grumblas pri la pli kaj pli intensa kopenhaga vendeto. "Lastan dimanĉon iu eniris inter amason da homoj en festejo, kriis 'kiu batis mian fraton?' kaj pafe vundis du aŭ tri homojn, laŭ la ĵurnala apo."

"Mi pensis ke ili lastatempe iom trankviliĝis", diras Helle. "Sed eble la ĵurnalo simple laciĝis raporti pri la afero. Ne plu estas novaĵo."

Des pli multe la amaskomunikiloj dum kelkaj tagoj rakontas pri granda tumulto en la usona urbo Charlottesville, kie novnazioj kaj anoj de blankula supereco atakis homojn protestantajn kontraŭ ilia manifestacio. Unu ekstremdekstrulo eĉ aŭte surveturis kaj mortigis junan virinon, vundante plurajn aliajn. Nun oni raportas ke pluraj svedaj nazioj partoprenis en la rasisma manifestacio, kiu evidente estis longe kaj zorge planita.

Marina rigardas la fotojn de la perfortemaj usonaj rasistoj, kies celo estis kontesti la forigadon de statuo de la konfederacia generalo

Lee. Kelkaj aperas en la pintaj kapotoj de *Ku Klux Klan*, aliaj havas razitajn kapojn aŭ grandajn barbojn kaj estas vestitaj en iaj uniformoj.

Ili tenas bastonojn aŭ pafilojn enmane, eĉ mitraletojn, kaj protektas sin per kaskoj kaj ŝildoj kun hokokrucoj kaj aliaj faŝismaj simboloj. Ŝi pensas pri la amikoj de Anton. Ĉu iuj el tiu rondo veturis al Usono por partopreni en la batalo? Kompreneble li ĝis nun nenion diris kaj eble eĉ ne aŭdis pri la okazaĵo. Li ja ne legas ĵurnalon, nek spektas televidajn novaĵojn. Sed en interretaj forumoj sendube aperas informoj. Ĉiuokaze li havas siajn proprajn zorgojn, kiuj kredeble plene okupas lian menson.

Nur kelkajn tagojn poste okazas alia atako, en kiu liveraŭto veturas plenforte en homamason, mortigante dek kvar personojn kaj vundante centon. Ĉi-foje temas pri la turista promenstrato *La Rambla* en Barcelono. Ne plu eblas kalkuli, kioma en la vicordo estas tiu atako.

La juĝproceso ĉe la distrikta tribunalo de Malmö komenciĝas la dudekunuan de aŭgusto. En la sama mateno la plej granda loka ĵurnalo publikigas kolumnon de la ĵurnalisto Amanda Rehn, kie ŝi komentas la proceson kaj la brulatencon kontraŭ ŝia domo.

'Kiam ni vidas novnaziojn marŝi', ŝi skribis, 'kun siaj standardoj, slogantukoj, svastikoj kaj aliaj simboloj, klamante siajn frapfrazojn, levante la brakojn en hitlera saluto, ni kutime trovas ilin bizaraj kaj ridindaj. Sed nun estas tempo ĉesi ridi. Ili ne estas klaŭnoj, sed teroristoj. Antaŭ malpli ol kvar monatoj mia tuta familio povus morti en brulanta domo. Miaj infanoj povus esti murditaj aŭ orfigitaj. Ni ĉiuj povus hodiaŭ ne plu ekzisti, aŭ vegeti kiel dumvivaj kripluloj, pro tio ke kelkaj teroristoj nokte verŝis benzinon sur nian domon kaj ekbruligis ĝin, dum endome dormis viro, virino kaj du infanoj. Kaj ili volis mortigi nin ne pro ia privata ĵaluzo, nek por ŝteli nian monon, sed por terori, por timigi la urbanojn, por ruinigi la demokratan socion kaj silentigi tiujn, kiuj defendas ĝin. Jam estas urĝa tempo ĉesi ridi. Necesas malliberigi la kulpulojn kaj senpovigi iliajn helpantojn kaj simpatiantojn. Ni devas defendi nin. Ni devas defendi la liberecon. Ni devas ne plu toleri la maltoleremon. Se ni ne komprenas tion, la libereco jam ne plu ekzistas. Ili volas timigi nin, kaj ni ja timas. Mi timas pro miaj infanoj kaj pro mi mem. Sed eĉ timante ni devas rezisti la teroron. Se ni pro timo paraliziĝas, ili jam venkis kaj ni devos plu timadi por ĉiam. Necesas rezisti la teroron; se ne, ĝi restos konstanta.'

Hieraŭ vespere Tomas venis al Malmö kaj tranoktis ĉe Marina kaj Helle. Same kiel ili, li liberigis sin de sia laboro por ĉeesti dum la proceso. Nun ili ĉiuj sidas ĉirkaŭ la matenmanĝa tablo. Dum Helle verŝas al ŝi pli da kafo, Marina klopodas legi la kolumnon de Amanda Rehn. Ŝi tamen tro malkoncentriĝas por kompreni ion, do ŝi baldaŭ lasas la ĵurnalon. Letti stariĝas por ekiri al sia lernejo, kie ŝi ĵus komencis la sesan klason. La aliaj restas, atendante la horon de la proceso.

La distrikta juĝejo situas en moderna konstruaĵo malantaŭ la urbodomo ĉe la Granda Placo. Por eviti problemon pri parkado ili iras buse tien. Tuj enirinte, Anton estas kondukata flanken de sia defendisto. La cetera triopo devas atendi inter kelkaj aliaj scivoluloj, ĵurnalistoj kaj grupo da junuloj, el kiuj kelkaj estas simile vestitaj kiel la duopo, kiu antaŭ du monatoj minacis Marina-n. Kiam ŝi observas ilin, ŝi kredas rekoni almenaŭ unu el ili. Aliaj surhavas alispecan uniformon: nigran pantalonon, blankan ĉemizon kaj nigran kravaton strange enŝovitan inter la ĉemizajn butonojn. La ĉeesto de tiuj personoj kaŭzas ĉe ŝi malbonfarton, sed ŝi klopodas fortigi sin per la vortoj en la kolumno de Amanda Rehn, kvankam ŝi memoras ilin nur nebule. Ni rezistu eĉ se ni timas, ŝi pensas memori.

Post kvaronhora atendo aŭdiĝas anonco de la proceso, kaj jen ili povas eniri kaj trovi sidlokojn. Malantaŭ Marina, Helle kaj Tomas sidiĝas la nazioj. Estas malagrable, sed kion fari? Antaŭe dekstre sidas la tri akuzatoj kun siaj advokatoj. Anton turnas sin antaŭen tiel ke videblas preskaŭ nur lia dorso. Maldekstre sidas la prokuroro kaj tri aliaj personoj, kies rolo ankoraŭ ne tute klaras al Marina. Antaŭe meze staras tableto kaj seĝo, kie sidas neniu.

Envenas la juĝisto, asesoro kaj tri laikaj juĝantoj. Kvar el ili estas relative maljunaj viroj en ordinaraj grizaj kompletoj. La asesoro estas tridekjarulo en kompleto pli eleganta. Sed la prokuroro estas mezaĝa virino en malhelverda tajlorkostumo. Komenciĝas kelkaj formalaĵoj, kiujn Marina nur duone komprenas. Oni alvokas kaj prezentas la diversajn rolulojn. La personoj maldekstraflanke apud la prokuroro montriĝas esti la plendantoj, tio estas la geedzoj Karlholm-Rehn, kaj ilia advokato. Kiam oni prezentas ilin, de malantaŭe inter la publiko aŭdiĝas marŝtakta tretado de fortikaj ŝuoj kontraŭ la planko. La juĝisto petas pri silento, kio vekas ridojn de la tretintoj. Nur post refoja averto kaj batoj per la martelo de la juĝisto, estiĝas silento en la juĝejo. Post tio la juĝisto konstatas ke nenio malhelpas komenci la proceson.

Ekparolas la prokuroro. Ŝi prezentas la akuzon kaj resume priskribas kiel kaj kiam la krimo okazis, laŭ ŝia opinio. La triopo estas akuzata pri kompliceco de mortminaca brulatenco, ĉar oni ne sukcesis montri per la esplorado, kiu aŭ kiuj el ili fakte ekbruligis la domon. La tri defendaj advokatoj prezentas la sintenon de siaj klientoj. Oni ekscias ke ili ĉiuj neas kulpon pri la asertita krimo.

Poste denove venas la vico de la prokuroro. Nun ŝi prezentas pli detalajn rezultojn de la policesploro inkluzive de pridemandadoj kaj fizikaj indicoj. Laŭ ŝi la akuzato Hannes Nilsson aĉetis benzinon por sia aŭto kelkajn tagojn antaŭ la brulo, pagante per sia kreditkarto, kaj tiam plenigis ankaŭ plastan ujon per benzino. En la nokto inter la tria kaj kvara de majo li kunvenis kun la du aliaj akuzatoj en sia hejmo ĉe la strato Vendelsfridsgatan, post pluraj telefonaj interparoloj kaj tekstmesaĝoj inter la triopo. Ili aŭtis al la proksimaĵo de la elektita celo, la vicdomo de la familio Karlholm-Rehn ĉe la strato Rudbecksgatan. Alportante la benzinujon la triopo estis observita de atestanto, kiu survojis hejmen iom post la dua horo nokte. Post gvatado ĉe la domo la triopo alproksimiĝis, ŝprucfarbe pentris sagoforman simbolon de la Norda Fronto surtrotuare, elverŝis benzinon sur la aŭtejon kaj la ĉefpordon de la domo kaj ekbruligis ilin. Dum tiu procedo aŭ pli frue portante la benzinujon la akuzato Antônio Aubert misverŝis benzinon sur sian jakon. La jako kun benzino kaj lia DNA poste estis trovita en rubujo de unufamilia domo ĉe strateto je du domblokoj for de la ekbruligita domo. La akuzato Love Söderström tretis sur la teron sub rododendra arbusto, lasante tie piedsignon de sia dekstra laĉboto, kiun la polico poste ĉe traserĉo de lia loĝejo konfiskis kiel pruvaĵon. La malplenan plastan benzinujon oni provis ĵeti en la fajron, sed ĝi resaltis elen kaj estis retrovita de la polico, kvankam tre misformita de la varmego. Reveninte al sia aŭto, Hannes Nilsson kun aŭ sen siaj du komplicoj alveturis kaj dum momento haltis proksime de la fajro, kie lia aŭto estis observata de du personoj. Post la ago la triopo disiĝis, sed en la sekvaj tagoj okazis denove intensa telefonado inter ili kaj kun du aliaj personoj, kiuj laŭ la Sekureca Polico estas aktivuloj de la Norda Fronto, same kiel Hannes Nilsson kaj Love Söderström.

Post tiu iom detala enkonduko la prokuroro eĉ pli plonĝas en detalojn. Ŝi prezentas filmsekvencon el gvatkamerao de benzinejo, kie Hannes Nilsson aĉetis benzinon vespere la unuan de majo. Oni vidas lin plenigi la benzinujon de sia aŭto, poste kaŭri malantaŭ ĝi kaj fine enmeti helan ujon en ĝian kofron. Plue ŝi citas la enhavon de kelkaj tekstmesaĝoj senditaj aŭ ricevitaj per la poŝtelefonoj de la triopo, mesaĝoj kiujn la polico sukcesis rekrei. La mesaĝoj estas aŭ tre ĝeneralaj, kiel memorigoj pri kie kaj kiam oni renkontiĝu, aŭ plenaj de lingva kodo. 'Ne forgesu la supon'. 'Morgaŭ leviĝos la suno'. 'Ni iros lulkanti al la bebo' kaj similaj. Pri la voĉaj interparoloj ŝi raportas, kiu telefonis kiam al kiu, kaj kie en la urbo oni troviĝis okaze de la interparoloj, laŭ informoj de la telefonkompanioj. Dum la efektiva plenumo de la brulatenco ne okazis telefona komunikado, kio laŭ la prokuroro supozigas, ke la triopo tiam estis kune, tenante la telefonojn malŝaltitaj. Ŝi raportas ankaŭ pri la telefonalvoko de Helle Thorsen al la polico kaj pri la polica raporto de la vizito ĉe Marina Aubert. Nek unu nek la alia tamen estos vokita atesti, pro la proksima parenceco kun la akuzato Antônio Aubert. Simile ŝi raportas pri interparolo kun la patrino de la akuzato Love Söderström. Laŭdire la panjo supozis ke ŝia filo dormis dum la koncerna nokto, ĉar ŝi nek vidis nek aŭdis lin. Ankaŭ ŝin oni ne alvokos atesti.

La prezentado fare de la prokuroro estas sufiĉe dormiga. Ŝi parolas per iom monotona voĉo kaj ŝajnas mem ne tre interesiĝi pri la detaloj. Marina, sidanta inter Helle kaj Tomas, malbone dormis dumnokte kaj komencas senti kapdoloron. La nazioj sidantaj malantaŭe ŝajne ekperdas la paciencon kaj komencas flustri, murmuri, tusi kaj ridi inter si. Unufoje la juĝisto petas pri silento, sed ankaŭ li ŝajnas iom laca kaj indiferenta. Eĉ pli lacas evidente unu el la laikaj juĝantoj, kalvulo kun ruĝeta vizaĝo, ĉar li fermis la okulojn kaj kliniĝas dorsen en suspektinda maniero.

Post la prezentado de la akuzoj venas la vico de la defendistoj. Unu post la alia la tri advokatoj prezentas siajn kontestojn kontraŭ la asertoj de la prokuroro. Ili ne donas alternativajn rakontojn pri tio, kio okazis en la koncerna nokto, sed klopodas veki dubon pri la certeco de ĉiu punkto en la versio de la prokuroro. La telefonaj interparoloj povus temi pri absolute ĉio ajn.

La cititaj tekstmesaĝoj povus esti nuraj ŝercoj sen ajna serioza signifo, kaj eĉ se la interpreto aludita de la prokuroro estus ĝusta, sendita mesaĝo ne pruvas plenumitan agon, kaj ricevita mesaĝo eĉ malpli. Ĉiu advokato atentigas ke ekzistas neniu ajn pruvo, ke lia kliento vere renkontis la du aliajn en la koncerna nokto, kaj se li renkontus ilin, tio povus esti por babili kaj amuziĝi. Nenio pruvas ke ili vere ĉeestis sur la strato Rudbecksgatan. Ke Hannes Nilsson de temp' al tempo bezonas aĉeti benzinon por sia aŭto estas tute normale, kaj nenio ligas la plastan benzinujon al li, se la restanta plastaĵo efektive iam estis benzinujo. La trovita piedsigno ne nepre estas farita per la ŝuo de Love Söderström, kiu similas tiujn de centoj da aliaj personoj. La individuaj trajtoj trovitaj de la polica teknikisto povus ŝuldiĝi al nura hazarda simileco. Kaj eĉ se vere temus pri lia ŝuo, nenio indikas kiam la piedsigno estas farita. La fakto ke iu forĵetis la benzinmakulitan jakon de Antônio Aubert ĉe alia strato pruvas neniun ligon al la brulo nek al la koncerna nokto – tio povus okazi je iom alia okazo. Kaj ĉiuokaze nenio pruvas ke li mem forĵetis ĝin. La dokumentita moviĝado de la tri poŝtelefonoj dum la vespero pruvas nenion pri posta ekbruligo nek pri aliaj agoj, kaj cetere la telefono de ĉiu kliento povus esti prunteprenita de tute alia persono. Sume kaj resume la asertoj de la prokuroro baziĝas sur nepruvitaj supozoj, kiuj ne sufiĉas por kondamnoj. Trifoje ripetiĝas la deklaro, ke kion ajn eventuale faris la du aliaj akuzatoj, ĉiuokaze nenio ligas mian klienton al la brulo, do necesos trovi lin senkulpa pri la akuzo.

Post tiuj imponaj senkulpigoj oni interrompas la proceson por tagmeza paŭzo. La publiko eliras, la akuzatoj eliras, kaj iom pli malfrue eliras la advokatoj, juĝantoj, prokuroro kaj la geedzoj Karlholm-Rehn. En la vestiblo gardas kelkaj policistoj por konservi ordon, sed malgraŭ tio estiĝas granda konfuza pelmelo el homoj. La nazioj – akuzataj kaj ne – kolektiĝas en rondo, kie troviĝas ankaŭ Anton. Kiam ili ekvidas Amanda-n Rehn, ili komencas aŭdigi laŭtajn insultojn kaj minacojn al ŝi.

"Komunista putino! Atendu nur! Perfidulo! Vi vidos kio okazos! Baldaŭ vi pentos!"

Du policistoj alkuras por eskorti ŝin kaj ŝian edzon elen, sed neniu agas iel ajn kontraŭ la kriantaj nazioj.

Tomas sukcesas kapti Antonon kaj venigi lin eksteren kun Marina kaj Helle, kaj de tie ili rapidas tra flankstrato al la Granda Placo kaj plu suden en restoracion. Anton lasas sin konduki sen protesti.

Al Marina estas stranga sento elveni el la konstruaĵo kaj trovi la mondon tute sama kiel antaŭe, intense lumigata de klara suno kaj ventumata de milda brizo. Ŝajnas al ŝi ke pasis tagnoktoj en la juĝejo.

"Kia skandalo, ke oni permesas tian konduton!" diras Helle en ŝokita tono. "Oni devus tuj aresti ilin. Estis ja evidente krimaj minacoj!"

"Mi tre miras ke ne ĉeestas pli da policistoj", diras Tomas.

"Kaj kial tiuj uloj rajtas resti en la juĝejo? Mi komprenas nenion", diras Helle.

"Kiom daŭros la proceso?" Marina lace demandas. "Ĉu iu scias?"

Estiĝas silento dum ili sidiĝas ĉe tablo.

"Du tagojn, laŭ la advokato", sciigas Anton.

"Kaj kiam oni pridemandos vin?" demandas Tomas.

"Ĉi-posttagmeze, mi supozas."

"Ĉu vi interkonsentis kun via defendisto, kion diri?"

Anton kapjesas senvorte.

Ili elektas pladojn kaj baldaŭ ricevas ilin. Marina tamen apenaŭ sukcesas gluti sian salikokan salaton. Ŝi trinkas akvon, prenas sendolorigilon kontraŭ sia kapdoloro kaj plu atendas silente. Ankaŭ Anton silentas super sia pico, dum Helle kaj Tomas interŝanĝas banalaĵojn. Marina ne scias kiel ŝi eltenos du tagojn en la juĝejo. Ŝi antaŭvidas turmentan restadon. Samtempe ŝi pensas ke Anton devas senti eĉ pli fortan premon.

"Ĉu oni sciiĝos la verdikton morgaŭ?" ŝi fine demandas.

Neniu scias.

Postpaŭze sekvas pridemandado de la geedzoj Karlholm-Rehn, kies domon oni ekbruligis. Unue la prokuroro petas ilin rakonti pri la timiga nokto en majo.

"Mi vekiĝis pro ia bruo eksterdome", diras Linus Karlholm sen-
urĝe, kvazaŭ memorigante al si la okazon. "Unue mi supozis ke estas
preterpasantoj surstrate, do mi volis reendormiĝi, sed kiam mi ĵetis
rigardon al la fenestro, ŝajnis al mi ke estas stranga lumo ekstere. Mi
rigardis la horloĝon; ĝi montris dudek antaŭ la tria. Mi ellitiĝis kaj iris
malfermi la latkurtenon por gvati. Tiam mi vidis flamojn ĉe la aŭtejo
maldekstre de la fenestro. Samtempe mi imagis ekflari fumodoron.
Mi tuj vekis Amanda-n, mian edzinon, kaj kuris el la ĉambro. Mi
malsupreniris laŭ duono de la ŝtuparo, kaj tiam mi vidis flamojn kaj
fumon en nia vestiblo, ĉe la ĉefpordo. Mi rekuris al Amanda, kriis
ke brulas kaj ni devas tuj eliri el la domo, kaptis mian poŝtelefonon
kaj kuris en la ĉambron de la infanoj, vekis la knabon kaj prenis la
knabinon en la brakoj. Amanda venis tuj post mi kaj prenis la knabon
ĉe la mano, kaj tiel ni malsupreniris, evitis la fajron en la vestiblo
kaj kuris en la salonon ĝis la teraspordo. Ĝuste tiam ekalarmis la
fajrodetektilo de la supra etaĝo; tiu en la malsupra neniam sonis; eble
pro senŝarga baterio. Amanda malfermis la teraspordon kaj ni eliris
sur la terason, en noktovestoj, nudpiede. Mi sidigis la duonvekan
Fredrika-n surteren, poste mi klavis cent dek du sur la telefono kaj
petis la fajrobrigadon."

Li paŭzas, kaj la prokuroro reprenas la parolon:

"Se ni dum momento revenu al la sono, kiu vekis vin. Ĉu vi povas
priskribi ĝin?"

Li pripensas.

"Ne vere. Mi pensis pri ia objekto falanta, sed mi ja dormis, do
mi ne povas diri. Nur poste mi ekpensis, ke eble krevis la vitro de la
enireja fenestreto."

"Ĉu vi vidis homojn surstrate?"

"Ne."

"Kiom aĝas viaj infanoj?"

"Axel aĝas ok kaj Fredrika kvin."

"Dankon. Ĉu vi restis sur la teraso ĝis la fajrobrigado alvenis?"

"Ne. Mi volis reiri endomen por preni ŝuojn kaj supervestaĵojn,
sed Amanda haltigis min kaj refermis la terapordon de ekstere. Mi
vidis ke kelkaj vestoj en la vestiblo jam brulas, kaj la fajro sufiĉe prok-
simas al la ŝtuparo, do ŝi ja agis prudente. Sed ni surhavis tre mal-

multe. Mi ankaŭ pensis pri nia eta fajroestingilo, sed ĝi troviĝas en la vestiblo, apud la enira pordo, kaj cetere tute ne sufiĉus. Nu, mi daŭre tenis la telefonon enmane kaj devis kelkfoje klarigi al la viro ĉe la Savcentralo kio okazas, kaj tio daŭris sufiĉe longe, ŝajnis al mi. Post iom ni tamen transpaŝis la barilon de la maldekstraj najbaroj kaj iris frapeti al ilia teraspordo. Post pluraj frapoj, ili eklumigis kaj la viro venis malfermi kaj enlasi nin. Ni rapide klarigis, do la virino iris serĉi plejdojn kaj poste vestaĵojn por prunti al ni. Ni malfermis ilian ĉefpordon por rigardi, kiel ĉio aspektas, kaj ĉu la brulo minacas ankaŭ ilian domon. Tiam ni vidis ke la aŭtejo kaj nia pordo kaj frontmuro brulas, kaj samtempe mi vidis alproksimiĝi la unuan aŭton de la fajrobrigado. Ĝuste tiam estis forta eksplodo en nia aŭtejo, kaj flamoj ŝprucis kiel faskego el la pordo. Tio estis la aŭto, kompreneble. Antaŭ ol oni komencis estingi, mi reeniris ĉe la najbarojn por provi vestaĵojn kaj ŝuojn. Tio estis kvin minutoj antaŭ la tria."

"Ĉu videblis homoj surstrate?"

"Homoj ne, sed aŭto kun lumantaj postlampoj malrapide moviĝis antaŭen kaj poste haltis ĉe la transa rando de la strato, eble tridek aŭ kvardek metrojn for. Kiam alproksimiĝis fajroestinga aŭto, tiu kaŝis ĝin, kaj poste ĝi jam malaperis."

"Ĉu vi povas priskribi ĝin?"

"Ne bone. Estis malhela personaŭto, nedifinebla laŭ koloro kaj marko. Mi vidis nek la numerplaton nek kiom da homoj estis en ĝi."

"Ĉu vi plu sekvis la estingadon?"

"Ne senĉese, pro la manko de vesto. Sed ĝi okazis rapide ĉe la domo. Pri la aŭtejo kaj aŭto oni okupiĝis pli longe. Eble unu horon aŭ iom pli. Oni ŝprucigis akvon ankaŭ sur la najbarajn fasadojn, por preventi disvastiĝon de la fajro. Dume alvenis ankaŭ la polico."

La prokuroro dankas lin kaj petas ankaŭ Amanda-n Rehn rakonti kion ŝi memoras. Ŝi konfirmas la plej multajn detalojn de sia edzo. Dum ŝi parolas, rekomenciĝas la marŝtakta tretado de la nazioj, kaj la juĝisto denove batas per sia martelo, petante pri silento. Kiam Amanda reprenas la parolon, aŭdiĝas sonoj de ŝajnigata ronkado de malantaŭe, sed tion la juĝisto ne komentas. Eble lia aŭdokapablo ne estas tute perfekta.

Post la pridemandado fare de la prokuroro, la juĝisto donas la parolon al la advokato de la plendantoj, la geedzoj Karlholm-Rehn. Tiu stariĝas kaj direktas sin al Amanda.

"Bonvolu diri, ĉu vi lastatempe antaŭ la brulo spertis minacojn?"

"Jes, senĉese. Ne nur lastatempe, sed jam de jaroj. Eĉ pli post la brulo."

"Kiajn minacojn?"

"Ĉiajn. Plej multe en Interreto, per sociaj komunikiloj kiel Facebook kaj Twitter. Ankaŭ en la retpaĝoj de ĵurnaloj, kaj kelkfoje per poŝto al la redaktejo de mia ĵurnalo. Antaŭ jaro venis minacoj ankaŭ al nia hejma adreso. Tiam ni ŝanĝis poŝtan adreson al alia loko, por ne plu ricevi tion hejme, kaj kiam iu frakasis la leterujon de nia domo, ni ne metis novan."

"Kion enhavis tiuj minacoj?"

"Mi jam kelkfoje publikigis ekzemplojn de tio en Interreto. Oni silentigos min, mortigos min, seksperfortos min, venos al mia hejmo, kaj malagrablaj aferoj okazos ankaŭ al miaj infanoj. Cetere, mi forgesis diri ke iam oni ankaŭ telefonis kaj retmesaĝis, sed jam delonge ni havas sekretajn numerojn kaj retadresojn."

"Ĉu oni minacis ke brulos?"

"Jes, dufoje. Kaj ke mia aŭto eksplodos, kiam mi ekigos ĝin. Ni kelkfoje denuncis la minacojn ĉe la polico, sed vane, komprenebe."

"Kiel tiuj minacoj influis vian ĉiutagan vivon?"

"Nu, antaŭ la brulo ne tre multe. Komprenebe mi delonge evitas mencii mian telefonnumeron, retadreson, loĝejadreson kaj tiel plu en publikaj medioj. Sed ĝis nun mi supozis ke temas pri bojantaj hundoj, kiuj ne mordos. Kaj la infanoj kutime nenion rimarkis. Nun jam estas alie. La domo jam estas riparita, sed ni ne povos reveni por loĝi tie. Ne kun la infanoj. Ne dum la marŝantoj tie fone restos liberaj."

Ŝi kapsignas al la publiko, kie dum ŝi parolis, denove botoj komencis marŝi surloke, kaj jen kaj jen laŭta rido miksiĝis kun ŝia voĉo. Nun la juĝisto ankoraŭfoje martelbatas, petas silenton kaj fine minacas evakui la juĝejon de aŭskultantoj. Tiam la bruo provizore ĉesas.

"Kiel vi do nun loĝas?" demandas la advokato.

"Ĉe amikoj. Ni petos protektitan identecon, sed tio postulas longan burokratan proceson, kaj eble oni eĉ ne konsentos la peton. Ĉiuokaze ni devos trovi novan loĝejon kaj vendi la malnovan."

Post tio venas la vico al la defendistoj por pridemandi la plendantojn. La unua, tiu de Hannes Nilsson, tute rezignas demandi ion ajn. La dua, tiu de Love Söderström, diras:

"Amanda Rehn, vi parolis pri minacoj; do mi ŝatus scii, ĉu mia kliento iam ajn minacis vin?"

"Mi ne scias. La minacoj ĉiam estas anonimaj."

"Do vi neniam renkontis lian nomon, ĉu?"

"Ne laŭ mia memoro."

"Ĉu vi iam vidis lin mem?"

"Ankaŭ tion mi ne memoras."

"Ĉu do troviĝas ia ajn fakto, kiu ligas mian klienton al tiuj minacoj?"

"Mi ne scias. Mi ne konas lin."

"Dankon."

La defendisto de Anton stariĝas kaj faras kelkajn paŝojn tien-reen antaŭ Amanda Rehn kaj ŝia edzo. Poste li denove retretas al Anton, faras geston al li dirante:

"Ĉu ĉi tiu juna knabo minacis vin, sinjorino Rehn?"

"Mi ne scias."

"Ĉu vi iam renkontis lin aŭ lian nomon, Antônio Aubert?"

"Ne laŭ mia memoro."

Per tio finiĝas la mallonga pridemandado flanke de la defendistoj. Sed la juĝisto faras finan demandon al la geedzoj Karlholm-Rehn:

"Mi volas demandi, ĉu vi iam ajn antaŭe, tio estas jam antaŭ la brulo, rimarkis atakojn, aŭ ni diru damaĝadon de via domo?"

Amanda kaj Linus rigardas unu la alian, kaj jen li hezite ekparolas.

"Iom da damaĝado ja okazis de temp' al tempo. Tretitaj plantoj. Unufoje iu ĵetis ŝtonon sur la aŭtejan pordon. Alifoje oni frakasis botelojn sur la ŝtupeto de la ĉefpordo. Kaj la leterujon oni detruis, kiel dirite."

"Ĉu vi faris denuncon al la polico?"

"Pri tiuj aferoj ne. Ni supozis ke temas plejparte pri bubaĵoj de preterpasantaj ebriuloj."

"Do vi ne suspektas ligon al la minacoj, pri kiuj vi parolis, se mi bone komprenas? Nek al la brulo, ĉu?"

Linus Karlholm rigardas sian edzinon.

"Ne eblas scii", ŝi diras, "sed nenio tiam supozigis tion."

"Dankon. Do estas tempo pridemandi la akuzatojn. Mi donas la parolon al la prokuroro."

Jen parto de la proceso, pri kiu Marina antaŭe ege nervozis. Ŝi antaŭtimis kaj la demandojn al Anton, kaj liajn respondojn. Krome ŝi timis ke la aliaj akuzatoj diros ion, kio malutilos al li. Sed la pridemandado de la triopo fare de la prokuroro montriĝas plejparte tre enua prezentado. Ŝi alfrontas ilin unu post la alia, demandante komence pri ilia agado en la Norda Fronto, sed la respondoj estas sufiĉe senenhavaj. La nazioj konfesas nenion, koncedas nenion, konscias nenion pri tio, kion ŝi demandas.

Ŝi montras al ili fotojn de manifestacio, kiujn ŝi transdonas ankaŭ al la juĝantoj.

"Jen vi en ĉi tiu foto", ŝi diras al Hannes Nilsson. "Vi portas slogantukon kun la teksto 'haltigu islamon, savu la nacion'. Kiel vi intencas haltigi islamon?"

"Mi scias nenion pri tio. Mi nur hazarde preterpasis tie."

"Jen alia foto, kie vi faras hitleran saluton en la sama manifestacio."

"Ne, mi nur gimnastikas por ekzerci la brakon."

Aŭdiĝas subridado inter la fonaj aŭskultantoj.

"En la polica pridemandado vi pli parolemis. Vi diris ekzemple, kaj mi citas el la protokolo: 'Ni purigos nian landon de islamanoj, judoj, nigruloj kaj gejoj.' Kiel vi faros tion?"

"Tio estis ŝerco. Sed la polico ŝajne ne komprenas humuron."

Kaj tiel daŭras la afero sufiĉe longe. Poste la prokuroro demandas pri la tekstmesaĝoj senditaj de lia telefono.

"Jen el la 28-a de aprilo vespere, sendita al Love Söderström: 'Ni ŝtopu la buŝon de la putino'. Pri kiu kaj kio temas?"

"Ne eblas memori post tiom da tempo. Eble mi proponis aĉeti manĝaĵon al lia koramikino."

"Love kaj Antônio pasigis kelkajn horojn ĉe vi vespere kaj nokte la trian de majo. Kial?"

"Ni babilis. Aŭskultis patriotan muzikon."

"Poste vi ĉiuj tri malŝaltis la telefonojn, kio daŭris ĝis matene. Kion vi faris dum tiu tempo?"

"Ili iris hejmen kaj mi enlitiĝis. Mi volis dormi en paco."

"Je la dua kaj duono oni vidis vin kun la du aliaj sur la strato Bispgatan. Kion vi faris tie?"

"Mi neniam estis tie. Je tiu horo mi dormis."

"Iom antaŭ la tria horo oni vidis vian aŭton apud la brulo. Kial vi estis tie?"

"Tio ne eblas, krom se iu nerimarkite ŝtelis kaj redonis ĝin. Mi dormis en mia lito, kiel mi ĵus diris."

La demandoj kaj evitaj respondoj plejparte ripetiĝas ĉe ĉiuj tri akuzatoj. La etoso en la juĝejo jam estas ege dormiga. Nun jam du el la laikaj juĝantoj ŝajnas somnoli, kaj eĉ la fonaj nazioj ŝajne laciĝis marŝi kaj subridi. Kiam venas la vico de Anton, li respondas al la demandoj mallaŭte, sen levi la rigardon. Dufoje la juĝisto admonas lin paroli pli laŭte. Sed la respondoj estas plejparte "mi ne scias", "mi ne memoras" kaj "mi ne estis tie".

Post iom tamen sekvas demandoj pri la trovita jako de Anton.

"Bonvolu rakonti kiel okazis tio, ke verŝiĝis benzino sur vian jakon."

"Mi ne scias. Mi postlasis ĝin ĉe Hannes. Kio poste okazis al ĝi, mi ne scias."

"Kial vi lasis ĝin?"

"Mi simple forgesis preni ĝin. Mi estis varma."

"Kiuhore vi forlasis la loĝejon de Hannes Nilsson?"

"Mi ne rigardis horloĝon."

"Sed proksimume?"

"Mi ne scias."

"Kial vi malŝaltis vian poŝtelefonon je la unua horo nokte?"

"Mi volis dormi."

"Ĉu en la loĝejo de Hannes?"

"Ne, hejme."

"Kiam vi venis hejmen je kvarono antaŭ la kvara, via patrino flaris benzinodoron de vi. Kiel vi klarigas tion?"

"Ne eblas. Ŝi fantazias."

"Kion vi faris inter la unua kaj la tria kvardek kvin?"

"Mi iris hejmen."

"Ĉu dum horoj?"

"Mi ne rigardis la horloĝon."

"La jako estis retrovita en privata rubujo ĉe la strato Vanåsgatan. Kion vi faris tie?"

"Mi neniam estis tie. Mi ne konas tiun straton."

Per tio finiĝas ĉi unua procesa tago, sed nun la policistoj ellasas la homojn pogrupe por eviti la kaosan pelmelon de la tagmeza paŭzo. Du el ili malhelpas al la nazioj eliri, ĝis la ceteraj personoj jam foriris.

Tio tamen signifas ke Marina, Helle kaj Tomas devas iom atendi la alvenon de Anton ekster la juĝejo, sed ŝajnas ke la ĝisnuna proceso lacigis ĉiujn, do ĉio nun okazas relative kviete. Ili promenas ĝis la placo de Gustavo Adolfo por atingi la urban aŭtobuson numero unu. Dum la promeno ili ne multe interparolas, nek poste en la buso. Hejme Letti jam alvenis, kaj ŝi rigardas ilin scivole sed nenion demandante. Ŝajne ŝi komprenas ke iliaj fortoj jam elĉerpiĝis.

Vespere ili televidas distran muzikprogramon. Poste Tomas rakontas kaj montras fotojn faritajn dum la montara piedirado, kaj Helle prezentas kelkajn fotojn el Samsø. Kaj ili frue enlitiĝas.

16

En la dua tago de la proceso plu daŭras pridemandado de la akuzatoj. Unue la advokato de la plendantoj faras kelkajn demandojn. Li turnas sin al Hannes Nilsson.

"Bonvolu diri al mi, kion signifas la simbolo, kiu videblas sur flagoj kaj brakbendoj en viaj manifestacioj?"

"Tio estas la sago de nordo. Ĝi signifas ke ni devas defendi nian nacion kaj nian kulturon kontraŭ tiuj, kiuj ruinigas ĝin."

"Ĉu ĝi ne estas la runo *Tyr*, kiu simbolis militon por la germanaj nazioj?"

"Mi scias nenion pri tio. Devas esti koincido."

Audiĝas laŭtaj ridoj el la fono de la ejo. La juĝisto lace batas per sia martelo al la tablo.

"Kaj se oni ŝprucfarbe desegnas ĝin ekster ekbruligata domo?" daŭrigas la advokato. "Kiun sencon havas tio?"

"Kiel mi sciu? Mi ne faris tion."

"Se ne, kial oni laŭdas la brulatencon en la retejo de via tielnomata Norda Fronto?"

"Mi ne scias. Demandu la skribintojn."

"Kiel mi faru tion? Ili estas anonimaj."

"Tio estas ĉies rajto."

"Hannes, kion vi opinias pri mia kliento Amanda Rehn?"

"Nenion."

"Do, kion vi scias pri ŝi?"

"Nenion."

"En la retpaĝoj de la Norda Fronto vi nomumis ŝin 'perfidulo de la monato'; tio estis en februaro ĉi-jare. Jen ekranbildo de la teksto. Mi citas kelkajn vortojn: 'Ŝi estas la plej fia feministaĉo de Malmö, kaj espereble ŝiaj amataj araboj montros al ŝia abomena figuro kion ili volas fari al ĉiuj svedaj virinoj, se neniu haltigos ilin.' Ĉu tio esprimas vian sintenon al Amanda Rehn?"

La akuzato nur senvorte ridetas. Dume la nazioj ĉeestantaj ankaŭ hodiaŭ komencas mallongan marŝadon surloke, ĝis la juĝisto batas per sia martelo, ĉi-foje jam pli energie.

"Bonvolu respondi", diras la advokato.

"Kio estis la demando?"

"Ĉu vi konsentas kun la vortoj cititaj?"

"Mi ne scias. Mi ne konas ŝin."

"Je la kvina posttagmeze la trian de majo ĉi-jare vi sendis la jenan tekstmesaĝon al via kunakuzato Love Söderström: 'Morgaŭ la suno leviĝos'. Kion tio signifis?"

"Ke la suno leviĝos."

"Ĉu tio ne okazas ĉiutage?"

"Jes ja. Do ankaŭ morgaŭ."

"Kaj kian sunon vi atendis leviĝi en la kvara de majo?"

"La kutiman."

Post tio la advokato faras similajn demandojn pri tekstmesaĝo kaj alio al Love Söderström, sed ankaŭ liaj respondoj similas la ĵusajn de Hannes Nilsson. Al Anton li faras neniun demandon.

Sekvas la defendistoj. Tiuj de Hannes kaj Love kvazaŭ pro formo faras kelkajn demandojn al sia propra kliento, ripetante kion aliaj jam demandis.

"Ĉu vi konas aŭ scias ion pri la geedzoj Amanda Rehn kaj Linus Karlholm?"

"Ne, nenion."

"Kion vi faris en la nokto inter la tria kaj kvara de majo?"

"Babilis. Aŭskultis muzikon. Dormis."

Love Söderström precizigas tion:

"Mi iris al mia koramikino kaj dormis tie."

Sed la advokato de Anton agas alimaniere. Li turnas sin al Hannes Nilsson.

"Kiom vi aĝas, Hannes?"

"Dudek tri."

"Kaj kiom aĝas mia kliento Antônio?"

"Prefere demandu lin!"

"Bonvolu respondi, kiom li aĝas laŭ vi."

"Eeh... Dek sep, mi pensas."

"En majo li ankoraŭ estis deksesjara. Ĉu vi ŝatas adoleskulojn?"

Nun Hannes mienas konfuzite. Li levas la ŝultrojn senvorte.

"Pli precize", pluas la advokato, "ĉu vi trovas oportune, ke Antônio printempe estis nur deksesjara?"

"Mi ne scias. Tio ne gravas."

"Fakte vi ne tute pravas pri tio, Hannes. La aĝo ja gravas, kelkfoje. Ekzemple, se oni estas akuzata pro krima aĝo, la ebla puno tre dependas de la aĝo. Dum la policenketo, en la pridemandadoj vi kelkfoje asertis, ke Antônio sola plenumis la brulatencon. Kial vi diris tion?"

"Mi ne diris ke li faris. Nur ke tio ja eblas."

"Ĉu ne temis pri tio, ke vi intencis kulpigi lin pri via faro, ĉar li ne riskus veni en malliberejon?"

"Tute ne. Mi ne scias, kiu ekbruligis tiun domon."

"Mia kliento pro neglekto lasis sian jakon ĉe vi. Aŭ ĉu eble vi mem kaŝis ĝin por uzi poste kun la celo suspektigi lin pri la brulatenco?"

"Mi ne vidis lian jakon."

"Do kiel ĝi venis de via loĝejo en la rubujon ĉe Vanåsgatan?"

"Kiel mi sciu?"

"Kiam Antônio hejmeniris de vi, ĉu li havis okazon preterpasi tiun straton, kiu situas en la mala direkto de lia hejmo?"

"Mi ne scias."

"Se iu persono ekbruligas domon, ĉu ne ŝajnas iom tro helpeme postlasi sian jakon ducent metrojn de la brulo?"

"Kion mi diru pri tio? Mi ne estas lia vartisto."

"Ĉu ne tio pli similas intence plantitan indicon por kulpigi senkulpulon?"

Hannes denove tiras la ŝultrojn sen respondi. Anstataŭ li, la juĝisto ekparolas.

"Advokato Rydén, mi ŝatus peti vin formuli la demandojn pli neŭtrale."

"Nu, mi lasas al la tribunalo prijuĝi, kio estas plej kredinda. Kaj jen mi finas. Dankon!"

Kiam la advokato residiĝas apud Anton, estiĝas kelkatempa silento en la juĝejo. La juĝisto flustre konsiliĝas kun siaj laikaj juĝantoj.

"Do", li poste diras, "ni povas voki atestantojn. Unue tiujn de la prokuroro."

La prokuroro stariĝas.

"Unue mi alvokas Bengt Sidén."

Daŭras iom ĝis policisto akompanas viron tra la ejo. Li ŝajnas kvindekkvin- ĝis sesdekjara, iom trivita. Li paŝas heziteme antaŭen kun mallevita rigardo kaj sidiĝas ĉe la indikita tableto plej antaŭe. Laŭ indiko de la juĝisto li recitas la ĵuron:

"Mi, Bengt Sidén, promesas kaj certigas laŭ konvinko kaj konscienco, ke mi diros la plenan veron kaj nenion prisilentos, aldonos aŭ ŝanĝos."

"Bonvolu rakonti, kion vi spertis nokte inter la tria kaj kvara de majo ĉi-jare", petas la prokuroro.

Sekvas paŭzo, kaj poste aŭdiĝas tre mallaŭte:

"Mi ne memoras."

"Pli laŭte!" instigas la juĝisto.

"Hm. Mi ne memoras."

"Vi estis en bierejo, ĉu ne?" diras la prokuroro.

"Povas esti."

"En kiu?"

"Nu, en kelkaj..."

"Kiu estis la lasta?"

"Mi pensas ke Bishops Arms."

"Kiam vi foriris de tie?"

"Mi ne memoras."

"Al la polico vi diris ke je la dua pli-malpli."

"Eble. Mi ne certas."

"Kien vi iris de tie?"

"Hejmen."

"Ĉu piede?"

"Jes."

"Laŭ kiu vojo?"

"Verŝajne la kutima tra Erikslust."

"Kaj plu laŭ Bispgatan, vi diris al la polico."

"Nu, tiu estas la plej rekta."

"Kion vi vidis tie?"

"Nenion. Aŭ, tio estas, mi memoras nenion."

"Okaze de la polica pridemandado, vi ja memoris."

"Pasis longa tempo de tiam."

"Ĉu intervenis io alia, kio igis vin forgesi?"

"Tion mi ne memoras."

"Ĉu vi havis vizitantojn?"

"Ne. Nu, mi memoras neniun..."

"Bengt Sidén, mi atentigas al vi du aferojn. Unue, vi atestas je ĵuro, ke vi nenion prisilentos. Falsa atesto estas grava krimo, kiu povas kaŭzi malliberigon. Due, vi diris al la polico, ke vi vidis tri junulojn sur Bispgatan proksime al Rudbecksgatan, kaj unu el ili portis ujon de hela koloro, blanka aŭ flava. Vi mem kontaktis la policon por informi pri tio. Do mi nun demandas vin, ĉu vi povas konfirmi tion al la tribunalo?"

"Bedaŭrinde mi ne memoras."

"Ĉu vi rekonas iun el ili ĉi tie en la ejo? Bonvolu rigardi la tri akuz-atojn."

La atestanto preskaŭ nevideble turnas la kapon al la akuzatoj kaj tuj denove rigardas suben. Dume aŭdiĝas tretado de du-tri paroj da botoj en la publiko.

"Mi rekonas neniun."

"Ĉu iu kontaktis vin por ke vi ne ripetu, kion vi jam diris al la po-lico? Notu bone, ke vi devas respondi ĉi tion vere."

"Mi ne memoras."

"Pli laŭte!"

"Mi ne memoras tion."

"Vi tamen devas memori, ĉu iu vizitis vin, ĉu ne?"

"Ne."

"Dankon", diras la prokuroro seke, turnante sin al la juĝantoj. "Do mi atentigas pri la protokoloj de la polica pridemandado, farita kiam la memoro de ĉi tiu atestanto ankoraŭ funkciis."

La defendisto de Hannes Nilsson prenas la parolon.

"Vi vizitis bierejojn tiuvespere. Kiom da?"

"Eble tri. Aŭ kvar."

"Kaj kion vi trinkis? Ĉu nur bieron?"

"Jes, bieron."

"Kiom?"

"Nu, kelkajn."

"Ĉu po kelkajn en ĉiu bierejo?"

"Verŝajne jes."

"Dankon. Sufiĉas."

La sekva atestanto estas fajroestingisto, kiu aperas en sia uniformo. Li alvenas decidpaŝe, observante la homojn en la juĝejo. Ĉiel li impresas kiel malo de la antaŭa atestanto.

"Vi sidis en la unua fajroestinga aŭto, kiu alvenis al la brulo, ĉu ne?" diras la prokuroro. "Kion vi vidis alvenante?"

"Mi vidis fajron en du lokoj, la aŭtejo kaj la fasado de la loĝdomo. Surstrate ne estis homoj, sed kiam ni alvenis, verda Volvo 240 ekiris de loko iom antaŭ ni kaj malaperis foren."

"Ĉu vi vidis la numeron?"

"La komencajn literojn, kiuj estis HC, kaj la lastan ciferon, kiu estis nulo."

"Kiom da homoj estis en la aŭto?"

"Mi ne povis vidi."

"Dankon. Mi atentigas la tribunalon pri la jena kopio el la aŭtoregistro montranta, ke ekzistas nur unu aŭto en Svedio kiu konformas al tiuj indikoj, kaj ĝi estas la aŭto de Hannes Nilsson."

La defendisto de Hannes salte stariĝas.

"Bonvolu diri al mi", li komencas tre mole, "kiam vi deĵoras pro urĝa alvoko kaj alvenas al brulo, ĉu vi havas multe da tempo por atenti pri aliaj aferoj ol la brulo kaj via tasko estingi tiun?"

"Mi sidis apud la stiranto, do mi havis tempon rigardi la lokon. Sufiĉis kelkaj sekundoj por vidi la aŭton."

"Sed ĉu mi pravas dirante, ke via ĉefa atento koncernas la brulon?"

"Certe. Plej grave ĉu homoj estas en danĝero."

"Kiel vi do havis tempon noti aŭtomarkon kaj numeron?"

"Ni havis radiokontakton kun nia centralo, do mi raportis kion mi vidis, kaj la dungito tie notis. Sed eĉ sen tio mi bone memorus. Oni lernas atenti detalojn."

"Vi alvenis nokte, ĉu ne? Kiel eblis distingi verdan koloron je granda distanco?"

"La Volvo staris proksime de stratlampo."

"Ĉu vi kapablus defore distingi aŭtentan numerplaton disde falsa?"

"Kredeble ne."

La tria atestanto de la prokuroro estas polica teknikisto, kiu komparis la piedsignon trovitan en la krimloko kun laĉboto de Love Söderström.

"Ni aŭdis antaŭe de lia defendisto, ke tiu piedsigno povus deveni de iu ajn el multaj ŝuoj", ŝi diras. "Ĉu tio estus ebla?"

"Ne, tute ne. Ĉiu ŝuo post iom da uzado ekhavas individuajn trajtojn pro trivado, difektoj, gruzeroj fiksiĝintaj en la plandumo kaj tiel plu. Do la trafo estas tute certa."

"Ĉu vi havas ideon pri tio, kion la akuzato povus fari ĉe tiu arbusto?"

"Nu, ĝi povus doni iom da ŝirmo dum oni okupiĝas pri io, aŭ eble dum preterpasas homo surstrate."

La advokato de Love tamen ne rezignas.

"Ĉu la tero sub tiu arbusto estas mola?"

"Jes, sufiĉe mola."

"Kaj pro la estingado sendube fluis riveroj da akvo sur la tero, ĉu ne?"

"Akvo fluis de la aŭtejo al la strato, sed ne flanken, ĉar tie estas randŝtonoj, kaj la rododendro kreskas kvazaŭ sur eta altaĵo kun randŝtonoj."

"Ĉu io pruvas ke la piedsigno estas farita en la koncerna nokto?"

"Ne, sed ĝi ne povas esti pli malnova ol de tri tagoj pro la pluvo la tridekan de aprilo."

La kvara kaj lasta atestanto de la prokuroro estas Fredrik Bengtsson, domposedanto ĉe Vanåsgatan. Li rakontas ke li trovis nekonatan nigran jakon odorantan je benzino en sia rubujo apud la strato vespere la kvaran de majo. Ĉar li ĵus aŭdis pri la proksima brulo, li kontaktis la policon.

Advokato Rydén alfrontas lin.

"Do vi trovis ĝin jaŭde vespere, ĉu?"

"Jes."

"Ĉu tiam vi forĵetis rubon?"

"Jes."

"Nu, sed ĉu vi vidis homon meti la jakon tien?"

"Ne."

"Do ĝi eble kuŝis tie delonge, ĉu ne?"

"Ne, ĉar en la antaŭa vespero ĝi ne estis tie."

"En la antaŭa vespero? Do, merkrede? Ĉu ankaŭ tiam vi forĵetis rubon?"

"Jes."

"Vi ŝajne faras tion oftege. Ĉu ĉiutage?"

"Ne, sed kelkfoje, kiam bezonate."

"Kelkfoje. Se vi forĵetas rubon 'kelkfoje', ĉu ne eblas tre facile konfuzi la tagojn?"

"Merkrede ni manĝis salikokojn, kaj mi volis tuj forigi la rubaĵon el la kuirejo."

"Salikokojn merkrede, ĉu? Kaj ĵaŭde?"

La atestanto iom konfuziĝas, kaj la juĝisto uzas la paŭzon por peti la advokaton koncentriĝi ĉe esencaj aferoj.

"Bone", diras Magnus Rydén. "Se mi ĝuste komprenis la aferon, vi ne scias kiu metis la jakon en vian rubujon, nek precize kiam tio okazis. Ĉu mi pravas?"

"Nu, jes, sed tio ja okazis iam inter merkrede vespere kaj ĵaŭde vespere", insistas la atestanto.

La defendisto de Hannes Nilsson alvokis unu atestanton. Tiu estas mezaĝa kalvulo, la posedanto de ĝardenbutiko, kie Hannes laboras kiel komizo vendante plantojn, florojn kaj ĝardenajn ilojn al ĉiaspecaj klientoj.

"De kiel longe Hannes laboras ĉe vi?"

"Pli ol du jarojn."

"Kiel vi priskribus lin?"

"Li estas ordema kaj skrupula. Kaj li rilatas bone al la klientoj."

"Ĉu li akuratas pri laborhoroj?"

"Jes, certe. Kiam li volas esti libera, li ĉiam petas tion longe antaŭe."

"Do vi estas kontenta pri li, ĉu?"

"Certe."

"Ĵaŭde la kvaran de majo, ĉu li laboris ĉe vi?"

"Jes, kiel kutime."

"Ĉu vi rimarkis ion nenormalan ĉe li tiumatene?"

"Ne, tute ne."

"Ĉu en la laborejo oni parolis pri la brulo en la domo ĉe Rudbecks-gatan?"

"Ne laŭ mia memoro. Okazas tiom da malagrablaj aferoj. Tiuj pafadoj de enmigrintoj kaj alio. Mi mem ne atentis tiun brulon."

"Dankon."

La prokuroro rezignas fari demandojn al tiu atestanto. Sekvas la koramikino de Love Söderström, knabino iom rondeta, vestita en jupo kaj bluzo, alvokita de lia advokato. Ŝi sidiĝas ĉe la tableto kaj ĵetas oblikvan rigardon al sia koramiko. Poste ŝi rigardas la juĝiston, dum ŝi recitas la ĵuron de atestanto. Ŝi nervoze glatumas al si la jupon subtable.

"Do vi estas Sara, ĉu ne?" diras la defendisto de Love.

"Jes."

"Bonvolu rakonti al ni de kiel longe Love jam estas via koramiko."

"Ekde la antaŭa somero. Iom pli ol jaron."

"Do vi jam konas lin bone, ĉu ne?"

"Jes."

"Nun temas pri la tria de majo ĉi-jare. Ĉu vi tiam renkontis lin?"

"Jes. Li venis al mia loĝejo."

"Kiel vi loĝas?"

"Mi luas unuĉambran studentan loĝejon."

"Kie?"

"Ĉe Dalaplan."

"Kiam Love venis al via hejmo tiuvespere?"

"Mi ne memoras precize. Sed antaŭ noktomezo."

"Kaj kiel longe li restis?"

"Ĝis matene, aŭ fakte pli longe, ĉar li restis kiam mi iris al la laboro."

"Vi scias ke li estas akuzata pri brulatenco. Ĉar vi tre bone konas lin, ĉu laŭ vi li estus kapabla je tia ago?"

"Absolute ne. Neniam!"

"Mi dankas."

La prokuroro alproksimiĝas al la knabino.

"Do, kian laboron vi havas?"

"En la hejma asisto al maljunuloj."

"Sed vi loĝas en studenta loĝejo, ĉu?"

"Jes, iam mi studis kaj eble rekomencos."

"Kion vi studis?"

"Pedagogion por infanvartejoj."

"Se mi bone komprenis, Love plu loĝas ĉe sia patrino, ĉu ne? Ĉu li ofte tranoktas ĉe vi?"

"Jes, sufiĉe."

"Ĉu li eĉ havas propran ŝlosilon al via loĝejo?"

"Jes."

"Nu, ĉu vi atendis lin en tiu nokto? Tio estas, ĉu vi antaŭe interkonsentis ke li venu?"

"Li diris ke li eble venos, sed ne certe."

"Kaj kiam li alvenis, ĉu vi jam enlitiĝis?"

"Jes, ĉar mi devis labori en la sekva tago."

"Do vi dormis, ĉu?"

"Eeh, jes. Mi ĵus endormiĝis."

"Ĉu vi rigardis horloĝon, kiam li vekis vin?"

"Ne tuj, sed..."

"Se vi ne rigardis horloĝon, kiel vi povas havi ideon pri la horo?"

La knabino ĵetas rapidan rigardon direkte al sia koramiko, kiu fikse rigardas suben al la tablo. Ŝi returnas sin al la prokuroro.

"Mi rigardis mian poŝtelefonon post kelka tempo. Antaŭ ol mi reendormiĝis."

"Kaj kiun horon ĝi montris tiam?"

"Dekdua kaj duono."

"Sara, vi ĵus recitis la ĵuron ĉi tie. 'Nenion ŝanĝos', ĉu ne? Vi devas scii ke atesti false estas grava krimo."

"Mi diris la veron."

"Laŭ la telefonkompanio, la poŝtelefono de Love Söderström restis ĉe Vendelsfridsgatan ĝis la unua horo, kiam oni malŝaltis ĝin. Kiel vi klarigas tion?"

"Mi ne scias. Eble li postlasis ĝin tie."

"Matene ĝi estis reŝaltita, kaj tiam ĝi troviĝis ĉe Dalaplan. Kiel tio eblas, se li postlasis ĝin aliloke?"

La knabino nur konfuzite skuas la kapon.

"Pri kio vi parolis kun Love tiunokte?" daŭrigas la prokuroro.

"Ni preskaŭ ne interparolis. Mi estis dormema."

"Ĉu li diris, kion li faris antaŭ ol veni ĉe vin?"

"Ne."

"Do sufiĉas. Dankon!"

La advokato de Anton alvokas atestanton, kiu surprizas Marina-n. Li estas instruisto el lia lasta lernejo, tamen ne lia ĉefinstruisto, sed Roger Malm, kiu instruis al li matematikon kaj natursciencon dum la lastaj tri jaroj.

"Mi ŝatus ke vi priskribu la karakteron de Antônio", petas la advokato Magnus Rydén. "Kaj lian evoluon dum vi konis lin."

"Nu, ĝuste dum tiu tempo li grave ŝanĝiĝis. Kompreneble ili ĉiuj faras tion iel. Mi komprenis ke li antaŭe sufiĉe bone faris lernejajn taskojn, kaj liaj notoj komence estis mezaj. Sed socie li ekhavis problemojn. Kiam la lernantoj komencas la sepan klason, ofte okazas disiĝo en grupojn. Filoj de svedaj gepatroj aparte, filoj de enmigrintoj en alia grupo. Kaj simile inter la knabinoj. En pli junaj jaroj estas miksite. Kaj Antônio volis esti kun la tielnomataj svedoj, sed ili ŝajne rigardis lin enmigrinto. Kaj inter la filoj de enmigrintoj li kredeble ne estis bonvena. Do li iĝis iom soleca kaj evidente serĉis alian rondon."

"Ĉu vi rimarkis en la lernejo, ke li aliĝis al specifa politika rondo, la Norda Fronto?"

"Nu, ne rekte dum miaj lecionoj. Kion mi spertis en la lasta jaro, tio estis akraj kvereloj inter li kaj kelkaj knaboj de diverslanda araba deveno. Estas sufiĉe multaj tiaj. Sed tio tamen ne signifis ke la filoj de svedoj akceptis lin, kvankam li eble atendis tion. Fakte mi pensas ke eĉ male; ili pli forpuŝis lin. Kaj ekde tiam li pli kaj pli forestis de lecionoj. Mi klopodis paroli kun li, sed pli-malpli vane, mi bedaŭras diri."

"Ĉu laŭ vi la pliaĝuloj en tiu Norda Fronto ekspluatis lian junecon kaj mankon de amikoj?"

"Mi pensas ke tio tre eblas. Sed mi ja ne konas ilin, nek scias kion ili efektive faras."

Al ĉi tiu atestanto la prokuroro rezignas fari demandojn. Per tio finiĝas tiu parto de la proceso, kaj la juĝisto deklaras ke jam estas tempo de tagmeza paŭzo.

Tuj postpaŭze oni prezentas la personajn vivkondiĉojn de la tri akuzatoj. Marina rekonas la faktojn, kiujn ŝi donis telefone antaŭ kelkaj semajnoj, sed ŝi unue ne komprenas al kio servas tiu prezento. Tomas flustras al ŝi ke supozeble temas pri bazaj informoj por elekti konvenan punon. Tamen ŝajnas al ŝi strange, se la vivkondiĉoj anstataŭ la farita krimo decidos la punon.

Ĉiel ajn oni ekscias ke neniu estas antaŭe punita, sed Hannes Nilsson estis trifoje suspektata pro perfortado okaze de novnaziaj manifestacioj, kiuj vekis kontestojn de aliaj homoj. Li havas firman laborpostenon kaj apartamenton kie li loĝas sola. La 21-jara Love Söderström aliflanke estas senlabora kaj loĝas ĉe sia patrino. Kaj pri Anton oni ekscias ke li ĵus finis la elementan lernejon sen kompleta atesto kaj nun ricevis studlokon en individue adaptita studprogramo por prepariĝi al gimnazia studado, kaj ke li loĝas ĉe siaj patrinoj. Tiu lasta informo vekas ridojn inter liaj naziaj samideanoj en la publiko, sed la juĝisto ŝajne jam laciĝis svingi sian martelon.

Post tio sekvas la finaj pledoj; unue tiu de la prokuroro. Ŝi ripetas la priskribon de la krimo en sia komenca prezentado kaj resumas la informojn ricevitajn dum la juĝproceso.

"Pri la atestanto Bengt Sidén ni povis konstati, ke trafis lin memorperdo probable pro minaco, kio estas ofta problemo en la nuntempaj procesoj. Ni tamen memoru, ke li proprainiciate kontaktis la policon kaj klare rakontis al la polica esploristo pri tio, kion li vidis. La ateston de Sara Andersson, la koramikino de Love Söderström, ni povas lasi flanken. Temas pri evidenta provo savi ŝian koramikon de malliberigo."

Plue ŝi mencias la supozatan politikan fonon de la krimo, kiun ŝi trovas pligraviga cirkonstanco.

"Oni eble povus atendi", ŝi diras, "ke tiu fono pravigus aldonan akuzon pri krimo pro malamo. Sed la leĝo pri tiu kategorio de krimoj celas unuavice agojn direktitajn kontraŭ grupoj, kaj ĝis nun nura politika antagonismo ne estis rigardata kiel malamo en la senco de la leĝo. Pro tio mi ne povis aldoni tion en la akuzo."

Fine ŝi precizigas la punojn, kiujn ŝi trovus taŭgaj.

"Pro brulatenco kun mortiga minaco al homoj la puno normale devas esti malliberigo inter du kaj ok jarojn, aŭ pli longe en aparte gravaj kazoj. Ĉi tie la absoluta malrespekto al homaj vivoj de tuta familio kun infanoj en la atakita domo, kaj la risko de pli ampleksa incendio minacanta ankaŭ najbarajn domojn, donas motivon postuli punojn konsiderinde pli longajn ol la minimumo. Necesas konsideri ankaŭ la malsamajn rolojn de la komplicoj, kaj iliajn malsamajn aĝojn. Krome tion, ke ili estas antaŭe nepunitaj. Kvankam ne eblis certigi, kiu aŭ kiuj plenumis la efektivan ekbruligon, ni povis konstati ke ĉiuj tri kunagis en la krimo. Ŝajnas tamen evidente ke la plej aĝa el ili, Hannes Nilsson, plenumis pli gvidan rolon ol la cetera duopo. Por Antônio Aubert, kiu aĝis nur dek ses jarojn je la okazo de la krimo, malliberejo ne estas ebla. Liaj sociaj kondiĉoj montras ke ankaŭ junula korektejo ne estas motivita. Restas por li junula deviga servado. Mi do venis al la jena konkludo: Por Hannes Nilsson mi postulas malliberigon dum kvin jaroj. Por Love Söderström malliberigon dum tri jaroj kaj duono. Por Antônio Aubert devigan servadon dum cent dudek horoj, kondiĉe ke li zorge plenumos siajn studojn kaj partoprenos en instigaj interparoloj ĉe la urba Sociala Servo."

Kiam ŝi sidiĝas ekregas silento en la juĝejo dum kelka tempo. Neniu flustrado, nek ridoj nek bota marŝado aŭdiĝas. Poste tamen la juĝisto ekparolas.

"Ni aŭdis la pledon de la prokuroro. Mi lasas la parolon al la reprezentanto de la plendantoj."

La advokato de la gesinjoroj Karlholm-Rehn stariĝas kaj faras kelkajn paŝojn, rigardante jen la akuzatojn, jen la juĝantojn.

"Mi parolos koncize. Ni spertis aferon pri murdatenco kontraŭ dormanta familio, patro, patrino, okjara filo, kvinjara filino. Evidentas ke la ago havas politikan fonon. Mankas ĉia ajn persona motivo. La celo estis silentigi konatan ĵurnaliston, ĉesigi la liberan esprimadon. La atakantoj volis ne nur mortigi senkulpajn infanojn kaj ties gepatrojn. Ili volis ataki kaj damaĝi la liberan, demokratan kaj pacan kunvivadon en nia socio. Ili volis timigi nin. Ni ĉiuj, kiuj ne konsentas kun iliaj ekstremaj kaj malhumanaj ideoj, devas timi ke oni ekbruligos al ni la hejmon kaj klopodos mortigi nin. Ĉi tio estas terorismo kun celo detrui la socion. Ĉi tiu krimo estas ago de teroro. La jura sistemo devas protekti nin kontraŭ tiaj agoj de politike motivita perforto. Ĝi devas protekti nian malfermitan socion kontraŭ la terorismo."

"Dankon, advokato Franzén", diras la juĝisto. "Do mi lasas la parolon al la defendistoj por iliaj finaj pledoj."

Sekvas tri paroladoj de tri advokatoj. Ankaŭ ili ripetas multajn jam diritajn asertojn. La komuna gvidmotivo estas, ke nenio fakte estas pruvita. La akuzoj baziĝas sur nuraj supozoj. Ĉiu advokato certigas ke lia kliento neniam estis surloke ĉe Rudbecksgatan. Kiu ajn verŝis benzinon kaj ekbruligis la domon, ĉiuokaze troviĝas neniu pruvo kontraŭ la propra kliento. Ne estas krimo malŝalti la telefonon por dormi en paco. La vidita verda Volvo povus havi falsan numerplaton. La piedsigno kaj la forĵetita jako ne estas certe ligitaj al la koncerna nokto. Entute la atestoj kontraŭ la akuzatoj estas malfortegaj kaj malcertegaj.

La defendisto de Hannes Nilsson tute kontestas la akuzon.

"Mia kliento havas politikajn opiniojn, kiuj malplaĉas al multaj homoj. Tio estas lia rajto. La advokato de la plendantoj volis defendi nian demokratan socion. Unu fundamento de tiu estas la libereco de opinioj. Mi fidas ke la estimataj juĝantoj scios distingi opiniojn disde agoj. Estus danĝera devio de nia jura sistemo, se oni lasus politikajn opiniojn influi la juĝadon. Ni konstatis ke la prokuroro tute malsukcesis prezenti konkretajn pruvojn pri tio, ke mia kliento ludis ian ajn rolon en la bedaŭrinda ekbrulo ĉe la domo de gesinjoroj Karlholm-Rehn. Oni asertis ke lia aŭto estas vidita en la proksimaĵo. Eĉ se tio estus vera, kio tre malcertas, nenio pruvas, kiu stiris ĝin. Kaj ankaŭ ne, ĉu tiu stiranto faris ion ajn alian surloke ekster la aŭto. La tuta akuzo baziĝas sur ĉeno de supozoj kaj probablaĵoj. Tio ne povas esti jura bazo de kondamno."

La du advokatoj de Hannes kaj Love krome aldonas, ke se oni malgraŭ ĉio trovus iliajn klientojn kulpaj, nenio povus motivi tiel drakonan punon, kiel postulis la prokuroro. Ĉar temas pri bonmoraj, leĝobeaj junuloj, estus akceptebla nur kondiĉita prokrasto de verdikto, eventuale kombinita kun deviga servado. La advokato de Anton ne komentas la proponon pri junula deviga servado.

Kaj jen finiĝas la proceso. Restas nur ekscii la verdiktojn, kaj por tio necesos atendi ĝis ĵaŭde, sciigas la asesoro. Ĉiuj aŭskultantoj mienas iom konfuzite kaj hezite forlasas la ejon. Eĉ la nazioj ŝajne perdis iom el sia aplombo.

Marina, Helle kaj Tomas atendas la alvenon de Anton kaj poste ekiras al la buso same kiel hieraŭ.

"Kiel vi fartas, Anton?" demandas Tomas, dum ili atendas ĉe la bushaltejo. "Ĉu bone ke la afero finiĝis?"

Anton tiras la ŝultrojn.

"Ĝi finiĝos nur ĵaŭde", li diras.

17

Merkrede Marina kaj Helle rekomencas labori, Letti iras al sia kutima lernejo kaj Anton unuafoje iras al gimnazio en la orienta parto de la urbo, kie li partoprenos en individue adaptitaj studoj por kompletigi sian finateston de la elementa lernejo. Tomas jam hieraŭ reiris al Norrköping. Ĉio ŝajnas preskaŭ normala malfrusomera tago en preskaŭ normala familio.

Ĵaŭde la distrikta tribunalo sciigas sian verdikton. Oni kondamnas ĉiujn tri, sekvante la rekomendojn de la prokuroro, kvankam en pli milda formo. Hannes Nilsson ricevas du jarojn kaj duonon, Love Söderström unu kaj duonon kaj Antônio Aubert okdek horojn da junula deviga servado. La urba Sociala Servo vokos lin al interparoloj por motivigi lin pripensi siajn krimon, vivon kaj estontecon, kaj tie li krome ekscios kie li plenumos la servohorojn.

"Strange", diras Helle, eksciante pri la verdikto. "Laŭ mia memoro oni diris ke du jaroj estas minimumo."

"Mi entute ne komprenis la sistemon", diras Marina. "Sed plej gravas ke oni donos al Tom ion utilan kaj bonan por fari dum tiuj horoj. Se jes, eble tio eĉ helpos al li."

La verdiktoj validos kondiĉe ke oni ne apelacios al pli alta in- stanco. Anton interkonsentas kun sia advokato ne fari tion sed akcepti la verdikton. La du aliaj agas male; iliaj advokatoj apelacias por atingi absolvon, kaj ankaŭ la prokuroro apelacias por ke estu pli longaj malliberigoj. Sed pri Anton ŝi ne apelacias. Do la proceso vere finiĝis por li; nun komenciĝos la puno.

Post du semajnoj li estas vokita al interparolo ĉe la urba Sociala Servo. Li devos kelkfoje partopreni en tio kiel parto de la puno. La celo estas motivigi lin por eviti la krimulajn rondojn kaj stimuli lin al laŭleĝa vivo. Do li sen entuziasmo iras al la indikita adreso je la indikita horo.

La sociala oficisto estas diketa virino proksimume kvindekjara, kiu prezentas sin kiel Lotta Skoglund kaj premas lian manon firme, ridetante iel rigide. Unue ŝi sciigas kie kaj kiam li plenumos la devigan servadon. Tio okazos en kafeterio de la Moderna Artmuzeo.

Li deĵoros dufoje semajne, ĉiuĵaŭde vespere plus sabate aŭ dimanĉe. Lia mentoro tie estos sinjorino Farzaneh Ghanbari, kiu estras la kafeterion.

"Mi fidas ke ne estos problemo pri tio", ŝi diras. "Ni jam antaŭe sendis junulon por servi tie, kaj tio funkciis tre bone."

Anton nenion respondas sed iomete kapjesas. Ŝajne tio ne estis demando. Li supozas ke oni intence donis al li enmigrinton por mentoro, sed li ne intencas plendi pri tio. Tiel facile li ne falos en kaptilon.

Lotta Skoglund iom foliumas siajn paperojn sur la skribtablo.

"Ĉu vi konas la organizaĵon *Eliro*?" ŝi demandas.

"Ne."

"Ĝi konsistas el homoj, kiuj mem forlasis ekstremismajn kaj perfortemajn retojn kaj rondojn el krimuloj. Ili helpas al aliaj rondanoj forlasi tiujn. Vi certe konscias ke povas esti malfacile fari tion, pro pluraj kialoj. Do la homoj en Eliro helpas kaj subtenas tiujn, kiuj volas reveni al normala vivo, kaj proponas novan socian kuntekston kun pli pozitivaj valoroj. Ĉu vi ŝatus kontakti ilin por ekscii pli multe?"

Anton cerbumas. Li ankoraŭ ne certas, ĉu preferindas akcepti ĉion, kion diras la sociala oficisto, aŭ ĉu li povas respondi kaj reagi pli sincere.

"Mi ne scias", li diras.

"Ĉu vi planas plu aktivi en la Norda Fronto?"

Li tiras la ŝultrojn kaj rigardas flanken por eviti ŝiajn okulojn. La fenestro de la ĉambro rigardas al pli malnova brika konstruaĵo kun vicoj da fenestroj. Ne eblas vidi, ĉu malantaŭ ili estas loĝejoj aŭ oficejoj.

"Bonvolu respondi", ŝi insistas.

"Eble ne", li diras post kelka tempo, esperante ke tio kontentigos ŝin.

"Tre probable oni premos vin kaj eble minacos por ke vi restu kaj plu aktivu tie. Do tia organizaĵo kiel Eliro verŝajne utilus al vi, se vi efektive volas eliri. Sed ni revenu al tiu temo aliokaze."

Ŝi paŭzas kaj observas lin atente. Estas sufiĉe malagrable renkonti ŝian rigardon, kiu ŝajnas al li iel fiŝeca. Li cedas flanken, suben, aliflanken, sed fine klopodas reciproki ŝian gapadon.

"Bonvolu rakonti, kiel vi imagas vian estontecon en la proksimaj jaroj", ŝi petas.

Li ne scias kion diri, do li silentas.

"Vi komencis individuan studprogramon, ĉu ne?"

"Jes."

"Ĉu vi ĉiam ĉeestas, ĝis nun?"

"Jes."

"Do diru al mi, ĉu vi ankaŭ strebas, laboras pri la studoj? Kaj kiel vi agos estonte?"

"Nu... mi devos akiri aprobajn notojn pri la sveda, angla kaj matematiko."

"Ĉu vi sukcesos pri tio?"

"Mi pensas ke jes. Mi iam havis tion en la sepa kaj oka klasoj."

"Kaj poste?"

"Mi ne scias. Tiam mi povos komenci normalan gimnazian studprogramon, sed mi ne scias kiun."

"Nu, restas tempo por pripensi, ĉu ne?"

"Jes."

Denove ŝi foliumas kelkajn dokumentojn kaj rigardas lin super la okulvitroj, kiujn ŝi poste lasas pendi de ŝnuro ĉirkaŭ la kolo.

"Kiel pri via familio? Mi vidas ke vi havas du patrinojn."

"Mi estas adoptita."

"Jes, mi vidis. Kun fratino, ĉu ne?"

Li ne komentas tion.

"Kiel vi rilatas al ili?"

Li ne komprenas kiel tio koncernas ŝin. Tamen li kredeble devas respondi ion.

"Normale."

"Vidu, Antônio, se vi volas havi bonan vivon, vi bezonos helpon. Sola vi estos tre vundebla. Ĉu vi pensas ke via familio povos helpi vin?"

"Mi ne scias. Eble."

"Do, konsideru ankaŭ tion. Pripensu kiel ili povus helpi vin kaj kiel vi agu, por ke tio okazu. Ĉar oni ne povas decidi pri la konduto de aliaj, nur pri sia propra."

"Jes."

"Ĉu vi konas alian plenkreskulon, kiu povus helpi vin reveni al normala vivo? Geavojn aŭ geonklojn, ekzemple?"

Li pensas pri la gepatroj de Helle. Laŭdire ŝi krome havas fraton, kiun li eble renkontis antaŭ kelkaj jaroj sed apenaŭ memoras.

"Ne", li diras sen precizigi.

"Ĉu iun parencon, eksan instruiston aŭ alian?

Li cerbumas dum kelka tempo. Dum momento la vizaĝo de Tomas aperas en lia kapo.

"Mi ne scias", li denove ripetas.

"Do eble indus pripensi tion. Se vi ne scias, petu viajn gepatrojn... ho, pardonu. Petu viajn patrinojn pri konsilo."

Kiam li ne komentas tion, ŝi okulfiksas lin dum kelkaj sekundoj.

"Ĉu vi konsentas?" ŝi poste diras sufiĉe akre.

"Mi supozas ke jes."

"Ĉu vi renkontas amikojn, aliajn ol tiuj en la Norda Fronto?"

Li tiras la ŝultrojn. Tio ja ne koncernas ŝin.

"Mi preferas renkonti patriotojn", li diras. "Ili estas sinceraj kaj fidindaj."

Ŝi sulkas la frunton.

"Kaj koramikinon...?"

Li nur kapneas nenion dirante.

"Ĉu vi uzas drogojn?"

Li ekrigardas ŝin surprizite. Kial ŝi pensas tion?

"Ne."

"Alkoholon?"

"Ne. Aŭ... maloftege."

"Ĉu vi partoprenas en ia libertempa agado, ekzemple sporto aŭ muziko aŭ io simila?"

"Ne."

"Pripensu ĉu vi povus komenci ion tian. Ion kio interesas vin. Tio donus al vi plezuron kaj distradon, kaj vi povus ekkoni novajn amikojn."

"Eble."

"Bone. Tio do sufiĉu por hodiaŭ. Pensu pri ĉio kion mi diris, kaj ni revenos al tiuj temoj pli poste."

Per tiuj vortoj Lotta Skoglund finas la interparolon, donante al li la datojn kaj horojn de lia deviga servado kaj de ilia sekva interparolo.

"Ne forgesu ke ĉi tio estas deviga laŭ la verdikto. Se vi ne plenumos ĉion zorge, la tribunalo decidos pri aliaj sekvoj."

Anton jam sufiĉe bone konas la Modernan Artmuzeon de Malmö. Antaŭ jaroj Helle ofte venigis lin kaj Letti-n tien por rigardi ekspozicion kaj por mem provi pentradon kaj alion en la muzea ateliero por infanoj. Tiam li trovis tion amuza kaj volonte iris tien. Li memoras ke ili foje faris timige fantaziajn maskojn el papermaĉaĵo. Pasis eble kvar jaroj de la lasta vizito. Subite li ektrovis la arton malinteresa, kaj li jam delonge tro kreskis por ludi en tia infanejo kiel la ateliero.

Kredeble ili ankaŭ iufoje manĝis kaj trinkis ion en la muzea kafeterio, sed tion li ne plu memoras. Nun surprizas lin trovi ke ĝi estas tute malgranda kaj simpla. Ne povas esti multe da laboro farenda ĉi tie, ŝajnas al li.

La estrino estas mezaĝa brunharulino sufiĉe ŝminkita. Ŝi akceptas lin sen grandaj ceremonioj, montrante la plej bazajn taskojn. Purigi la tablojn, reporti rubon kaj uzitajn tasojn en la kuirejon, zorgi ke ĉiam troviĝas preta kafo.

"La kafo plej gravas", ŝi diras kun sia fremda akĉento. "Ĉio la cetera rajtas manki foje, sed la kafo neniam."

Ŝi klarigas ke dum la lunĉa horo oni prezentas ankaŭ supon kaj salaton, sed vespere temas ĉefe pri kafo, teo, limonado, buterpanoj, bulkoj, kuketoj. La gastoj alfluas iom malregule, depende de la horo kaj de kiam okazas ĉiĉeronado de grupoj tra la ekspozicioj. Dumtage ofte aperas grupoj el lernejanoj. Ili ne multe manĝas kaj trinkas sed kelkfoje ili vicas por aĉeti glaciaĵojn.

"Kiom da jaroj vi havas?" demandas Farzaneh.

"Dek sep."

"Bone. Ĉu vi ŝatas la arton?"

Li pripensas, ĉu jesi aŭ nei. Tio estas nerespondebla demando.

"Mi ŝatas ion, sed alion ne."

"Bone. Mi ankaŭ. En Irano mi estis desegnisto. Por la reklamo. Ĉi tie mi ne povis tion. Oni diris, pro la lingvo. Malbona sveda, ĉu ne? Kion vi pensas? Ĉu necesas la bona sveda lingvo por desegni?"

Ŝi mem ridas pri sia demando. Li ne scias, ĉu ĝi estas serioza aŭ ŝerca.

"Laŭ mi ne", li diras. "Eĉ mutulo povus desegni."

Ŝi plu ridas. Li ne certas, ĉu ŝi komprenis 'mutulo'.

"Bone", ŝi diras. "Nun mi montros la buterpanon. Jen rigardu."

Ŝi montras al li kiel tranĉi panon, salamon, fromaĝon, tomaton, kukumon, laktukon. Sed ĉi-vespere nur malmultaj gastoj mendas buterpanon. Laktokafo aŭ ordinara kafo kun cinambulko estas la plej kutimaj mendoj.

"Faru du buterpanojn kun fromaĝo", diras Farzaneh. "Nur la ekzerco. Vi kaj mi manĝos."

Ili sidiĝas kun la buterpanoj kaj teo ĉe la plej proksima tablo. Kiam venas kliento, ŝi salte stariĝas kaj iras malantaŭ la bufedon.

"Mi havas la du infanojn", ŝi poste diras, trinkante sian teon. "La knabon kaj la knabinon. Sed ili estas pli grandaj ol vi. La knabo dentisto kaj la knabino studento de medicino. Ŝi estos la kuracisto, ĉu ne? Ĉu vi havas la planon por studi?"

"Mi ne scias. Unue mi devas kompletigi mian finateston de la elementa lernejo. Poste mi vidos."

"Se vi volas, povas porti la lernolibron ĉi tien, ĉar kelkfoje ne multaj gastoj."

"Nu, tio eble ne necesas."

"Ĉu vi naskiĝis ĉi tie? En Svedio?"

Li rigardas ŝin mire. Kial ŝi demandas tion?"

"Ne", li diras malvolonte.

"Sed eble vi parolas la svedan tute bone, ĉu ne? Sen la akĉento?"

"Jes, certe."

"Tio estas la plej grava, la sveda lingvo. Kun la akĉento, ĉiu pensas ke stultulo. Neniu prenas serioze. Ĉu vi komprenas?"

"Jes."

"Miaj infanoj ĉiam hontas, kiam mi parolas la svedan. Mi diras al ili ke hontas, kiam ili parolas la persan. Sed ili ridas, ĉar ne gravas. Ĉi tie ne gravas, ĉu vi komprenas?"

Anton ne certas, ĉu li komprenas ŝin; tamen li kapjesas.

"Kion laboras viaj gepatroj?" subite demandas Farzaneh.

Li embarasiĝas. Li ŝatus diri ke tio ne koncernas ŝin, sed io malhelpas al tiuj vortoj elbuŝiĝi.

"Mi ne havas patron", li diras.

"Ho, mi bedaŭras, knabo. Sed la panjo?"

"Bibliotekisto", li elektas diri. Ne indas diri pli multe.

"Ha, bone! Do, ĉu vi multe legas?"

"Ne. Ne tre multe."

Aro da malfruaj vizitantoj mendas kafon kaj bulkojn, do necesas iom labori. Poste alproksimiĝas la fermohoro. Ili devas purigi ĉion, ankaŭ la plankon, forĵeti restaĵojn, enpaki kuketojn kiuj uzeblos ankaŭ morgaŭ. Kelkajn restantajn cinambulkojn li rajtas kunporti hejmen. Paŝante al la bushaltejo li pensas ke ĉi tio estas stranga puno. Kio estas la senco de ĝi? Nu, ne gravas. Ĉi tion li ja povos elteni sen troa turmento.

Dum la paso de semajnoj Marina observas la filon. La deviga servado, la lernejo kaj la interparoloj en la Sociala Servo sume signifas, ke li sufiĉe multe forestas de la hejmo. Tamen li plej ofte pasigas la vesperojn tie, sola antaŭ la komputilo en sia ĉambro. Ŝajnas al ŝi, ke li ne rekomencis renkonti la aliajn naziojn, sed kompreneble ŝi ne povas scii, kion li faras rete kaj telefone.

Post kelkaj semajnoj la sociala oficisto Lotta Skoglund telefonas al Marina kaj proponas al ŝi kontakti la organizaĵon Eliro. Marina vere faras tion kaj ricevas kelkajn informojn pri ĝia agado. Sed ĉio ja dependos de Anton mem.

"Ĉu vi pripensis paroli kun la homoj de Eliro?" ŝi demandas lin iutage.

"Mi pensas ke ne."

"Kial ne?"

"Kion mi faru kun tiaj eksaj krimuloj?"

Marina konfuziĝas. Ĉu li neniam agnoskos ke li mem faris krimon? Aŭ ĉu li ne konsideras sin eksa? Ŝi ne scias kiel atingi lin.

"Do, ĉu tio signifas ke vi daŭre aktivos en tiu rasista rondo?"

Ŝi preskaŭ timas fari al li tiun demandon, ne nur pro la ebla respondo, sed ankaŭ ĉar ŝi ne scias kiel li reagos al tiel senkaŝaj vortoj. Sed ne venas klara respondo. Li murmuras ion nedeĉifreblan, turnas al ŝi la dorson kaj poste mute kliniĝas super la komputila klavaro.

"Vi jam vidis al kio tio kondukas", ŝi insistas. "Do bonvolu diri, kiel vi faros."

Li skuas la kapon incitite.

"Tio estas mia afero!"

"Ne nur via. Ni estas familio, kara! Kion vi faras el via vivo, tio gravegas al la tuta familio. Vi ne estas solulo, Tom! Kaj jes, mi scias ke vi volas nomiĝi Anton, tio estas en ordo, sed por mi vi ĉiam restos Tom, ekde la unua fojo kiam mi vidis vin kaj ekamis vin, kaj ankoraŭ ĝis hodiaŭ."

Ripetante la nomon ŝi prononcas ĝin portugale, kun naza 'o'. Li ne respondas, sed ŝajnas al ŝi ke lia dorso iomete moliĝis. Stulte! Tio sendube estas nura fantazio.

"Nu, bone", ŝi aldonas, "almenaŭ pripensu la aferon, ĉu ne? Mi petas vin. Kaj parolu kun ni. Cetere, kiel vi trovis interparoli kun tiu sociala sinjorino? Ĉu bone?"

Nun li faras kvaronan turnon, tiel ke ekvideblas lia profilo.

"Ŝi estas idioto."

Marina suspiras.

"Tamen vi devas paroli kun iu homo, mi pensas. Ĉu vi ne povus telefoni al Tomas?"

"Mi jam konas lian propagandon parkere."

"Sed ŝajnas al mi ke vi povis pli multe paroli kun li, ĉu ne? Dum tiu montara promeno, mi celas."

"Kion vi scias pri tio? Vi ne estis tie."

"Kompreneble ne, sed ŝajnis tiel kiam vi revenis. Nu, tamen pripensu, kio gravas kaj kion vi riskas."

Li denove turnas sin for kaj ŝi devas rezigni.

En ĉiu semajnfino li deĵoras ses horojn en la muzea kafeterio, aŭ sabate aŭ dimanĉe. Tiam ofte estas pli da vizitantoj ol en la jaŭdaj vesperoj, kaj por lunĉo oni prezentas supon kaj salaton. Tio signifas senŝeligadon kaj tranĉadon de legomoj, amaso da legomoj. Ankaŭ poste estas pli da laboro pri purigado, lavado de teleroj, bovloj kaj alio; krome la kafokruĉo devas neniam esti malplena. Dum tiuj horoj Farzaneh ne havas tempon multe babili sed ĉefe donas koncizajn instrukciojn, kion li faru. Nur dum la lasta horo ili kelkfoje povas sidiĝi dum momento ĉe taso da teo, kaj ŝi povas fanfaroni pri siaj gefiloj aŭ demandi lin pri liaj planoj. Pri sia edzo ŝi neniam parolas, kaj Anton ne demandas.

Kelkfoje ŝi rakontas pri Irano. Ĝi estas belega lando, laŭ ŝi, kun multaj vidindaĵoj, kiuj estus allogaj al turistoj, se ne estus pro la reĝimo, kiu faris ege malbonan reklamon pri la lando.

"Sed ne estas problemo por la turistoj. Por ni jes, sed la turistoj ne devas timi. Tre interesa kaj bela lando. Ni havis la riĉan historion kun la altnivela kulturo, mil jarojn antaŭ islamo. Estis la propra kulturo kun la propra religio. Kaj nia persa lingvo estas ege malnova lingvo."

"Do kial vi venis ĉi tien?"

"Ho! Pro la politiko! Oni arestis mian fraton kaj mian edzon, kaj mi perdis mian laboron. Estus danĝero resti. Sed por la turistoj ne estas danĝero. Kaj nun la internacia bojkoto ĉesis, la eksporto kaj la importo jam eblas. Kaj estas la paco. Ne kiel en la arabaj landoj."

Li trovas strange ke rifuĝanto volas paroli nur pri la belaj aferoj de sia origina lando. Supozeble ŝi ne estas vera rifuĝanto, sed venis al Svedio nur por havi pli bonan vivon. Tamen strangas, ke laŭ ŝia rakonto ŝi vivis multe pli riĉe en Irano.

"Mi havis la bonan laboron, la artan laboron, ĉu ne? Kaj hejme mi neniam devis kuiri, tranĉi legomojn, lavi telerojn. Ni havis du knabinojn, kiel oni diras, la servistinojn, ĉu ne? Unu kuiris kaj unu purigis kaj lavis. Estis granda domo, kaj granda familio. Ankaŭ la avino, onklino kaj kuzo loĝis ĉe ni. Poste mi edziniĝis, sed mi plu laboris, ĝis la arestoj. Mi revenis al la gepatroj, ĉar mia patro estis gravulo. Fine ni decidis ke iros al Eŭropo, kiam la edzo liberiĝis. Sed tio estis la terura vojaĝo; mi ne povas rakonti. Terura!"

Foje ŝi ekparolas pri kiel oni rigardas Iranon kaj irananojn en Svedio.

"Oni pensas ke ni estas araboj, ĉu ne? Sed tute ne, tio estas stultaĵo. Ni tute ne estas araboj. Ni havas la tute alian kulturon, tute alian lingvon. Ni estas la arjoj, ĉu ne? Ni havas multe pli malnovan historion. La Persa imperio estis antaŭ la grekoj, antaŭ Romo, tre longe antaŭ la araboj."

Post du semajnoj ŝi proponas, ke li uzu trankvilajn okazojn por trairi la muzeon kaj rigardi la ekspoziciojn. Li faras tion kaj trovas ke kelkaj verkoj ja plaĉas al li. Al iuj el ili li revenas fojon post fojo kaj trovas ĉe ili novajn aferojn, kiujn li admiras. Li eĉ ekhavas emon mem refoje fari desegnojn, sed li ne scias pri kio.

"Do vi vere ŝatas la arton, ĉu ne?" diras Farzaneh.

"Nu, kelkajn aferojn jes. Ĉu vi mem tute ĉesis desegni?"

"Ne ĉesis, sed... Ne eblas fari por la laboro, la profesio. Sed mi desegnis iom ankaŭ ĉi tie. Mi faris la karikaturojn. Satirajn bildojn pri la politiko, ekzemple. Kaj ankaŭ aliajn desegnojn. Oni eĉ aranĝis ekspoziciojn iuloke. Ne en muzeo aŭ galerio, sed en la irana societo kaj en unu biblioteko. Tamen tio kondukis al nenio. Mi sendis al la gazetoj, sed ili ne aĉetas."

"Nu, bedaŭrinde", li murmuras.

"Do mi faras la buterpanojn. Kaj la kafon, ĉiam la kafon, ĉu ne? En Irano mi povis fari la politikajn desegnojn nur sekrete. Ne eblis montri publike. Nur al la familio kaj la fidindaj amikoj. Ĉi tie mi povas fari sen la problemo. Sed ĉi tie neniu interesiĝas pri tio. Neniu ŝatas, neniu malŝatas. Ĉio estas meza. Ĉio varmeta, ĉu vi komprenas?"

Anton ne scias, kion diri pri tio. Li tute ne trovas ĉion varmeta. Sed li ne povas klarigi tion al ŝi.

"Kompreneble, povus esti la danĝero ankaŭ ĉi tie", ŝi daŭrigas.

"Vi memoras Charlie Hebdo, ĉu ne? Oni eĉ murdis pro la desegnoj en tiu gazeto. La teroristoj faris tion."

Li fakte ne memoras tiun agon. Nebule li memoras ke iu el la frontanoj parolis pri atako de islamanoj kontraŭ franca gazeto antaŭ unu-du jaroj. Sed kiam ĝi okazis, li tute ne atentis tiajn novaĵojn. Tio estis antaŭ ol li ekkonis la Nordan Fronton.

"Pri kio vi faras tiajn desegnojn?" li demandas.

"La satiraĵojn? Nu, pri ĉio. La monda politiko. Irano, kompreneble. La mulaoj. Ankaŭ pri Usono, Rusio – ĉio. La svedan politikon mi ne konas bone, sed ankaŭ iomete pri ĝi. Mi povus montri. Ĉu vi interesiĝas pri la politiko?"

"Ne, tute ne. Mi malamas politikon", li diras rapide.

Poste li pensas ke tio eble estis malĝentila. Tio eble sonis, kvazaŭ li ne volus rigardi ŝiajn desegnojn.

"Ĉu vi faris ankaŭ aliajn desegnojn?" li demandas. "Ne politikajn? Eble mi povus lerni ion."

"Bone. Mi montros. Sed ĉiu persono devas trovi la propran stilon, ĉu ne? Imiti ne estas bone."

18

Unu vesperon en la fino de septembro Gustav kaj Tobias atendas lin ekster la domo, kiam li revenas hejmen de la muzeo.

"Saluton, Anton", diras Tobias. "Ni devas iomete paroli. Venu kun ni."

"Ni povas paroli ĉi tie."

"Ne. Temas pri nepublikaj aferoj. Venu."

Anton pripensas iom kaj poste akompanas ilin trans la straton kaj en la etan parkon.

"Aŭskultu. Estis bone ke vi ne tre aktivis dum kelka tempo. Pro la juĝproceso, ĉu ne? Sed nun estas tempo denove agi. Kaj vi estas grava persono en la movado. Ĉu vi pretas fari vian devon?"

"Nu, jes, sed mi ne havas multe da tempo."

Dirante tion, li evitas la rigardon de Tobias. Tiu rikanas dum momento kaj alprenas pli decidan pozon. Dume Gustav mienas pli hezite kaj diras nenion. Do Tobias daŭrigas.

"Ni ĉiuj devas uzi la tempon por vere gravaj aferoj, kaj nenio pli gravas ol la estonteco de la nacio. Do, ĉi-sabate vi venos kun ni al Gotenburgo, al la granda manifestacio tie."

Anton volas diri ke tio ne eblas, sed Tobias preskaŭ tuj daŭrigas:

"Kaj marde en la venonta semajno okazos la proceso kontraŭ Hannes kaj Love en la Apelacia Kortumo. Ni manifestacios en kaj ekster la juĝejo, kaj vi havos ŝancon fari vian devon ankaŭ tie."

"Bone, sed mi ne povas dumtage foresti de la lernejo, nek de la deviga servado."

"Vi devas. La lernejoj estas propagandejoj de la malamiko. Ili servas al nenio utila."

"Nu, komprenebla, sed mia verdikto diras ke mi devas zorgi la studojn kaj la servadon. Se ne, oni decidos ion alian, mi ne scias kion. Eble junulan korektejon."

"Ne zorgu pri tio. Simple diru ke vi estas malsana. Vi ne havas elekton, Anton. Vi ne rajtas perfidi nian lukton. Komprenu ke ĉi tio ne estas propono sed ordono. Anoncu vin malsana, kaj ni venos al via loĝejo fruege sabate matene por aŭti al Gotenburgo."

Anton senvorte kontemplas tion dum kelka tempo. En labortago li eble povus foresti de la lernejo, dum Marina kaj Helle laboras. Sed sabate li servos en la muzea kafeterio. Se li provus eskapi de tio, sekvus problemoj. Li ne povus aserti ke li malsanas kaj samtempe foriri al Gotenburgo. Marina eble lasus sin iel trompi, sed Helle ne. Ŝi sendube telefonus ien por denunci lin. Al la polico, al la sociala virinaĉo aŭ la diablo scias kien.

"Sabate ne eblas. Tiam mi faros devigan servadon. Se mi forestos, la tribunalo ŝanĝos la juĝon. Estos alia puno."

Tobias rigardas lin malestime.

"Vi devas kontraŭstari al tiuj perfiduloj. Montru ke vi estas patrioto!"

"Nu, marde mi eble povus aranĝi. Mi provos iel fari tion. Sed sabate tute ne eblas."

"Vi tamen ja ne volas maltrafi la okazon, ĉu? Ni regos la tutan Gotenburgon. Estos miloj da naciistoj, ankaŭ el eksterlande. Ni havos vere bonan manifestacion."

"Mi ŝatus partopreni, sed la devigan servadon mi devas plenumi, alie... oni sendos min en korektejon."

Dum kelka tempo la tuta triopo silentas. Tobias rigardas Gustavon kvazaŭ por ricevi subtenon, sed tiu plu diras nenion.

"Do diru ke vi faros vian devon!" insistas Tobias, denove direkte al Anton.

"Bone do. Marde mi klopodos aranĝi tion. Sed mi ne povos multe partopreni. Kaj se mi anoncos ke mi malsanas, mi ne volos esti videbla. Eble ĵurnaloj fotos nin. Aŭ la polico."

"Stultaĵo! Ju pli ni videblos, des pli ni timigos la malamikojn. Vi estas parto de la avangardo kaj vi ne povas forlasi ĝin. Se la ĵurnaloj aperigos fotojn, ili reale agos por ni. Memoru tion. Ni protektas la batalantojn, sed al perfiduloj ni havas nenian kompaton."

Tobias frapas al li la ŝultron kuraĝige kaj instige, eble ankaŭ minace. Poste Gustav imitas lin.

"Do, ni venos marde je la naŭa por akompani vin al la juĝejo", diras Tobias.

La duopo foriras alidirekte tra la parko kaj Anton penseme repaŝas hejmen. Li cerbumas plu dum la vespero, sed finfine ne tre indas pensadi. Kiel diris Tobias, li ne vere havas elekton. Feliĉe ili rezignis insisti pri la sabato.

Marde matene li mem telefonas al sia lernejo por anonci ke trafis lin stomaka malsano, do li devas resti hejme. La du kamaradoj venas kiel dirite por veturigi lin per la aŭto de Tobias. Sidante sur ĝia malantaŭa sidbenko li konstatas ke daŭre kuŝas aro da ŝtonoj sur la planko, same kiel antaŭ jaro.

"Ĉu vi estis en Gotenburgo?" li demandas.

La duopo antaŭ li rigardas unu la alian senvorte. Ŝajne neniu el ili volas paroli.

"Vi jam aŭdis, ĉu ne?" fine diras Gustav.

"Ne. Kion?"

"Pri la damnita polico", diras Tobias post ankoraŭ sufiĉe longa paŭzo. "Kredeble la judoj subaĉetis ilin."

"Kion ili faris?"

"Unue ili ŝanĝis la vojon, kie ni rajtos marŝi. Por ne ĝeni ian judan festaĉon kaj ridindan librofoiron. Kompreneble nia intenco estis ĉiuokaze iri tie, kie ni jam antaŭe decidis marŝi. Sed tiam la polico tute haltigis nin. Laŭdire ni ne rajtis marŝi takte, nek surhavi uniformojn, nek porti standardojn kun niaj simboloj, ĉar tio timigas la judaĉojn."

"Kaj kiam la fekaj anarkiistoj volis ataki nin, la polico malhelpis al ni disbati ilin", aldonas Gustav. "Dum ses horoj ni staradis enfermitaj senmove sur diabla strateto meze de nenie. Ni eĉ ne atingis la planitan komenclokon de la manifestacio."

"Sed tio nur montras, kiom ili timas nin", diras Tobias. "Do, fakte ni venkis."

Jen ĉio, kion Anton eksias pri la granda manifestacio, antaŭ ol ili alvenas ĉe la Apelacia Kortumo. Ĝi situas en moderna konstruaĵo ĉe kanalo en la centra havena kvartalo. Antaŭ ĝi estas malgranda libera spaco, preskaŭ placeto, kie kelkaj junuloj de la Fronto jam staras kun siaj standardoj, en blankaj ĉemizoj kun nigraj kravatoj. Anton tamen sukcesas atingi, ke li eniras en la juĝejon kun kelkaj aliaj. Li trovas tion pli sekura ol resti ekstere. En la juĝejo oni ne rajtas foti.

Ĉi-foje li do spertas la proceson el seĝo de ordinara aŭskultanto, kion li trovas sufiĉe alia ol lastfoje. Ĉi tie la proceso okazas pli rapide

– en unu tago. Kelkaj aferoj ripetiĝas pli-malpli same; aliajn oni nur resumas. La plendantoj, gesinjoroj Karlholm-Rehn, entute ne ĉeestas. Ankaŭ la atestanto Bengt Sidén, kiu perdis la memoron, ĉi-foje tute ne aperas. Anton kaj la aliaj kamaradoj komencas treti perpiede tuj kiam la prokuroro mencias la familion Karlholm-Rehn. Sed ĉi tiu juĝisto tuj akre postulas silenton, minacante evakui la ejon, do la tretado daŭras tre mallonge. Cetere, Anton ne surhavas botojn sed trejnŝuojn, do sendube lia tretado ĉiuokaze ne aŭdeblis.

Dum la pledado de la defendistoj aperas novaĵo. La advokato de Love Söderström lanĉas tute novan version de tio kio okazis, kaj en la pridemandado Love mem konfirmas ĝin.

"Hannes petis min iri al la adreso de Amanda Rehn por gvati, kaj mi faris tion en la nokto inter mardo kaj merkredo. Sed poste, kiam li kaj Anton intencis aŭti tien, mi ne kuniris. Mi iris hejmen al Sara, kiel ŝi diris. Do mi ne scias kio poste okazis."

"Kiu estis la celo de via nokta vizito?" demandas la prokuroro.

"Simple rigardi kiel ŝi loĝas."

"Por fari kion?"

"Nenion. Mi nur faris kiel petis Hannes."

Lia nova deklaro vekas ridojn kaj aplaŭdeton de la ĉeestantaj nazioj, kiujn rapide silentigas la juĝisto. Anton trovas tiun novan version sufiĉe stranga, kvankam li komprenas la celon. Necesas klarigi la piedsignon. Tamen la akuzo de Love kontraŭ Hannes kaj Anton ja estas mallojala, eĉ se li faras tion nur pro taktiko.

La proceso finiĝas je la kvara kaj duono. La verdikton oni sciigos morgaŭ. Ekster la juĝejo la manifestaciantoj restas kaj provas saluti la elirantojn per klamado de siaj frapfrazoj, sed la polico jam forpuŝis ilin de la enirejo direkte al la kanalo, por liberigi la ĉefan pordon. Dum momento preskaŭ ŝajnas ke oni puŝos ilin en la kanalon, sed fine la policistoj haltas kaj plu gardostaras senmove. En la tumulteto de elirantoj Anton sukcesas forŝteliĝi flanken kaj rapidas plu al proksima bushaltejo. Neniu sekvas lin, do baldaŭ li sidas en urba buso survoje hejmen.

Merkrede li denove ĉeestas en la lernejo. Vespere, kiam Marina revenas hejmen, ŝi rakontas ke la Kortumo plilongigis la verdiktojn al trijara malliberigo de Hannes Nilsson kaj dujara de Love Söderström.

"Kion vi opinias pri tio?" ŝi demandas lin.

"Nenion. Estas malgranda diferenco. Plia duonjaro."

"Ĉu vi mem ne serĉis tiun novaĵon rete?"

"Ne. Ne gravas al mi."

"Kaj ĉu via stomako hodiaŭ bonfartis en la lernejo?"

"Jes. Neniu problemo. Eble mi nur manĝis ion malbonan."

Anton ne vere scias, kion li atendis. Eble ke almenaŭ Love estos absolvita dank' al sia nova versio. Sed oni evidente tute ne atentis ĝin. Eble ĝi estus pli kredinda, se li lanĉus ĝin jam dekomence. Nun ĝi ŝajnis nur mustardo post la manĝo.

Letti kaj Alice ĉiumarde bicikladas kelkajn kilometrojn al ĉevalejo en la sudokcidenta parto de la urbo. Tie ili renkontiĝas kun Julia, kiu alvenas aŭte kun sia patrino. La knabinoj lernas prizorgi la ĉevalojn, forigi la miksaĵon el la malnova pajlo kaj ĉevalfekaĵo de sur la planko, seli kaj surmeti bridon, kaj finfine iomete ankaŭ rajdi. Post la rajdo restas pluaj taskoj, kiel strigli, alporti akvon kaj tiel plu. Laŭ Letti estas tro malmulte da rajdado kaj tro multe da peza sklavado, sed Julia klarigas ke ne indas plendi.

"Memoru ke la bono de la ĉevaloj ĉiam venas unue", ŝi diras iom saĝume.

Nu, malfacilas forgesi tion en la ĉevalejo. Bedaŭrinde la rajdado ne estas tre varia. Mankas arbaro, mankas belaj herbejoj kaj alia natura pejzaĝo. Oni rajdas en rondo sur ebena ĉirkaŭbarita tero, kiu jen disiĝas polvonubojn post semajno da seka vetero, jen iĝas gluece malseka argilkaĉo post kelkaj tagoj da pluvado.

La rajdado estas la tria hobia aktivado de Letti okazanta regule ĉiusemajne, krom la hiphopa dancado kaj la fluta muzikado. Laŭ Marina kaj Helle tio signifas almenaŭ unu troan aktivadon. Sed ŝi ne volas rezigni ilin.

"Mi rimarkis ke oni donas al vi pli da hejmtaskoj nun en la sesa klaso", diras Helle. "Ĉu vi vere havas tempon kaj forton por ĉio?"

"Ne estas problemo. La hejmtaskojn mi faras rapide antaŭ ol enlitiĝi."

"Sed somnoli kun la kapo en lernolibro ne egalas fari hejmtaskon."

"Ha, sed tio okazis ĉar la rajdado ege lacigis min tiutage. Sed nun mi jam alkutimiĝis."

"Bone, do daŭrigu provizore, sed ne imagu ke vi povos fari same en la sepa klaso."

"Nu, kaj do? Restas ja tuta jaro ĝis la sepa!"

Aŭtune, kiam la vesperoj mallumiĝas, Alice kaj Letti ĉesas bicikli kaj anstataŭe piediras al la hejmo de Julia, de kie ili veturas aŭte kun ŝi kaj ŝia panjo. Marina proponas ke oni alterne veturigu la triopon, sed la patrino de Julia ĉiuokaze irados al la ĉevalejo por mem rajdi, do tio ne necesas.

La multaj hobioj de Letti tamen ne daŭras pli ol ĝis la fino de oktobro. Tiam ŝi kaj Alice subite malamikiĝas. La kialo restas nebula, sed kredeble temas pri ia ĵaluzo aŭ envio en la amikec-triangulo de la knabinoj. Letti ĉagrenite deklaras ke Alice estas stulta kaj infaneca, kaj de tiam ŝi tute ĉesas viziti la ĉevalejon.

"Ĉu okazis al vi io malbona tie?" demandas Marina. "Ĉu iu ĝenis vin?"

"Ne, okazis nenio. Mi simple tediĝis de ili."

"Ĉu Alice kaj vi eĉ ne plu restas amikoj en la lernejo?"

"Mi fajfas pri ŝi. Ili ambaŭ estas tro nematuraj."

"Sed estus bedaŭrinde se vi ne plu interrilatus, ĉu ne? Vi ja estis plej bonaj amikinoj ekde la unua klaso. Ĉu tio vere povas finiĝi tiel subite?"

"Panjo, sciu ke oni povas evolui en malsamaj direktoj."

La evoludirekto de Letti ŝajnas ligita al ŝia dancoklaso. Tie ŝi rilatas al kelkaj pli aĝaj knabinoj, kaj eble pro tio ŝi nun trovas la ĝisnunajn amikinojn infanecaj. La plej gravaj novaj amikinoj de Letti estas la dekkvinjaraj Vilma kaj Nadine. Kun ili ŝi komencas aŭskulti muzikon de la svedaj repistinoj Seluah Alsaati, Beri Gerwise kaj Maxida Märak. Jen estas io tute nova. Subite la du beletaj knabaj kantistoj Marcus kaj Martinus estas klasitaj kiel infanecaj kaj tuj forgesiĝas. Post kelka tempo Letti mem komencas verki tekstojn, kiujn ŝi ekzerce repas antaŭ spegulo en la banĉambro. Anton mokas ŝin, Helle ridetas kaj videble amuziĝas, Marina ne scias kion pensi. Ŝi trovas la repadon eĉ pli monotona ol la vikingaj himnoj preferataj de Anton. Kaj la tekstoj de Letti almenaŭ komence ŝajnas tre lamaj, kun banalaj rimoj kaj duba senco.

"Nu, sed aŭskultu la versojn de tiu Seluah", diras Helle. "Tio estas vera feminisma poezio."

"Mi ne miros se ankaŭ vi komencos repi", respondas Marina.

"Kial ne? Sed Letti sendube trovus tion tro embarasa."

Marina pensas pri sia propra junaĝa poemverkado. Neniam ŝi ekhavus la ideon kanti siajn versojn, aŭ reciti ilin laŭ ia liturgia melodio. Kaj rimojn ŝi tiam trovis plej eksmodaj.

Ĉi-aŭtune ŝajnas kvazaŭ la familiaj problemoj ne vere solviĝis, sed venis en malpli akutan stadion. Post la juĝproceso de Anton ŝi esperas, ke li evitos almenaŭ la plej gravajn stultaĵojn de la nazioj, kvankam ŝi ne kuraĝas kredi, ke li tute forlasos ilin kaj revenos al pli sana vivkoncepto. Kaj ŝia rilato al Helle jam stabiliĝis. Nenio plu indikas ke ŝi devus malfidi ŝin. Tio tamen ne sufiĉas por senti veran fidon kaj certecon pri la amo de la edzino.

Krome premas ŝin la pezo de la jaroj. Kiam ili renkontiĝis, la dekjara aĝodiferenco ne gravis al ŝi, kaj evidente ankaŭ ne al Helle. Tiam ŝi supozis ke ĝi ricevos pli kaj pli malgrandan signifon kun la paso de jaroj, sed nun ŝajnas ke okazis la malo. Des pli ĉar Helle havis sekretan amrilaton kun virino eĉ pli juna, preskaŭ knabino. Antaŭe Marina neniam multe konsideris siajn korpajn malperfektaĵojn, sed nun ŝi ofte trovas sin antaŭ spegulo, kritike observante sian korpon kvazaŭ stulta adoleskulino.

Se almenaŭ Helle trovus laboron ĉi-urbe! Antaŭe Marina neniam konsideris tion grava afero. Kompreneble la ĉiutaga vojaĝado ankaŭ normale rabis iom da tempo, sed dum pli ol jaro tiu tempo ege kreskis pro la idiote misorganizitaj landlimaj identeckontroloj. Nun la tempoperdo ne plu estas same granda, sed ankoraŭ malfacilas scii, kiom longe daŭros la revojaĝo hejmen de Kopenhago. Tamen pli gravas la fakto, ke Helle malfidelis tie trans la limanta akvo. Ŝi vere transiris ĉiujn limojn. Certe tio ja povus okazi ankaŭ ĉi-flanke de la markolo, sed fakte ja ne estis tiel. Kaj dum Helle plu ĉiutage iras Kopenhagen, malfacilas ne memori ŝian umadon kun Louise.

Sed Helle neniam parolas pri la eblo serĉi laboron en Malmö. Kaj Marina ne volas mencii ĝin. Tio signifus agnoski ke ŝi ankoraŭ ne plene fidas ŝin. Krome la salajronivelo en Danio estas pli alta ol ĉi-lande, eĉ se oni subtrahas la koston de ĉiutaga vojaĝado.

La laboro de Marina pluas kiel kutime sen grandaj dramoj. La filia biblioteko, kie ŝi deĵoras, situas en kvartalo ne tre malproksima de ilia loĝejo. La libropruntantoj estas plejparte infanoj, pensiuloj, patrinoj kun infanetoj kaj klasoj el apudaj lernejoj. Kelkfoje aperas pedagogoj el infanvartejoj de la kvartalo por pruntepreni kaj redoni stakojn da bildlibroj por infanoj. Posttagmeze jen kaj jen invadas la ejon grupo el adoleskuloj, sed ili kutime ne restas longe, krom iufoje je pluva vetero. Pli daŭraj vizitantoj estas kelkaj mezaĝaj viroj, enmigrintoj evidente senlaboraj, kiuj sidas legante ĵurnalon, babilante aŭ ludante ŝakon aŭ damludon.

Marina kelkfoje pensas pri sia propra infanaĝo, kiam ŝi ofte akompanis sian panjon al la urba biblioteko, kie ŝi poste sidis sur sofo foliumante bildlibrojn. Dume Panjo babiladis kun siaj eksaj kolegoj, ĉar ŝi mem laboris tie antaŭ ol Marina naskiĝis. Pli malfrue, kiam Marina kreskis, Panjo rekomencis sian laboron tie, kaj Marina dum siaj bibliotekaj vizitoj preferis eviti ŝin. Tiam kaj ankoraŭ longe poste ŝi neniam povus imagi, ke iam estonte ŝi havos la saman profesion kiel Panjo. Sed ŝi ekhavis ĝin sufiĉe malfrue en sia vivo, longe post la emeritiĝo de la patrino.

Post la verdikto de la Apelacia Kortumo Tobias ankoraŭfoje atendas ekster la dompordo, por ke Anton venu al la kunveno de la Fronto. Li respondas ke li venos se eble, ricevas novajn instigojn kaj minacojn, sed poste ne iras tien. Sekvas telefonaj tekstmesaĝoj kun insistoj, ke li memoru sian devon. 'Morton al la perfiduloj' estas la fina frazo, kiu devus timigi lin, sed li ne sukcesas preni ĝin serioze.

En la kafeterio li diskutas arton kaj precipe desegnadon kun Farzaneh. Li montras al ŝi du el siaj desegnoj de fantaziaj figuroj. Ili ne estas karikaturoj sed sufiĉe detalplenaj bildoj fabelecaj. En unu vidiĝas ia vikinga luphomo, en la dua ĉasistino amazoneca. Li mem sufiĉe kontentas pri ili kaj pli-malpli atendas favoran juĝon. Eble li ja ricevas tion, sed ne nur.

"Vi certe havas la talenton, sed necesas multe lerni. Ekzercu, rigardu aliajn desegnojn de diversaj specoj, kaj faru pli simple! Kaj prefere komencu de la realo, poste vi povas aldoni la fantazion. Ĉi tie estas tro multe da etaĝoj, detaloj. Fidu la puran linion! Simpligu!"

Unue li iom elreviĝas, sed poste li provas utiligi ŝiajn konsilojn. Tamen li prokrastas denove montri ion al ŝi. Unue li devas trovi sian propran stilon.

Tobias revenas, ĉi-foje kun Gustav kaj alia junulo, kiun li ne konas.

"Venu, ni devas paroli", diras Tobias.

"Mi ne havas tempon. Eble alifoje."

Li klopodas preterpasi ilin por eniri la domon. Tio ne eblas. Ili kaptas lin kaj trenas lin trans la straton, inter la arbojn. Preterpasas ilin sinjoro kun ŝafhundo. La hundo ekbojas kontraŭ ili, sed la viro tiras ĝin for kaj rapide malaperas. Evidente li timas esti enmiksita en ion malagrablan.

"Kial vi ne venis lastfoje?" bruske diras Tobias. "Vi scias ke la partopreno estas deviga, ĉu ne?"

"Tiufoje mi ne povis. Mi venos venontfoje, se eblos."

"Ekzistas neniu 'se eblos'! Vi estas parto de la nacia lukto, aŭ vi estas malamiko. Kaj la sola bona malamiko estas morta malamiko. Ĉu vi komprenas?"

"Jes."

Tobias rigardas la nekonaton kvazaŭ por aprobo. Tiu senvorte kapsignas al Gustav, kiu rondiras ĉirkaŭ Anton, kaptas liajn brakojn de malantaŭe kaj fikstenas ilin. La nekonato nun kapsignas al Tobias, kiu faras paŝon malantaŭen, kolektas forton kaj dum momento okulfiksas la ventron de Anton. Pro tiu prokrasto li havas tempon streĉi la ventrajn muskolojn. La pugnobato tamen trafas lian diafragmon fortege, li perdas la spiron kaj sentas intensan doloron, dum liaj genuoj fleksiĝas kaj li sinkas teren.

"Morgaŭ je la sepa ĉe Hannes. Ne kondutu kiel molulo."

Dum kelka tempo lia ĉefa zorgo estas retrovi la spiradon. Kiam li restariĝas kaj metas la manojn al la ventro, la triopo jam malaperis. Duonfleksite li lamas hejmen. Sendube li devos iri al tiu kunveno. Li iom miras pro la indiko 'ĉe Hannes', ĉar tiu nun devus esti en malliberejo, li supozas. Povas esti ke li dume disponigis sian loĝejon al la Fronto. Aŭ eble oni ankoraŭ ne malliberigis lin.

En la sekva tago, kiu estas vendredo, li sentas alie. La lastaj vortoj de Tobias ankoraŭ sonoras en lia kapo. 'Ne kondutu kiel molulo'. Krome li vidas en si la nekonaton, kiu diris eĉ ne unu vorton, nur kapsignis. Tiu konduto incitas lin. Ĉu tiel agas kamarado? Anton opinias ke ne. Li devus montri al ili, ke li ne estas molulo. Li devus fajfi pri la kunveno.

Tamen finfine li ne kuraĝas tion. Do, hejme li ne restas por vesper-manĝi sed anstataŭe ekiras bicikle al Vendelsfridsgatan. Jam estas tute mallume, kaj lia bicikla lampo ne funkcias, sed li veturas sufiĉe sekure sur biciklovojo. Li alvenas je la sepa kaj duono, sed neniu aten-tas la malfruiĝon. Ĉeestas Hannes, Love kaj deko da aliaj frontanoj. La sola knabino estas Sara, la koramikino de Love. Evidente oni jam trinkis iom da biero, kaj tio plu daŭras. Estas festo por la du herooj, kiuj lunde devos prezenti sin en la malliberejo de Fosie ĉe la periferio de la urbo. Anton, la tria kondamnito, ne estas heroo. Pri li oni plej-parte ŝercas, mokante lin pro lia aĝo kaj pro la bagatela puno. Oni nomas lin bebo, kaj kiam li trinkas bieron oni demandas, ĉu li ne prefere volas suĉbotelon. La etoso tamen estas tre leĝera. Neniu ĉi tie parolas pri perfido, nek eldiras minacojn. La provo de Love en la Apelacia Kortumo ŝovi la kulpon al Hannes kaj Anton ŝajnas nur sprita ŝerco. Sendube la abunda biero helpas ŝmiri la interrilatojn.

Ĉeestas ankaŭ la triopo el la parko. Neniu tamen aludas la scenon de hieraŭ. Nun li ekscias ke la nekonato nomiĝas Patrik kaj venas el Gotenburgo. Li restos nur portempe en Malmö por reorganizi la ĉi-urban movadon dum forestos du gravaj aktivuloj. Sed ankaŭ nun li parolas tre malmulte kaj ŝajnas apenaŭ rekoni Anton-on.

Post kelkaj kuraĝigaj paroladetoj al kaj de la du herooj, oni dediĉas sin al la biero kaj al patriota muziko. Multaj kunkantas en la kantoj de ŝatataj bandoj kiel *Filoj de Odino* kaj *Sviþjuð*, aŭ malnovaj tradiciaĵoj de *Ultima Thule* kaj *Skrewdriver*. Anton ne sukcesas tute malstreĉiĝi sed kontraŭvole pensadas pri tio ke li morgaŭ devos servi en la muzea kafeterio. Li ne tre kutimas je tiom da forta biero kaj baldaŭ sentas vertiĝon kaj malkvietan stomakon. Li iras necesejen por vomi sed ne sukcesas. Anstataŭe li nerimarkite forlasas la feston, trovas sian biciklon kaj abrupte vomas surteren apud ĝi. Li ne kuraĝas bicikli sed paŝas, apogante sin sur la biciklo. Je noktomezo li stumblas en la hejman apartamenton. Akceptas lin Helle, kiu okulfiksas lin, flaras lian elspiron sed esceptokaze prokrastas la riproĉojn ĝis morgaŭ.

Iutage amikino de Farzaneh vizitas ŝin en la kafeterio. Ŝi estas nigra-hara mezaĝulino kun agla nazo, kaj la du virinoj vigle babilas perse. La amikino tute ne plaĉas al Anton. Li trovas ŝin tipa eksterlandano – laŭta, babilema kaj senbrida. Ĝenas lin devi aŭdi interparoladon tute ne kompreneblan. Eĉ ne unu vorton travideblas. Ŝajnas al li ke tiu duopo agas ofende, parolante fremdan lingvon en lia ĉeesto. Se ili volas loĝi ĉi-lande, ili almenaŭ klopodu adaptiĝi. En Svedio oni parolu svede!

Ankaŭ post kiam la amikino foriris, li daŭre paŭtas, kaj Farzaneh ŝajnas enmemiĝinta. Ili okupiĝas ĉiu pri siaj taskoj pli-malpli senvorte. La nombro de klientoj estas limigita, kaj la etoso en la kafeterio estas iom morna.

Fine Farzaneh surtabligas du tasojn da teo.

"Ĉu vi malsatas, Anton? Prenu la buterpanon kun ŝinko, se vi volas. Ni ne sukcesos vendi ĝin."

Li faras tiel kaj sidiĝas apud ŝin, plu silentante. El la muzea enirejo aŭdiĝas babilado de vizitantoj survoje elen.

"Mia amikino Zejnab maltrankvilas pri siaj filinoj", subite diras Farzaneh. "Antaŭ sep jaroj ŝia edzo estis mortpafita de la nekonato en sia butiko. La knabinoj estis tre junaj, eble dek sep kaj dek naŭ jarojn. Poste oni kaptis la strangulon Mangs, vi konas, ĉu ne? Kaj oni kondamnis lin, sed ne pro la edzo de Zejnab. La murdo de li restas nesolvita."

Anton vere ne dirus ke li konas Peter Mangs, sed li kompreneble aŭdis la nomon, kiel ĉiuj loĝantoj de Malmö. En 2009 kaj 2010 okazis serio da pafmurdoj en la urbo, same kiel nun, tamen tute ne similaj. Nun estas plejparte junaj krimuloj, kiuj pafas unu la alian por venĝi sin pro imagita antaŭa misfaro. Tiam la viktimoj estis ordinaraj homoj diversspecaj, ŝajne hazarde elektitaj. Tamen ne tute hazarde, ĉar temis pri pafanto kiu celis al homoj kun ekstereŭropa aspekto. La pafmurdoj kaj atencoj daŭris dum dek kvar monatoj, ĝis oni finfine kaptis strangulon kun rasisma mondrigardo, kaj post ampleksaj esploroj li estis kondamnita al dumviva malliberigo pro kelkaj el la murdoj.

"Zejnab kaj ŝiaj filinoj certas ke Mangs pafis ankaŭ ŝian edzon. Nun Marjaneh, la pli aĝa filino, verkas la libron pri tio. Kaj ŝi skribis al tiu viro kaj eĉ ricevis la respondon. Sed li ne konfesis la murdon. Nasrin, la pli juna fratino, tre koleras. Ŝi diras ke estas terure korespondi kun tia monstro, ĉu ne? Do la fratinoj ĉiam kverelas pri tio, kaj la patrino ne scias, kion fari. Nun Marjaneh eĉ volas renkonti lin."

"Kial?"

"Por paroli kun li. Por igi lin konfesi ke li murdis ŝian patron."

"Eble ŝi volas mortigi lin."

"Mi opiniis same, sed Zejnab diras ke ne temas pri tio. Krome, tio ne eblas. Oni zorge gardas lin kaj kontrolas la vizitantojn. Ŝi vere volas paroli kun li. Kion vi pensas pri tio?"

"Mi ne scias. Mi ne konas lin. Sed tio ŝajnas senutila. Kial ŝi verkas libron?"

"Zejnab diris ke pro la respekto al la patro. Ke oni ne forgesu lin. Iam li estis la aktivulo en politika partio, sed delonge li lasis tion. Li ekposedis la etan butikon de la gazetoj kaj la tabako kaj la dolĉaĵoj. Li ne gajnis multe da mono, kaj poste, kiam li mortis, Zejnab devis vendi la butikon malmultekoste. Ŝi vivis tre malriĉe. Tamen la filinoj studis ĉe la universitato kaj bone sukcesis."

Anton ne scias, kion diri, nek eĉ pensi. La plurfoja murdinto Peter Mangs ŝajnas al li nura strangulo. Utilas al nenio mortpafi hazarde elektitajn alilandanojn. Necesus fermi la limojn kaj forsendi la tutan aron. Aŭ almenaŭ la nigrulojn kaj arabojn. Eble irananoj estas pli bona speco. Ĉiuokaze kelkaj el ili. Arjoj, laŭdire. Farzaneh ja estas sufiĉe tolerebla. Ŝia amikino Zejnab tamen ne plaĉis al li.

Li glutas la lastan pecon de sia buterpano kaj preferas silenti. Farzaneh verŝas pli da teo kaj rigardas la horloĝon.

"Bone, ni baldaŭ fermos. 'Korespondi kun seria murdinto' estos la titolo de tiu libro. La stranga ideo ĉu ne? Ŝi verkas ĝin en la sveda, kompreneble. Eble ŝi devas fari tion por si mem, kiel la psikoterapion."

"Eble", konsentas Anton kaj malplenigas la tetason.

Poste li iras alporti siteleton kun varma sapakvo kaj spongo por viŝi la tablojn. Ne plu aperos gastoj hodiaŭ. La lastaj vizitantoj en la muzeo rapidas al siaj hejmoj. Li jam sentas kvazaŭ li jam de jaroj laboras ĉi tie.

Denove Marina atente kaj mire sekvas la novaĵojn en ĵurnaloj kaj televido. Dum la lastaj semajnoj de oktobro oni ade raportas pri bizara kokolukto en Hispanio. Post referendumo, en kiu partoprenis apenaŭ duono de la kataluna loĝantaro, la regiona prezidento eble aŭ eble ne deklaris sendependecon de Katalunio. La hispana ĉefministro siavice tuj minacis nuligi la regionan aŭtonomion kaj malliberigi la katalunajn gvidantojn. Je ĉiu nova deklaro de la duopo ĉiam plivastiĝis la breĉo inter ili, tiel ke la ŝanco de intertraktadoj senĉese ŝrumpis.

Nun fine sekvas formala deklaro pri sendependeco fare de la kataluna parlamento, kaj same formala decido de la hispana senato eksigi la katalunan registaron, malkunvoki la regionan parlamenton kaj proklami novan elekton de tiu. La kataluna prezidento estos akuzita pri ribelo, kio povus doni tridekjaran malliberigon. Entute oni kreis situacion el kiu neniu facile retiriĝos sen humiliĝo, kaj ĝuste humileco ne superfluas ĉe la korifeoj de la konflikto.

Ŝajnas al Marina ke ambaŭ flankoj penas konstrui al si mem sakstraton. Ŝi pensas pri la teroristo, kiu antaŭ du monatoj veturigis liveraŭton rekte en homamason sur ĉefstrato de Barcelono. Ĉu ion similan nun klopodas fari la politikistoj?

Helle proponas ke Marina kaj ŝi faru semajnfinan vojaĝon ien por pasigi kelkan tempon duope.

"Estus bone havi iom da tempo kune sen ĉiutagaj ĝenoj kaj pre-moj", ŝi diras.

"Kial do? Ĉu vi havas novaĵon por rakonti?"

"Ne. Mi simple volas ke ni havu agrablan semajnfinon. Por inter-paroli trankvile kaj senstreĉe. Aŭ simple kunestadi duope."

Marina komprenas sufiĉe bone, pri kio temas. Helle volas flegi aŭ fliki la rilaton. Sed ĉu tio pli facilus aliloke? Ia malicaĵo ŝvebas al ŝi sur la lango, sed ŝi glutas ĝin. Prefere ne reveki entombigitan fantomon.

"Kien ni do iru ĉi-sezone?" ŝi anstataŭe demandas.

"Mi ne scias. Ne gravas. Berlino, Hamburgo. Eble Parizo, se vi akceptus flugi."

"Fakte, Helle, tia semajnfina ekskurso ŝajnus al mi sufiĉe laciga, kaj ne tre alloga en novembro. Ĉu ni vere estas tiel ĝenataj ĉi-hejme?"

"Nu, eble ne de la infanoj, sed ni mem katenas nin per ĉiutagaĵoj, ĉu ne? Do, ĉu iu dana kampara gastejo? Aŭ sveda hotelo kun bonfartiga banejo?"

Marina ridas.

"Ĉu bonfartiga banejo? Kun fiŝpedikuro, eble? Kaj argila aŭ fuka bano? Mi preferus bani min somere en la maro. Cetere, mi ŝatus iomete ŝpari monon, ĉar mi rimarkis ke Letti pli kaj pli interesiĝas pri Brazilo. Mi pripensas ĉu proponi al ŝi vojaĝon tien kaj eble eĉ viziton en la orfejo. Venontan someron, ekzemple, kiam tie estas vintro kaj agrabla vetero."

Helle sulkas la frunton.

"Ĉu proponi tion nur al ŝi?"

"Estas nur tute provizora ideo. Mi ankoraŭ nenion menciis pri ĝi. Kaj mi tre dubas ĉu ankaŭ Tom volus kuniri. Brazilo estas feklando, se mi ĝuste memoras lian esprimon."

"Kaj mi?"

Marina rigardas ŝin konsternite. Ŝi eĉ ne konsideris, ĉu ankaŭ Helle eble ŝatus vojaĝi al Brazilo. Ŝi supozis ke la edzino ne havas personan rilaton al tiu lando. Nun ŝi ekkonscias ke tio estis tre stulta supozo. Helle ja estas patrino de la du eksbrazilanoj, same kiel ŝi mem.

"Kompreneble ankaŭ vi kunirus, se vi volus. Sed tio eĉ ne estas komenco de plano, nur vanta ideo. Necesus kalkuli la koston kaj zorge plani. Kaj mi eĉ ne scias, ĉu tio entute interesus Letti-n."

"Bone, sed tia vojaĝo estus afero de la venonta somero. Kio pri nia semajnfino?"

Marina rapide ripetas al si enpense la diversajn proponojn ĵus aŭditajn.

"Nu, al Hamburgo iras rekta trajno de Kopenhago, ĉu ne? Do, ĉu hotelo tie? Mi neniam estis en tiu urbo kaj scias nenion pri ĝi."

Anton partoprenas en ankoraŭ unu kunveno de la Norda Fronto. Ĉifoje ne estas festo por adiaŭi la heroajn kondamnitojn, sed kunsido por plani pluajn agojn. La gotenburgano Patrik gvidas ĝin kaj klopodas konvinki la kamaradojn ke necesas entrepreni ion spektaklan. Oni komprenas ke ĉi tio estas lia lasta tago en Malmö. Morgaŭ li reiros norden.

"Plej bona celo estus barako de rifuĝantoj. Sed ĉi-foje ne lasu tiom da spuroj kiel ĉe la gazeta putino. Tiu ago estis diletanta."

Anton ne scias kion signifas tiu vorto, sed li komprenas la kritikon. Fakte Patrik pravas. Ili agis mallerte, la tuta triopo. Verŝajne plej multe li mem, deponante la jakon en ies rubujo. Sed li diras nenion. Li preferas resti kiel eble malplej rimarkata.

Oni interkonsentas ke Tobias esploros pri konvena celo de nova atenco. Poste oni fiksas daton de la venonta kunveno. La demando, kiuj personoj plenumos la atencon kaj per kiuj rimedoj, estas prokrastita ĝis tiufoje. Neniu anoncas sin propravole. Patrik rigardas ilin kritike sed diras nenion. Evidente li ne tre kontentas pri la celkonscio de la ĉi-urbaj patriotaj batalantoj. Ili perdis iom el sia agemo post kiam la du herooj iris en malliberejon.

Post tio li montras fotojn el Peterburga milita trejnkampo de la frata Rusa Imperia Movado, kie du frontanoj el Gotenburgo lastjare partoprenis en trejnado.

"Venontjare ni ripetos tion", li diras, "kaj tiam mi iros tien. Estus bone se ankaŭ iu batalanto el Skanio ricevus tian trejnadon. La gvidantoj estas spertaj militistoj, kiuj batalis en Ukrainio. Kaj ne forgesu ke rusoj kaj svedoj havas komunan historion. Skandinavoj, precipe svedaj vikingoj, eĉ fondis la unuan rusan regnon."

Anton surpriziĝas ekscii tion, ĉar antaŭe li aŭdis nur pri historiaj militoj inter Svedio kaj Rusio. Cetere li tute ne ŝatas rusojn, kvankam li neniam vere renkontis iun.

Iom post iom la kunveno transiras en ordinaran bier- kaj babil-kunestadon, kaj baldaŭ Anton foriras senprobleme. Li decidas ne partopreni venontfoje. Se Tobias denove venos por minaci lin babil-ante pri perfiduloj, li tiam decidos kion fari. Se ne, des pli bone.

19

Frumatene sabate Marina kaj Helle ekiras aŭte per la ponto al Kopenhago kaj de tie plu suden al Hamburgo. Internacia trajnbileto montriĝis multekostega, do ili finfine decidis veturi per la propra aŭto. Eblus iri per la Beltaj pontoj kaj tra Jutlando, sed tiu vojo estus pli longa. Sekve ili elektas la plej rektan vojon, kiu inkluzivas pramveturon inter Danio kaj Germanio. Kvankam la tuta distanco estas nur iom pli ol tricent kilometroj, la vojaĝo entute daŭras pli ol kvar horojn.

En la pramo ili mendas malfruan matenmanĝon, dum la taglumo malrapide kreskas super la Balta Maro, kaj iom antaŭ la tagmezo ili alvenas en Hamburgon kaj parkas apud hotelo ĉe Kirchenallee, kie Helle rezervis ĉambron. Poste ili ekpromenas tra la malnova urbocentro serĉante agrablan restoracion por tagmanĝi. Blovas sufiĉe morda vento inter la domblokoj, kaj la novembra aero estas malvarme humida. Marina demandas sin, kial ili elektis turisti je ĉi tiu tremiga sezono. Sed kiam ili endomiĝis kaj sidas ĉe tablo atendante sian manĝon, ŝi malgraŭ ĉio trovas la ekskurson bona ideo. Fakte Helle pravas; ili devus pli ofte fari ion kune, duope.

"Ĉu vi ŝatus viziti la artmuzeon Hamburger Kunsthalle?" demandas Helle. "Ĝi havas bonan reputacion, kaj mi volonte irus tien."

"Jes, en ordo, sed ĉu ni povus prokrasti tion ĝis morgaŭ? Mi sentas ke mi bezonas unue iom ripozi. Hodiaŭ kredeble sufiĉus al mi promeni, kaŭri en kafejo por varmiĝi kaj fine trovi bonan lokon por vespermanĝi."

"Bone, ni faru tiel."

Iliaj bovidaj trançaĵoj alvenas kaj ili ekmanĝas.

"Ĉu vi memoras la pentraĵon de Hammershøi?" demandas Helle, glutinte iom da biero.

Marina rigardas ŝin ridetante. Kompreneble ŝi memoras ĝin. Antaŭ dek tri jaroj ili hazarde renkontiĝis antaŭ nudaĵo en la Ŝtata Artmuzeo de Kopenhago kaj komencis interparoli pri ĝi. Jen la origino de ĉio. Jen ilia persona praeksplodo. Ŝi ankoraŭ klare memoras la senton, kiu ekĝermis kaj iom post iom kreskis en ŝi, dum ili interŝanĝis opiniojn pri tiu pentraĵo. Nur post pluraj tagoj, kiam la sento jam plenigis ĉiun poron de ŝia korpo, ŝi ekkomprenis kio ĝi estas: la enamiĝo.

"Certe", ŝi respondas. "Sed ni neniam reiris tien. Ĉu ni timis revidi ĝin?"

"Mi revidis ĝin."

"Ĉu sola?"

"Jes. Sed ĝi estis multe pli bona kiam vi kunestis tie."

Marina denove ridetas, sed ĉi-foje iomete oblikve. Ĉu Helle diras la veron, ke ŝi reiris tien sola? Aŭ ĉu ŝi iris rigardi la pentraĵon kun iu alia? Kun Louise? Ne, tiel fie tamen ne eblas konduti.

Trafas ŝin la penso, ke ŝi eble tro pasivas en ilia kuna vivo. Kial ili neniam revenis kune al tiu muzeo? Se Helle ne iniciatis tion, kial do Marina mem ne venigis ŝin tien? Tio povintus esti amuza tradicio, rememori kaj celebri la renkontiĝon per ripetataj vizitoj tie, eble sekvataj de sandviĉo kaj biero en la Reĝa Parko. Sed ili apenaŭ havas tiajn tradiciojn. Helle ĝenerale ne tre aprezas tradiciojn. Kaj Marina kutime akceptas tion. Ĉu malprave?

Fakte ŝi eĉ ne scias, ĉu Helle spertis la fenomenon de enamiĝo same kiel ŝi. Aŭ pli ĝuste; ŝi certas ke ne. Por Helle nek la pentraĵo de Hammershøi, nek la enamiĝo al virino estis novaĵo unuafoja kaj neatendita. Do, eĉ se ŝi tiufoje eksentis simile kiel Marina, tiu sento ne povis esti sama mensa revolucio por ŝi.

"Kia estos la vivo de Anton, laŭ vi?" demandas Helle, subite ŝanĝante la paroltemon. "Ĉu li forlasos tiujn kretenojn?"

Marina pripensas. Ŝi iom surpriziĝas pro tio ke Helle mencias la filon. Ŝi ja volis fari ĉi tiun vojaĝon duope por ke ili okupiĝu pri si mem, dume eskapante el la lastatempa ĉiama zorgado kaj maltrankvilo pri li.

"Mi forte esperas ke jes", ŝi diras. "Mi tute ne komprenas, kio mankis al li. Kial li trafis en tiun rondon kaj adoptis tiujn ideojn?"

"Kompreneble ni ambaŭ esperas tion, ĉu ne? Ni esperas ke li ŝanĝiĝos. Sed ĉu vi fakte kredas ke jes?"

"La juĝproceso ĉiuokaze faris impreson al li. Lia servado en tiu kafeterio ŝajnas funkcii bone. Eble ĝi iom edukos lin. Kaj ŝajnas ke li ne plu havas kontakton kun la nazioj. Almenaŭ ne tre ofte, ĉu?"

Helle pripensas.

"Ŝajne li bierumis kun ili antaŭ kelka tempo. Sed kiom li renkontas ilin, ne eblas scii", ŝi diras.

"Nu, efektive ni apenaŭ plu ekscias ion ajn pri li. Li estas fermita konko."

"Jes, sed tio estas normala ĉe junuloj, mi pensas. Plej gravas ke li ne plu partoprenu en krimoj. Se li daŭrigus pri tio, estus vere terure."

"Espereble oni kontrolas ke li efektive venas al tiu deviga servado ĉiufoje, kiam li devas. Kaj ankaŭ ke li ĉeestas en la lernejo."

Ili plu ĝuas la manĝon kaj bieron. La restoracio iom post iom pli-malpli pleniĝas de lokanoj, precipe junuloj. Marina komprenas neniom el ilia babilado. Fone televida ekrano montras futbalmatĉon. En Svedio la futbala sezono sendube jam finiĝis, sed ĉi-lande ĝi eble daŭras, kvankam la klimato ĉi-urbe samas kiel hejme en Skanio. Ŝajnas tipa novembro ĉe la Balta Maro. Nu, ĉi tio estas Nordmara havenurbo, sed oni ne rimarkas klimatan diferencon. Ŝi pripensas, kion ŝi jam aŭdis pri la urbo.

"Ĉu ne Hamburgo iam estis konata pro bordeloj?" ŝi demandas.

"Ha ha!" ridas Helle. "Ĉu vi proponas ke ni faru viziton? Ĉe Reeperbahn, do?"

"Mi nur scivolas, ĉu tio validas ankoraŭ."

"Nu, ni guglu tion ĉi-vespere en la hotelo. Sed mi dubas, ĉu oni ĉi tie eksponas sin en montrofenestroj, kiel en Amsterdamo."

"Fakte tio ne estas amuza. Estas kruda ekspluatado."

"Ĉu ne estas same krude ankaŭ ekster la bordeloj?" diras Helle.

"Ja regas patriarkeco preskaŭ ĉie. Sed ne inter ni."

"Inter ni regas matriarkeco, evidente."

"Ĉu vere? Kiu do estas la matriarko? Mi pensis ke... fratinarkeco."

"Hm. Kion signifas tio?"

"Mi ne scias precize. Mi ĵus inventis ĝin."

Helle penseme rigardas ŝin ridetante. Ŝi demetas la manĝilojn kaj prenas gluton da biero.

"Mi pensis ke estas ia slogano de la kampanjo *Ankaŭ mi*", ŝi diras.

"Eble mi proponu ĝin."

"Mi ĉiutage miras ke ĝuste en Svedio tiu kampanjo tiom ŝvelas. Lastatempe ŝajne ĉiutage virinoj de nova profesio lanĉas torenton da atestoj kaj protestoj pri siaj spertoj de seksaj ofendoj, ekde fipalpado kaj nedezirataj proponoj ĝis seksperforto. Inter aktoroj, ĵurnalistoj, sportistoj, studentoj, politikistoj, ekleziuloj, juristoj, eĉ ĉirkaŭ la Sveda Akademio – ĉie do furoras tia kaŝa ĉikanado kaj mistraktado fare de viroj altprestiĝaj. Mi pensis ke mi konas la svedojn, sed ili montriĝas enigmuloj. Kial oni protestas nur post jaroj? Laŭdire ja regas seksa egaleco, ĉu ne?"

"Ne ĉiam facilas", diras Marina. "Temas pri potenculoj, kiuj misuzas sian pozicion. Ofte la viktimoj dependas de ili por sia kariero. Kaj ili alkutimiĝis kulpigi sin mem, ke ili invitis al la ofendo."

"Ĉu *ankaŭ vi*?"

Marina pripensas.

"Mi ne memoras gravan ofendon."

Helle rigardas ŝin esplore.

"Kaj kio pri via trejnisto, kiu delogis vin?"

"Nu. Mi demandas min, kio estas misuzo, kaj kio ne. Tiam mi estis deksepjara kaj ne sentis ke li misuzas min. Male, lia intereso flatis min. Cetere, mi eĉ ne plu dependis de li. Li ne plu estis mia trejnisto, ĉar mi jam delonge ĉesis pri la hurdokurado. Poste ja estis alie. Eble ankaŭ aliaj spertas tion, ke oni nur poste komprenas, kio estas seksa ofendo. Sed ĉu la kampanjo *Ankaŭ mi* ne same furoras en Danio?"

"Tute ne, laŭ mia sperto."

"Nu, kredeble la daninoj estas pli memfidaj kaj protestas tuj ĉe la freŝa faro."

"Eble. Sed regas pli kruda etoso ĉe ni. Oni devas toleri pli multe. Kaj la vorto feministo daŭre estas insulto en Danio. Cetere, mi supozas ke Kim Wall protestis tuj, sed tio ne helpis ŝin."

Marina konsterniĝas kaj ne scias, kion diri. Dum momento ŝi sentas naŭzon. La kazo, kiun aludas Helle, dum la aŭtuno ŝokis la homojn ĉe la dan-sveda limo, kaj eble eĉ internacie. La ĵurnalistino Kim Wall naskiĝis en suda Skanio sed aktivis tutmonde. Ŝia lasta projekto estis intervjui originalan danan inventiston, konatan kiel 'Raketa Madsen', en lia memkonstruita submarŝipo dum ekskurso en la markolo apud Kopenhago. Post kelkaj horoj ŝi jam estis sadisme seksatencita kaj murdita. Madsen dissekcis ŝian kadavron en ses pecojn, ĵetis ilin en la maron kaj fine alfundigis ankaŭ la submarŝipon. Arestite li liveris sinsekvan serion da versioj pri tio, kio okazis en la ŝipo, dum la polico malkovris pli kaj pli da pruvaĵoj kontraŭ li. La makabraj detaloj kvazaŭ felietone malkaŝiĝadis en la gazetaro dum la paso de monatoj.

Dum kelka tempo ilia interparolo lamas. Ili ambaŭ finis siajn bovidaĵojn kaj dediĉas sin al la biero. Dank' al tiu la etoso tamen iom post iom denove pliboniĝas. La bruo de futbalaj fanoj konsistigas normaligan fonon. Estas tute en ordo sidi ĉi tie ripozante, serĉante babiltemojn malpli pezajn. Fakte, ili povus diri absolute ĉion ajn; neniu aŭdus. Kaj eĉ se iu aŭdus, oni supozeble ne komprenus la svedan, nek la danan. Sed ili ne plu havas ion ŝokan por diri. Male, ili vojaĝis ĉi tien por malŝoki unu la alian. Por flegi kaj fliki sian inter-rilaton.

Ili vere tre pigras kaj kvietas dum la resto de la posttagmezo kaj vespero. Kelkaj vizitoj al la malnovaj preĝejoj de Sanktaj Jakobo, Petro kaj Katarina, promeno inter havenaj magazenoj transformitaj en luksajn loĝejojn, kiujn bedaŭrinde tro vipas vento el la maro, kaj sekva ripozado en la hotelĉambro. Kaj poste bona vespermanĝo, ĉi-foje en pli trankvila loko sen futbalaj fanoj. Ili promenas reen al la hotelo kaj fine enlite iom babilas, pli leĝere ol antaŭe pro la bona vino trinkita kun la manĝo. Tamen iom post iom pli peza temo refoje altrudas sin.

"Estas nur la dekunua horo, kaj mi jam ege lacas", diras Marina. "Kredeble tion kaŭzas la aĝo."

"Laŭ mi tion kaŭzas, ke ni ellitiĝis frue ĉi-matene kaj poste vojaĝis tra tri landoj."

"Nu, sed antaŭ dek jaroj mi ne tiel facile laciĝis."

"Bone. La tempo pasas samtakte por ĉiuj homoj, ĉu ne?"

"Ŝajnas ke pli rapide por mi. Fakte mi demandas min, ĉu vi povus iel ajn interesiĝi pri mi, se ni hodiaŭ renkontiĝus antaŭ pentraĵo."

Helle suspiras.

"Marina, vi devas iel eskapi el tiu obsedo pri maljuniĝo. La aĝo vere ne gravas, kaj ni ambaŭ maljuniĝas same rapide. Vi nur turmentas vin mem per tia pensado."

"Eble. Pardonu. Mi klopodos ĉesi pensi pri tio. Sed... Nu, vi scias, ĉu ne?"

"Ne, mi ne scias", diras Helle lace.

Marina paŭzas. Ŝi ne volas ekparoli pri Louise, kiu ĉiam sen invito altrudas sin en ŝiajn pensojn. "Ne gravas", ŝi diras post kelka tempo. "Sed ĉu mi rajtas demandi ion alian?"

"Vi rajtas ĉion demandi. Tion vi scias."

"Nu, temas pri via laboro. Ĉu vi ankoraŭ ne volas pripensi, ĉu serĉi postenon en Malmö?"

Helle ĵetas rapidan rigardon al ŝi kaj poste plu reveme rigardas la plafonon. Ŝi metas ambaŭ manojn sub la nukon, kuŝante surdorse en sia lito.

"Mi ne vidas fortan kialon. Mia laboro en la Kolekto de David estas tre bona. La vojaĝo tien restas glata. Mi biciklas dek minutojn, trajnas kvardek kaj piedas dek. Tio estas tute akceptebla. Nur pro tiu damnita limkontrolo la revojaĝo restas iom pli longa, sed tio ja devos baldaŭ ĉesi. La Unio delonge kritikas ĝin. Ĉiuokaze nun jam estas pli bone ol dum la plej kaosa jaro."

"Sed se vi trovus ion ĉe muzeo en Malmö aŭ Lund, vi ĉiutage ŝparus tempon kaj ĝenon."

"Ĉu vi mem iam pripensis serĉi laboron en Kopenhago? Ni povus ekloĝi tie."

Marina saltetas. La vortoj de Helle surprizas kaj iom konfuzas ŝin. Ĉu ŝi serioze proponas ke ili migru en Danion? Aŭ ĉu tio estas nur preteksto por eviti la temon de ebla laboro en Svedio? Kvankam Marina iam dum jaroj loĝis kaj laboris en Britio kaj Brazilo, ŝi hodiaŭ trovus tre granda paŝo ekloĝi trans la Sunda markolo, en Kopenhago.

"Mi dubas, kiom valorus sveda bibliotekisto tie. Kaj krome estus tro komplike pro la infanoj."

"Eble estus bone por Anton. Tamen mi ne proponas tion. Laŭ mi estas bone nun. La vojaĝado ne tro lacigas min. Ni havas sufiĉe da tempo kune. Cetere, plej gravas ne la amplekso de la komuna tempo, sed kiel ni uzas ĝin."

Marina pripensas. Kiel ili uzas la komunan tempon? Ŝajnas al ŝi ke ĉio pasas sufiĉe rutine laŭ malnovaj kutimoj. Komprenebla ĉi tiu hamburga semajnfino ekzemplas la malon. Verŝajne Helle pravas. Pli da komuna tempo ĉiutage eble tute ne alportus ion bonan. Eble eĉ male.

Iam ŝi vivis tute alie, pasigante multe da tempo sola. Tiam ŝi supozis ke tio estas fundamenta bezono por ke ŝi konservu sian spiritan ekvilibron. Sed jam de dek jaroj, ekde kiam ili komencis kunvivi kaj adoptis la infanojn, ŝi male tre malofte estas sola. Iel ŝi alkutimiĝis ankaŭ al tiu vivo.

Kiam malkaŝiĝis la amafero de Helle kaj Louise, ŝi ofte pensis pri tio, kia estus vivo sen Helle. Sed eĉ tiam ŝi ne antaŭvidis sin sola, ĉar ŝi imagis la infanojn daŭre resti ĉe ŝi. Vere, nek ŝi mem nek Helle iam ajn menciis la eblon, ke ili povus divorci. Sed ŝi ne povis ne pensi pri ĝi. Lastsomere ŝi eĉ estis devigita pensi pri ĝi, kiam Letti surprize demandis, ĉu ili divorcos. Kaj tre certe tia penso hantis ankaŭ Helle-n. Eble ĝi ankoraŭ restas kiel potenciala minaco. Ŝi devus demandi pri tio. Aŭ eble ne. Eble ĝuste tion ŝi nepre ne demandu. Ŝi ne elvoku lupon el la arbaro.

"Marina", diras Helle. "Ĉu vi jam endormiĝis?"

"Ne. Mi nur pensas."

"Ĉu vi povus pripensi eventualan viziton en mia lito?"

"Mhm. Ĉu vi ne estas tro laca?"

"Certe ne. Kaj ni ja devas elprovi la noktan vivon de *Hamborg*, ĉu ne?"

Se temas pri nokta vivo, Helle evidente preferas uzi la danan formon de la urbonomo.

"Ĉu tiu okazas vialite?"

"Ankoraŭ ne, sed mi esperas ke ĝi baldaŭ komenciĝos."

"Do, ĉu vi malfermis tian hamburgan bordelon tie?"

"Prave. Kaj ĝuste ĉi-vespere ni havas tre favoran oferton. Senkostan traktadon por la unua vizitanto, fakte."

"Bone do. Mi venos. Sed estingu tiun abomenan lampon, mi petas."

Anton manĝas picon antaŭ sia komputilo, guglante pri neandertaluloj. Io vidita en Interreto memorigis al li la tedaĵojn de Tomas somere en la aŭto. Nun li volas legi pli multe pri tiuj fruaj eŭropanoj por eble malkovri ke Tomas falsis la historion. Eble ili eĉ povas klarigi la superecon de blankuloj. Ekzistas multege da paĝoj pri ili, sed en la plej multaj ili ŝajnas sufiĉe primitivaj.

Li estas sola en la apartamento, kion li trovas bona. Letti pasigis la tutan sabaton ĉe iu nova amikino en sia klaso, kaj pli frue vespere Marina plusendis al li tekstmesaĝon, en kiu Letti sciigis ke ŝi ankaŭ tranoktos tie. La preta manĝo, kiun Marina kaj Helle lasis por ili en la fridujo, ne tre logis lin, do anstataŭe li eliris por aĉeti picon.

Li tre kontentas ke la stulta knabino forestas, kaj li fajfas pri kie ŝi dormos. Tamen li miras ke ŝi jam trovis novan amikinon en la klaso, tuj post kiam ŝi malamikiĝis kun Alice. Sed estas absolute freneze, kiom aliaj homoj ŝatas tiun etan brunan diablinon. Freneze kaj nekompreneble. Ŝi vere ne meritas tion. Tio nur montras kiom da homoj estas idiotoj.

Fakte li baldaŭ tediĝas ankaŭ de la interretaj neandertaluloj. Kial oni dediĉas tiom da energio al kelkaj putraj ostoj el antaŭ centmilo da jaroj? Ili ja ne havas sencon por la nunaj homoj. Multaj paĝoj estas en nekomprenebla lingvo, kredeble germana. Ŝajnas ke germanoj fieras ke oni trovis ilin en Germanio, kvazaŭ tiuj duonsimioj mem estus germanoj. Anton ŝatas nek germanojn nek rusojn, kaj li ne komprenas, kial kelkaj el la frontanoj volas havi kontakton kun tielnomataj patriotoj en tiuj landoj. Se almenaŭ temus pri skandinavoj, li pli facile komprenus, kvankam pro Helle li ankaŭ ne ŝatas danojn, kaj norvegoj cetere sonas ege ridinde kiam ili parolas. Se oni pretendas esti patrioto, oni devus resti kun siaj propraj samlandanoj, li pensas.

Somere surprizis lin aŭdi ke la patro de Tomas estas ia duoncigano, se li bone komprenis la babilon pri vojaĝantoj. Nu, tre eblas ke li eraris. Tiu maljunulo eble tute ne estas la biologia patro de Tomas. Li ne povas certi pri tio hodiaŭ. Ĉu li ricevis ian pruvon? Povus esti ke li faris DNA-teston, sed li neniam menciis tion. Li babilis plejparte pri antikva DNA de antaŭ jarmiloj. Sed ne eblas memori ĉiujn stultaĵojn de liaj predikoj.

Tamen Tomas ŝajnas esti vera svedo. Tute ne kiel la danino Helle aŭ la duonfrancino Marina. Kvankam li estas tedulo, kaj ankaŭ Moa estas mokema ĝenulo, tamen estis pli facile diskuti kun ili ol kun la patrinoj. Helle nur senĉese plendas kaj skoldas kaj volas malpermesi ĉion, kompreneble vane. Kaj Marina ridinde maltrankvilas kaj ĝemas pri ĉio. Tomas ĉiuokaze pretis diskuti pri aferoj, kvankam li idiote misvagis en prahistoriaj malgravaĵoj kaj en sia propagando pri egaleco kaj tiel plu.

Anton forlasas la neandertalajn retpaĝojn kaj surfas al la ĉefpaĝo de la Norda Fronto. Aperas bildo de manifestacio. La malhelverdaj standardoj kun la sagoforma *Tyr*-runo flirtas majeste super aro da junuloj. Li rekonas du el ili, kvankam la foto ŝajne estas el Dalekarlio, kie patriotoj manifestaciis en la unua de majo. Aperas neniu foto de la malsukcesa provo manifestacii en Gotenburgo. Sur la bildo videblas ankaŭ parto de la policistaro staranta ĉirkaŭ la frontanoj por malhelpi batalon inter ili kaj la kontestantoj, kiuj ne videblas sed sendube troviĝas trans la policista kordono. Komunistaj stultuloj! Li demandas sin, ĉu Tomas povus aperi inter ili. Certe ne nun, sed eble kiam li estis juna. Aŭ eble ne. Li ŝajnas esti homo kiu ŝatas prelegi sed ne agi. Kontraŭe, Anton tute ne surpriziĝus se Moa aperus en tia antirasista rondo. Ili cetere tute ne estas antirasistoj, sed antisvedoj!

Li trovas tion malĝojiga. Kial ŝi ne povas vidi aferojn same kiel li?

Restas kvarono de la pico, plus la tuta rando, kiun li lasis. Li maĉas kaj glutas ankoraŭ pecon. Ĝi jam tute malvarmiĝis. Morgaŭ li eble mikroondumos la pladon el la fridujo. Ĝi estas lasanjo, espereble ne vegetara sed kun hakvianda saŭco. Krome li povos preni unu el la bierboteloj de Helle. Ŝi ne rimarkos tion, kaj eĉ se ŝi kalkulis ilin, ŝiaj riproĉoj tuŝos lin kiel akvo anseron. Li prenos unu jam ĉi-vespere. Tion li ja meritas. Fakte li faros al ŝi servon. Virinoj devus ne trinki bieron. Ebrieta virino estas naŭza. Cetere, lesba virino ja estas naŭza eĉ se sobra.

La artmuzeo situas ne malproksime de la hotelo. Ili promenas tien tra griza matena nebulo kaj poste sen ajna urĝo vagas tra la galerioj. Oni havas bonan kolekton de artaĵoj el diversaj epokoj kaj ĝenroj, eble plej grave el la germana ekspresionismo, kiu tamen ne estas ĝenro preferata de Marina. Helle klopodas klarigi la valoron de la verkoj kaj ilian signifon por rompi iaman artan tradicion, sed multaj bildoj ŝajnas al Marina sufiĉe forpuŝaj. Tamen ja troviĝas amaso da alispecaj artaĵoj, kaj cetere ŝi havas forton nur por parto de la ampleksaj kolektoj.

Promenante tie inter ne tre densa aro da aliaj vizitantoj, ili jen komentas la artaĵojn, jen babilas leĝere pri alio. Regas tre malstreĉita etoso. Marina sentas ke la vojaĝo vere utilis al ŝia humoro. Ŝi ĝuas esti en nekutima medio, en nekonata urbo. Simplaj bagateloj kiel ŝiaj provoj interkompreniĝi angle kun komizoj kaj kelneroj, aŭ ŝia mallerta manipulado de eŭraj moneroj, alportas varion kaj novan perspektivon al la ĉiutagaj ĝenoj de la hejma vivo.

"Kiel bone ke vi persvadis min fari ĉi tiun ekskurson", ŝi diras al Helle.

"Bone. Mi preskaŭ certis ke vi ne bedaŭros ĝin."

Ili haltas antaŭ bildo kaj rigardas unu la alian ridetante. Ankaŭ ĉi-foje temas pri nudaĵo, sed tre malsimila ol tiu iama de Hammershøi. Estas pentraĵo el alia epoko, kvazaŭ el alia kulturo. Pentraĵo de Lukas Cranach la Juna el la deksesa jarcento. Ĝi prezentas nudulinon kun kvar same nudaj infanoj. La patrino mamnutras la plej junan, dum pli aĝa filino proponas al ŝi pomon trovitan surtere sub pomarbo. La virino ŝajnas plene enmemiĝinta, tute ne konscia pri la spektantoj.

"Jen io tute alia", diras Marina.

"Jes. 'Karitato' ĝi titoliĝas. Mi konfesas ke mi ne komprenas la ideon. Ĉu estas karitato nutri sian bebon? Aŭ doni pomon al Panjo?"

"Ĝi devenas el alia tempo. Verŝajne necesas esti kristano por kompreni. Sed ĉu ne ŝajnas simbolo, ke ni haltas antaŭ tiu bildo de patrino, nun kiam ni mem estas patrinoj?"

"Fu! Do la muzeo aranĝis ĝin aparte por ni, ĉu?"

Marina nur ridetas.

"Mi ŝatas tiun knabineton", ŝi diras. "Ŝi konservas unu pomon por si mem kaj proponas unu al la patrino. Dume la knabetoj pensas nur pri si mem."

"Nu, do pentraĵo pri la patriarkeco, ĉu?" komentas Helle, pluirante al la sekva bildo.

Kiam ili forlasas la muzeon iom post tagmezo, pala suno duone trarompas la brumon, kaj ili plu promenas inter butikoj kaj kafejoj, tra parko kun malgaje impresaj arboj kaj arbustoj, en plaĉan restoracion, kie ili manĝante kaj ripozante ĝisatendas horon konvenan por ekiri norden kaj hejmen.

Dum Marina stiras sur la aŭtovojo, Helle dum parto de la reveturo somnolas kaj vekiĝas nur jen kaj jen. Kiam ili preterpasas elveturejon post malpli ol horo, Helle ekrigardas nomtabulon.

"Mi neniam vizitis Lubekon", ŝi diras dormeme. "Venontfoje ni eble iru tien. Kion vi opinias?"

"Kial ne?" Marina respondas. "Sed nun mi sopiras reveni hejmen. Mi scivolas, kiel la infanoj travivis la semajnfinon. Ĉu ili sufiĉe manĝis? Kaj ĉu ili dormis nokte?"

20

Vespere la unuan de decembro Tomas refoje venas al Malmö por semajnfina vizito ĉe siaj amikoj. Ili volas reciproki lian helpon somere, kiam ili iomete panikiĝis kaj ne kuraĝis restadi en la propra hejmo. Dum lia lasta vizito en aŭgusto ili ĉiuj havis tempon kaj forton nur por la juĝproceso. Krome ili faris la inviton pro iniciato de Letti, kiu sabate elpaŝos kun siaj novaj amikinoj en dancprezentado okaze de kristnaska bazaro en la granda butikaro Emporia. Krom danci ŝi ankaŭ kantos propran repaĵon kune kun Vilma kaj Nadine. Kompreneble Letti volis ke Moa akompanu sian patron, sed ŝi ne povis veni, ĉar ŝi estas okupita de koncerto kun sia propra muzikbando.

Vendrede post komuna vespermanĝo Tomas longe sidas babilante kun Anton. La knabo estas pli parolema ol kutime kaj interalie rakontas pri sia deviga servado en la artmuzeo.

"Mi malkovris ke arto fakte povas esti interesa. Almenaŭ kelkaj artaĵoj. Kaj ke mi ŝatas desegni. Sed estas malfacile. Mi devas lerni simpligi kaj trovi mian propran stilon."

"Bone", diras Tomas. "Ĉu vi havas ion por montri?"

"Ne nun. Eble kiam mi estos pli bona."

"Nu, sendube Helle povas helpi al vi evoluigi tion, ĉu ne?"

"Ne, mi ne montros al ŝi. Mi ne kredas ke ŝi komprenus."

"Vi povus riski la provon."

"Nu, ĉiuokaze ne nun. Mi montris al mia mentoro en la muzeo. Sed nun mi devas mem ekzerci min."

"Mi komprenas. Ĉu tiu mentoro estas muzea intendanto aŭ io tia?"

"Ne. Ŝi estis desegnisto en Irano, sed ĉi tie ŝi estras la kafeterion."

"Oho. Bone. Kaj ĉu ŝi donis al vi konsilojn? Pri la desegnado, mi celas."

"Iomete."

"Nu, espereble ŝi kompetentas pri desegnado."

Anton rigardas Tomas-on esplore, eble por ekscii ĉu li mienas moke.

"Kelkaj irananoj estas pli-malpli en ordo", li diras. "Tute ne kiel la araboj. Origine ili eĉ ne estis islamanoj. Ili estas arjoj."

Tomas rigardas lin surprizite kaj ekridas laŭte. Anton ĵetas al li akran rigardon.

"Tio estas vero! Mi mem guglis tion."

"Jes, bone, tre bone", diras Tomas inter la ekridoj. "Irano eĉ signifas lando de arjoj, ĉu ne? Sed diru al mi, kio do estas arjo?"

Anton faras iom malkontentan mienon kaj pensas dum kelka tempo.

"Nu, tio estas proksimume la sama afero kiel blankulo. Estas raso."

"Aha. Fakte, laŭ mia memoro *ārya* estis vorto uzata de la popoloj, kiuj antaŭ kelkaj miloj da jaroj alportis hindeŭropajn lingvojn suden al la nunaj Irano, Afganio kaj norda Barato, interalie. Se mi ne eraras, ĝi signifis 'noblaj' aŭ ion similan, kaj per tiu vorto ili volis distingi sin mem disde la pli fruaj loĝantoj. Do la vorto origine neniel rilatis al eŭropaj popoloj. Fakte oni eĉ hodiaŭ uzas ĝin por nomi la lingvofamilion de norda Barato kaj najbaraj landoj, kiel Pakistano kaj Bangladeŝo."

Anton suspiras.

"Vi denove komencas vian propagandan prelegadon. Arjoj estas blankuloj, kaj mi supozas ke ankaŭ en Irano loĝas blankuloj. Almenaŭ kelkaj. Vi mem konfesis ke ili venis de norde."

"En ordo. Sed en la deknaŭa jarcento iu germana rasisto trovis la vorton arjo kaj arbitre ekuzis ĝin specife pri nordeŭropanoj kiuj parolas ĝermanajn lingvojn. Kaj poste la nazioj denove modifis la sencon, ĉar por ili temis simple pri ne-judaj nordeŭropanoj. Mi eĉ pensas ke pro la politikaj aliancoj de Germanio ili deklaris finnojn kaj japanojn 'honoraj arjoj'."

"Stultaĵo! Japanoj estas flavuloj!"

Tomas ridetas.

"Nu, tio esence estas rasisma stereotipo. Objektive ne eblas trovi pli da flavo ĉe la haŭto de orientazianoj ol ĉe eŭropanoj. Fakte la kliŝon pri 'flava raso' lanĉis Lineo en la dekoka jarcento, kaj mi tre dubas, ĉu li iam vidis ĉinon aŭ japanon. Antaŭ li eŭropanoj priskribis ĉinojn kiel blankhaŭtajn. Marko Polo kaj aliaj fruaj vojaĝantoj neniam menciis ion pri flava haŭto. Supozeble la ideo venis el la flava koloro de vestaĵoj, kiu iam en Ĉinio estis rezervita al la imperiestra kortumo.

Bildoj el Ĉinio populariĝis en Eŭropo ĝuste en la epoko de Lineo.
Sed ni prefere lasu tion kaj revenu al la tielnomataj arjoj. Vi eble
scias ke la granda nazia genocido celis neniigi ne nur la judojn sed
ankaŭ la romaojn. Nu, la romaoj migris el nordokcidenta Barato en
Eŭropon antaŭ mil jaroj, kaj ili parolas lingvon el la hindarja grupo,
do ili apartenas al tiuj popoloj, kiuj origine nomis sin arjoj. Iasence
do eblus diri ke ili estas la solaj arjaj eŭropanoj, kio sendube ŝokus la
germanajn naziojn kiuj volis ekstermi ilin. Evidente, kion signifas tiu
vorto tute dependas de kiu uzas ĝin."

"Fekegale. Mi fajfas pri tiuj historioj."

"Bone, bone. Mi ne volis tedi vin, sed nur atentigi ke se via
kafeteria estrino nomas sin arjo, tre kredeble ŝi ne celas la samon kiel
faris Hitler. Sed ni prefere lasu tiun temon. Vi volas evoluigi vian
intereson pri arto kaj desegnado, ĉu ne? Tio ŝajnas al mi bonega,
kvankam mi mem ne komprenas multe pri arto. Mi tamen trovus
bone, se vi akceptus ian helpon de Helle, kiu ja estas fakulo. Aŭ eble
vi povus trovi kurson pri arto."

"Mi ekpensis pri la studprogramo de artoj en la gimnazio."

"Ĉu vere? Jen bona iniciato, laŭ mi! Moa estis sufiĉe kontenta pri
ĝi. Nu, eble ne vere kontenta, sed ĝi ŝajne konvenis al ŝi. Ĉu vi havas
studateston necesan por tio?"

"Ankoraŭ ne, sed mi esperas havi ĝin printempe."

"Nu, tiuokaze vi havas sufiĉe konkretan celon de via sklavado,
ĉu ne? Tio devus helpi al vi persistadi. Cetere, supozeble ekzistas
artaj kursoj ankaŭ en popolaj altlernejoj, sed mi suspektas ke ili havas
aĝlimon. Nu, tion vi ja facile guglus."

Sabate matene ĉiuj kune aŭtas al la butikaro; eĉ Anton kuniras
iom grumblante pri stultaĵoj. Alveninte Letti unuiĝas kun siaj kun-
dancontoj por prepari sin, Helle pluiras ĝis la apuda fervoja stacio
Hyllie por atendi sian patrinon alvenontan de Kopenhago, kaj la
cetera kvaropo promenas tra la giganta endoma butikaro. Laŭ la
promenejoj nun vicoj da standoj proponas ĉion eblan kaj maleblan
kun ajna rilato al Kristnasko. Ankoraŭ vizitantoj restas ne tre multaj,
sed iom post iom alfluas pliaj. Post duonhoro ili sidiĝas en kafejo por
iom ripozi kun kafo, kolao kaj tradiciaj safranaj bulkoj.

"Anton, ĉu vi scias ke preskaŭ ĉiu safrano estas importata el Irano?" diras Tomas ridetante.

"Ĉu tio gravas?"

"Eble jes, por la irananoj kiuj kultivas ĝin. Sed en multaj landoj oni ĉefe uzas ĝin en diversaj pladoj, kiel paeljo kaj fiŝosupo. Spici dolĉan bulkon per ĝi verŝajne estas specialaĵo de nia sveda kulturo."

Anton nur tiras la ŝultrojn, trinketante sian kolaon kaj plu maĉante la specialaĵon.

Per iom da telefona pilotado oni renkontiĝas kun Helle kaj Inge, ŝia maljuna patrino, kaj ĉiuj kune promenas al la loko kie okazos la dancprezentado sur provizora scenejo. Troviĝas kelkaj seĝoj, kaj Helle konkeras du el ili por la patrino kaj si mem. La ceteraj restas starantaj apud ili. Ambaŭflanke preterpasas pli kaj pli da butikumantoj, sed kiam deko da knabinoj aperas sursceneje, sufiĉe multaj homoj haltas por spekti.

Ekaŭdiĝas laŭta muziko el grandaj laŭtparoliloj, kaj Helle elpoŝ-igas orelŝtopilojn por sia patrino, sed tiu rifuzas ilin kun komento, kiun neniu povas aŭdi. Kaj jen la knabinoj ekmoviĝas. Estas intensa, ritma, gimnasteca danco en iom agresa stilo. La muziko laŭtas; ho-moj haltas por rigardi dum mallonge kaj poste rapidas pluen, sed kvardeko da homoj restas pli longe. Kelkaj ŝminkitaj knabinoj rigar-das atente kaj puŝĉetas unu la alian ridante. Iliaj laŭmodaj vestoj kaj dekoltaĵoj kontrastas kontraŭ la lozaj pantalonoj kaj sveteroj de la dancantoj. Apude tri junulinoj kun kaptukoj ŝajnas scivolemaj sed iom skeptikaj. Ĉe la alia flanko grupo da junuloj rigardas malestime, kriante ion kio dronas en la muziko.

Ĉesas la dancado, sed post mallonga paŭzo denove sonas muziko, nun jam malpli laŭta, kaj tri el la knabinoj kaptas mikrofonojn. Estas Letti, Vilma kaj Nadine, kiuj stariĝas meze de la provizora scenejo. Letti komencas repi kaj la du aliaj jen kaj jen kunkantas, ripetante ŝiajn vortojn. Estas ŝia propra teksto; oni kaptas unuopajn vortojn, sed la plimulto ne distingeblas pro la muziko, la akustiko kaj ŝia ne tre lerta kantado. Sufiĉe multaj spektantoj uzas la okazon por foriri, kelkaj aliaj haltas por aŭskulti, sed sume la publiko maldensiĝas. La repanta triopo tamen ŝajnas ne rimarki tion. Ili koncentriĝas je sia prezentado. Nun ankaŭ la rikanoj de la junuloj iom aŭdiĝas de flanke, sed baldaŭ alproksimiĝas gardisto por kvietigi ilin.

Post la repado aŭdiĝas kelkaj disaj aplaŭdoj, precipe de la familianoj. Evidente ankaŭ aliaj gepatroj ĉeestas. Kaj post nova paŭzeto refoje muziko sonas pli laŭte kaj la tuta grupo reaperas. Sekvas plua dancado, kaj la spektantoj denove iom plimultiĝas.

Post kiam Letti ŝanĝis sian veston kaj ili denove kolektiĝis, ŝi rikoltas multajn laŭdojn kaj gratulojn. La dana avino Inge entuziasmas.

"Vi estas denaska artisto, Letícia! Mi tre ĝojas ke mi havis okazon sperti ĉion ĉi."

Eĉ Anton preskaŭ rezignas kritiki. Oni aŭdas nur ian murmuran "feliĉe ke la vortoj ne estis aŭdeblaj".

Posttagmeze la tuta familio kun gastoj kolektiĝas en la apartamento ĉe Beridaregatan por malfrua tagmanĝo aŭ frua vespermanĝo. Kvankam restas tri semajnoj ĝis Kristnasko, oni elektis surtabligi sortimenton da pladoj de la sveda kaj dana kristnaskaj tabloj. Estas kelkaj specoj da marinitaj haringoj, ruĝbeta salato, sekala pano, viandbuloj, kolbasetoj, hepata pasteĉo, porka rostaĵo kun ruĝa kaj krispa brasikoj, kaj fine rizokremo kun migdaloj. Por glutigi ĉion oni bezonas glaseton da spicbrando kaj kelkajn danajn bierojn, do vespere Helle taksie akompanas la patrinon al la fervoja stacio.

Dimanĉe Tomas faras ankoraŭ provon interparoli kun Anton. Estas la dekunua kaj duono antaŭtagmeze post longa matenmanĝa babilado ĉefe inter li kaj Marina. Ŝi promesis prezenti al li malpezan tagmanĝon el falafloj, la mezorienta plado kiu iĝis kvazaŭ loka specialaĵo de Malmö, antaŭ ol li devos retrajni norden. Dume li trovas Anton-on en lia ĉambro, sidanta antaŭ komputila ekrano.

"Ĉu vi laboras pri io, aŭ ĉu mi povas ĝeni vin?" li diras.

Anton ŝanĝas al alia ekranbildo, duonturnas sin al Tomas kaj tiras la ŝultrojn.

"Mi faras nenion gravan", li diras.

"Hieraŭ mi aŭdis ke Letti tre interesiĝas pri Brazilo. Kio pri vi, ĉu vi daŭre malŝatas ĝin, aŭ ĉu vi jam iom ŝanĝis vian opinion?"

"Kompreneble ne! Ĝi estas feklando! Eĉ se mi naskiĝis tie, mi ja ne kulpas pri tio. Ĝi absolute ne estas mia lando. Mi estas svedo!"

"Sed ĉiu homo povas havi pli ol unu identecon, ĉu ne?"

"Tute ne. Necesas scii, al kiuj oni apartenas. Kaj mi estas svedo. Punkto kaj fino."

"Nu, tio ŝajnas al mi iom malvasta perspektivo. Evidente homoj havas tre malsamajn opiniojn pri tio, ĉu eblas havi plurajn identecojn aŭ ne. Rigardu Katalunion, ekzemple. Tie duono de la loĝantaro konsideras sin samtempe katalunoj kaj hispanoj, dum la alia duono asertas ke ili estas nur katalunoj. Ni esperu ke eblos trovi ian kompromison."

Anton senvorte returnas sin al sia komputilo.

"Nu, ne pri katalunoj mi volis paroli", rapide diras Tomas. "Fakte surprizis min aŭdi ke vi pensas pri la arta gimnazio. Kiam Moa frekventis ĝin, mi neniam vere sekvis tre proksime ŝiajn studojn. Kredeble ŝi dirus ke mi estis tipa forestanta patro. Sed mi pensas ke ĝi estis sufiĉe bona por ŝi. Ĉu vi ŝatus ke mi petu ŝin kontakti vin por rakonti, kiel ŝi spertis ĝin?"

Anton rigardas lin kun dubema mieno. Li ŝajne konsideras enmense, ĉu tio indus.

"Ne gravas", li diras evite.

"Nu, mi ne povas garantii ke ŝi efektive farus tion, sed ja eblas provi. Aŭ mi simple donu al vi ŝian telefonnumeron. Ne, tio ne estus bona. Tio kredeble incitus ŝin. Prefere mi petu ŝin telefoni al vi, ĉu ne?"

"Se vi volas."

"Cetere mi iom scivolas pri tiu via puno, la deviga servado. Ĉu vi trovas ĝin en ordo?"

"Estas ridinda puno."

"Sed malliberejo sendube ne estus tre agrabla, ĉu? Nek junula korektejo."

Anton ne komentas tion.

"Tamen vi ŝajne sufiĉe bone rilatis al tiu irana estrino de la kafeterio, se mi bone komprenis vin", Tomas pluas.

"Ŝi estas en ordo."

"Nu, bone. Do vi estis bonŝanca, ĉu ne?"

"Eble."

"Aŭskultu, Anton. Kiam mi estis en via aĝo, mi havis amikojn iel marĝenajn. Ni fumis haŝiŝon, babilis, lozis kaj mojosis. Kelkaj el tiuj gejunuloj ruinigis al si la vivon. Mia unua koramikino mortigis sin. Ŝi saltis antaŭ trajnon. Aliaj dronis en drogoj. Sed mi hazarde trafis sur alian trakon. Por mi temis esence pri legado de popularaj verkoj pri historio. Jam de tiu aĝo mi pli-malpli senintence venis en tiun fakon. Se mi bone komprenis, nenio tia interesus vin, sed anstataŭe vi havas la desegnadon, la arton, ĉu ne? Eble tio estos via savŝnuro. Se jes, fikstenu ĝin! Ne lasu la prenon! Ĉu vi komprenas min?"

Dum kelka tempo Anton silentas, tordiĝante sur la seĝo. Poste li turnas sin al Tomas.

"Moa fakte pravas. Vi tre ŝatas prediki."

Tomas ridas.

"Nu, kial ne? Jen mia simpla religio."

Efektive li povus daŭrigi ankoraŭ iom. Sed eble li domaĝu la knabon. Sufiĉe sufiĉu. Li iras kuirejen por espiori, per kio Marina regalos lin antaŭ la foriro. Li trovas ŝin ĉe kuireja stablo, kie ŝi muelas kikerojn. Apude Helle preparas salaton.

"Ĉu mi povas helpi?" li demandas.

"Certe", diras Helle. "Malfermu botelon da ruĝa vino kaj verŝu iom en tri glasojn. Kuirado sen guto da vino estas sklavado, sed kun vino ĝi iĝas plezuro."

"Sed tio signifas ke vi devos iri buse aŭ taksie al la stacidomo", atentigas Marina. "Aŭ promeni."

"En ordo. Restas multe da tempo", li diras, kaptante korktirilon.

Alproksimiĝas Kristnasko kaj la fino de la lerneja aŭtuna semestro. Anton trapasas sian lastan interparolon kun Lotta Skoglund en la Sociala Servo. Li rakontas mallonge pri sia ideo venontjare aspiri studlokon en la gimnazia studprogramo de artoj, se li sukcesos kompensi siajn mankantajn rezultojn de la elementa lernejo kaj ricevi validan finateston. Ŝi ŝajnas kontenta pri tio kaj admonas lin plu strebadi pri la studoj.

"Ŝajnas ke ni trovis bonan lokon por via deviga servado", ŝi poste diras.

"Ĝi estas en ordo."

"Nu, mi ne volas esti malĝentila, sed mi ŝatus diri, kiam ni nun disiĝos, ke mi esperas ne revidi vin. Almenaŭ ne ĉi tie. Ankaŭ ĉar kiam vi pliaĝiĝos, la puno estus pli sentebla, se vi farus novan krimon. Kiam vi estos dekokjara, povus sekvi malliberejo, ĉu ne?"

"Mi scias."

Finiĝas ankaŭ lia servado en la muzea kafeterio. En la lasta dimanĉo tie surprize aperas Helle. Ŝi enpaŝas en la ejon malseka pro pluvo, alportante hipeastron en poto, kiun ŝi donacas al Farzaneh kiel danko pro ŝia bona mentorado de Anton. Kompreneble li tre embarasiĝas. Li ne komprenas kiel ŝi povas scii, ĉu la mentorado estis bona aŭ malbona. Li mem nenion raportis pri tio, laŭ sia memoro. Feliĉe estas sufiĉe da gastoj en ĉi tiu adventa dimanĉo, do ili devas labori kaj ne povas multe interparoli kun Helle.

Post ŝia foriro ree en la eksteran pluvon la nombro de gastoj iom post iom malkreskas. Farzaneh dankas ankaŭ Anton-on pro la floro.

"Se vi volos montri la novajn desegnojn, iam poste, vi povos veni ĉi tien, ĉu ne?"

"Eble kiam mi sukcesos fari pli bone."

"Vi certe faros. Kaj ne forgesu viziti la ekspoziciojn. Sed ĉu via panjo diris ke faras la pentraĵojn? Mi ne bone komprenis ŝin."

"Ŝi estas danino kaj havas teruran akĉenton. Sed ŝi kelkfoje pentras en liberaj horoj."

"Bone, do vi heredis de ŝi, eble. Sed ŝi laboras en la biblioteko, vi iam diris, ĉu ne?"

"Eeh... Jes. Biblioteko", li respondas post mallonga paŭzo.

Dum la tuta tempo Anton evitis malkaŝi ke li vivas kun du patrinoj. Kaj nun li ne trovas necese klarigi tion. Eta modifo de la faktoj ne ĝenas. Krome, li tute ne volas mencii la veran laborejon de Helle, la Kolekton de David en Kopenhago, kiu havas kolekton de islama arto el diversaj epokoj kaj landoj, verŝajne la plej grandan en la tuta Eŭropo.

Kelkajn tagojn poste dum vespermanĝo kun la tuta familio Marina ekparolas pri sia ideo vojaĝi al Brazilo en la venonta somero.

"Ni povus viziti Rio-de-Ĵanejron kaj kelkajn aliajn turistajn lokojn, sed ankaŭ la orfejon Domo de Espero en Guaratinguetá. Mi mem ŝatus revidi ĝin kaj eble iun el la homoj, kiuj laboras tie, se ankoraŭ restas iu el miaj iamaj kolegoj. Kaj mi pensis ke eble ankaŭ vi volus revidi ĝin. Pasis pli ol dek jaroj, do la infanoj tie kompreneble estas plejparte aliaj."

"Mi ne volas vidi ĝin", diras Anton.

"Nu, do vi kompreneble ne devas. Sed kio pri vi, Letti?"

"Mi ne certas pri la orfejo. Mi nenion memoras pri ĝi. Sed estus amuze vidi Brazilon. Kiam ni iros?"

"Atendu, ankoraŭ nenio estas decidita. Devus okazi en la someraj ferioj, kiam ni havos libertempon, do kredeble en julio. Sed tia vojaĝo kostus multe da mono, do ĝi eblus nur se ni iom ekonomius antaŭe."

"Kaj ni devos flugi tien."

"Mi scias."

"Se Anton ne kuniros, kostos pli malmulte", diras Letti. "Sed vi kuniros, ĉu ne?" ŝi aldonas, turniĝante al Helle.

"Kiel diris Marina, ni ankoraŭ nenion decidis. Se tio eblus, estus interese. Sed laŭ mia opinio la tuta familio devus vojaĝi kune. Mi ne ŝatus, se Anton restus ĉi tie sola."

Tri paroj da okuloj direktiĝas al Anton. Li mienas sufiĉe penseme kaj iomete paŭtas. Post paŭzo li levas la rigardon al la du patrinoj alterne.

"Ĉu vi povus demandi Tomas-on?" li diras.

Estiĝas senparola paŭzo.

"Demandi Tomas-on pri kio?" diras Marina. "Ĉu vi volas denove piediri montare?"

"Eble li ŝatus vidi Brazilon. Mi supozas ke li neniam estis tie."

Marina ekridetas kaj rigardas al Helle kaj Letti. Ili ambaŭ mienas surprizite.

"Nu", diras Marina. "Mi supozas ke eblus demandi lin, sed vi ne povas atendi ke li aliĝos al tia longa vojaĝo. Li tre verŝajne havas aliajn planojn aŭ interesojn."

Tiam io ekbrilas en la okuloj de Letti.

"Li probable nur volas ke Tomas venigu kun si Moa-n", ŝi diras.

Anton mienas kolere kaj pugnas ŝian supran brakon.

"Fermu la faŭkon, bebeto!"

"Aj! Li batis min!"

"Ĉesu! Ĉesu! Kiom aĝaj vi estas?" ekkrias Helle. "Trankviliĝu! Ni devos ankoraŭ konsideri la aferon, kaj kalkuli kiom ĝi kostus. Restas pli ol duonjaro, do ne urĝas. Se vi volus jam nun mencii la ideon al Tomas, Marina, tio ja ne ĝenus. Sed tro fruas por decidi ion ajn. Gravas ankaŭ ke vi sukcesos pri via lernado, Anton."

Ili plu diskutas la proponon, imagante kiel estus fari tian longan vojaĝon kune. Marina pripensas, kiel povus esti por Letti kaj Anton revidi la lokon, kie ili vivis antaŭlonge. Kompreneble Letti ne rekonus ĝin, sed eble li. Ĉu li memorus iom el la lingvo, aŭ ĉu ĝi definitive malaperis? Ĉu ŝi mem daŭre scius paroli portugale? Kaj kiel estus por ŝi revidi la orfejon kaj aliajn lokojn iam konatajn?

Ŝi pensas pri la ideo de Anton venigi ankaŭ Tomas-on tien. Ial ŝi rememoras la tagon en Brazilo antaŭ pli ol dudek jaroj, kiam li telefone sciigis al ŝi, ke naskiĝis lia unua filino Linn. Tiam ŝi ege ekĝojis pro li, kaj ŝi ekfantaziis ke li venus viziti ŝin tie por montri al ŝi la bebon. Kompreneble tio estis vana fantazio, kiu neniam povis realiĝi. La vivo ekiris laŭ tute nova vojo, kaj anstataŭe ŝi mem revenis al Svedio. Poste ŝi eĉ ekhavis familion: edzinon kaj infanojn. Tiam ŝi absolute ne supozus ke estos tiel.

Lastatempe tiu familio ja kaŭzis al ŝi multe da maltrankvilo kaj timo. Precipe kompreneble Anton. Eble iam ankaŭ Letti faros tion. Kaj Helle kaŭzis al ŝi veran suferon. Sed ĉu la vivo estus pli bona sen ili? Eble pli facila, sed kiel terure malriĉa kaj soleca!

Ŝi rigardas sian familion kaj pensas ke ĉi tio eble estas ia turno-punkto. Baldaŭ estos Kristnasko, kaj sekvos la novjara festo. Nova jaro. Eble tio signifas ke ŝi transpasos ian limon, lasos la malfacilaĵojn malantaŭ si. Ĉu do komenciĝos nova ĉapitro pli bona? Sendube ja aperos iam novaj problemoj, sed se ŝi almenaŭ povus liberiĝi el tiuj de la pasinta tempo, ŝi sentus grandan malpeziĝon. Jam delonge ŝi sopiras tiel liberiĝi, fari paŝon antaŭen. Kaj nun vidante ilin ĉirkaŭ si, la edzinon kaj la gefilojn, ŝi sentas ke ŝi ne paŝos tien sola.

Ŝi rigardas tra la salona fenestro al la malluma parko transstrate. La lastatempa pluvado jam ĉesis kaj la ekstera temperaturo iom malaltiĝis. Subite Marina eksopiras je neĝo. Mola neĝo kviete falanta, kiu enlitigas ĉion sub indulgan kovrilon. Fakte tio malofte okazas ĉi tie ĉe la landlima markolo. Kiam neĝas, ĝi kutime estas forte blovata inter la domoj, vipante homojn, kiuj baraktas kontraŭ la vento. Sed ĝi almenaŭ iom heligus la realon kaj mildigus la nigron de la vintra solstico.

Trafas ŝin la penso, ke ŝi lastatempe ne kondutas bone al Helle. Kompreneble la malfidelo estis severa bato, aŭ pli trafe piko per ponardo. Sed jam delonge evidentas ke Helle mem suferas preskaŭ same multe kiel Marina pro la afero. Kaj pasis sufiĉe da tempo. Verŝajne nun necesas ne forgesi, sed pardoni kaj lasi tiun pasintaĵon en la pasinteco. Se ŝi almenaŭ povus regi siajn sentojn kaj decidi pri kio pensi! Sed ne eblas forpeli tian aferon el la memoro. Volenevole ŝi revenas al ĝi enpense fojon post fojo, kvazaŭ per la lango al trua dento. Kion do fari por forlasi tiun obsedon? Ĉu necesas serĉi profesian helpon de ia terapiisto? Ne, kia stultaĵo! Temas pri ŝia rilato al Helle, do kiu povus pli specialisti pri ĝi ol ili mem?

Kredeble ŝi devos peti helpon ĝuste de Helle. Ne plu suferi silente, nek alude akuzi, sed vere peti ŝian helpon. Jen la plej grava tasko, kiun ŝi povos doni al si en la nova jaro. Rigardante trafenestre ŝi vidas kelkajn unuajn neĝerojn sinki tra la ekstera mallumo kaj tuj degeli, kiam ili trafas la balustradon de ilia balkono. Eble morgaŭ matene kuŝos sur ĝi tavoleto da neĝo. Se ne, ankaŭ tio estos normala ĉi tie ĉe la limo.

Norrköping, Svedio, oktobro 2016 – januaro 2018

Ne-PIVaj vortoj kaj nomoj:

abituro AC ACE LPD V   abiturienta ekzameno

apo BK EV3 G   poŝtelefona aplikaĵo aŭ programeto

badmintono AC ACE BE BK CM EB EĈ EDK EK EV FD G HL HV MCB MM OJ TUN V VF

    ludo per rakedoj kaj volano

bitlegilo G   elektronika aparato por legi bitlibrojn

blogo BK BL CM FD G V   Interreta taglibro

Bludento G V   *(Bluetooth)* sistemo de mallonga sendrata komunikado inter elektronikaj aparatoj

bosno BK G   loĝanto de Bosnio

eksbovo BE   (= eksvirbovo NPIV) kastrita bovo

falaflo G V   (arabe فلافل) kikerbulo, fritita bulo el pistitaj kikeroj kun spicoj

Gotenburgo ACN EDK EV G JLG V   *(Göteborg)* havenurbo en sudokcidenta Svedio

gugli BK BL G   serĉi en Interreto per Google aŭ alia serĉilo

ĝihado AC ACE BK CM EDK G HL MM OJ RV V   islama sankta lukto

hajdelbergulo   *Homo heidelbergensis*, prahistoria homspecio nomita laŭ trovejo ĉe Hajdelbergo V *(Heidelberg)* en Germanio

ikuo   IQ, intelekta kvociento

introverta EDK   enmemiĝema, introvertita NPIV

Jemtlando EV EDK JLG   *(Jämtland)* provinco en meza Svedio

Karibio FD G   La insuloj en la Kariba Maro

lasanjo EV G   plado el pastoplatoj (= lasanjoj NPIV), hakita viando kaj beŝamelo, bakita en forno (= lazanjo EDK V)

lesba BK CM EB EDK EK FD G HV V   (pri virino) samseksama

Mezoriento G V   regiono de okcidenta Azio plus Egiptio

mojosa ^{BK BL G RV V} modernjunstila, bonega aŭ laŭ la sociaj normoj de la junularo

promiskua ^{EDK FD G V} sekse aktiva kun pluraj partneroj

parkuro ^{G V}   sporto kaj trejnado el kurado, saltado, grimpado en urba medio

salso ^{EDK FD G V} latinamerika danco kaj muziko

sancentro   loko de primara prizorgo kaj poliklinika flegado de malsanuloj

Selando ^{AC ACN EDK EV G LF} *(Sjælland)* la dana insulo sur kiu situas Kopenhago

Skanio ^{AC ACN EDK EV G JLG LF PN V} *(Skåne)* la plej suda provinco de Svedio

surikato ^{ACE BK G V} *(Suricata suricatta)* malgranda mamulo

treso ^{FD}   harplektaĵo

vicdomo ^G   unu el vico da identaj familiaj domoj kunkonstruitaj, envica domo ^{BE V}, vicodomo ^{BE}, vicoseria domo ^{EV}

Fontoj:

AC   André Cherpillod: NePIVaj vortoj, 1988

ACE André Cherpillod: Konciza Etimologia Vortaro, 2003

ACN André Cherpillod: Etimologia Vortaro de la propraj nomoj, 2005

BE   Bildvortaro en Esperanto, 2012

BK   Boris Kondratjev: Esperanto-rusa vortaro, 2006 (reta versio)

BL   www.bonalingvo.org

CM   Carlo Minnaja: Vocabolario italiano-esperanto, 1996 (reta versio)

EB   Esperanta Bildvortaro, 1988

EĈ   Esperanto-ĉina Vortaro, Pekino 1990

EDK Erich-Dieter Krause: Großes Wörterbuch Esperanto-Deutsch, 1999

EK   Erich-Dieter Krause: Wörterbuch Deutsch-Esperanto, 1983

EV   Ebbe Vilborg: Ordbok Svenska-Esperanto, 1992

EV3 Ebbe Vilborg: Lilla esperanto-ordboken, 3-a eldono, 2016

FD   Fernando de Diego: Gran Diccionario Español-Esperanto, 2003 (reta versio)

G   Glosbe, https://glosbe.com/

HL   Hajpin Li: Esperanto-Korea Vortaro, 1983

HV   Henri Vatré: Neologisma glosaro, 1989

JLG Sam Owen Jansson, Fritz Lindén, Birger Gerdman: Svensk-esperantisk ordbok, 1934

LPD J. Le Puil, J.P. Danvy k.a.: Grand Dictionnaire Français-Espéranto, 1992

LF   L. Friis: Esperanto-Dana Vortaro, 1969

MCB M.C. Butler: Esperanto-Angla Vortaro, 1967

MM   Miyamoto Masao: Japana-Esperanto Vortaro, 1982

OJ   Okamoto Joŝicugu: Nova Esperanto-Japana Vortaro, 1963

PN   Paul Nylén: Esperanto-Sveda Vortaro, 1954

RV   Reta Vortaro, http://www.reta-vortaro.de/revo/

TUN Tibor Ujlaky-Nagy: La sporta lingvo en Esperanto, 1972

V   Vikipedio

VF   Joel Vilkki, Heljä Favén: Suomi-esperanto-suomi
     taskusanakirja, 1982

Dankoj

Pro valoraj kritikoj kaj proponoj pri la romano mi volas esprimi dankon al Per Aarne Fritzon, Anna Löwenstein kaj Suso Moinhos.